U0060829

新譯

詩經讀本（上）

滕志賢　注譯
葉國良　校閱

三民書局

刊印古籍今注新譯叢書緣起

劉振強

人類歷史發展，每至偏執一端，往而不返的關頭，總有一股新興的反本運動繼起，要求回顧過往的源頭，從中汲取新生的創造力量。孔子所謂的述而不作，溫故知新，以及西方文藝復興所強調的再生精神，都體現了創造源頭這股日新不竭的力量。古典之所以重要，古籍之所以不可不讀，正在這層尋本與啟示的意義上。處於現代世界而倡言讀古書，並不是迷信傳統，更不是故步自封；而是當我們愈懂得聆聽來自根源的聲音，我們就愈懂得如何向歷史追問，也就愈能夠清醒正對當世的苦厄。要擴大心量，冥契古今心靈，會通宇宙精神，不能不由學會讀古書這一層根本的工夫做起。

基於這樣的想法，本局自草創以來，即懷著注譯傳統重要典籍的理想，由第一部的四書做起，希望藉由文字障礙的掃除，幫助有心的讀者，打開禁錮於古老話語中的豐沛寶藏。我們工作的原則是「兼取諸家，直注明解」。一方面熔鑄眾說，擇善而從；一方面也力求明白可喻，達到學術普及化的要求。叢書自陸續出刊以來，頗受各界的喜愛，使我們得到很大的鼓勵，也有信心繼續推廣這項工作。隨著海峽兩岸的交流，我們注譯的成員，也由臺灣各大學的教授，擴及大陸各有專長的學者。陣容的充實，使我們有更多的資源，整理更多樣化的古籍。兼採經、史、子、集四部的要典，重拾對通才器識的重視，將是我們進一步工作的目標。

古籍的注譯，固然是一件繁難的工作，但其實也只是整個工作的開端而已，最後的完成與意義的賦予，全賴讀者的閱讀與自得自證。我們期望這項工作能有助於為世界文化的未來匯流，注入一股源頭活水；也希望各界博雅君子不吝指正，讓我們的步伐能夠更堅穩地走下去。

新譯詩經讀本 目次

邶風

鄭風

齊風

魏風

唐風

秦風

下冊

小雅

鹿鳴之什

南有嘉魚之什

大雅

生民之什

蕩之什

周頌

清廟之什

臣工之什

閔予小子之什

魯頌

商頌

附錄

導讀

《詩經》是我國最早的一部詩歌選集，它收集了從西周初年至春秋中期大約五百年間黃河長江流域各國詩歌三百零五篇（不包括六篇「笙詩」）。《詩經》的「經」字是經典的意思，它在古代是被當作儒家經典學習傳誦的。但是，這個「經」字是後人加上去的。起初《詩經》單稱《詩》，如《論語‧陽貨》曰：「《詩》可以興，可以觀，可以群，可以怨。」有時也稱為《詩三百》，如《論語‧子路》曰：「誦《詩三百》，授之以政，不達；使於四方，不能專對。雖多，亦奚以為？」這是因為《詩》有三百零五篇，取其概數命名，以顯示它內涵的豐富。但是不久以後《詩》就被戴上了「經」的桂冠，如《莊子‧天運》曰：「孔子謂老聃曰：丘治《詩》、《書》、《禮》、《樂》、《易》、《春秋》六經，自以為久矣。」說明早在戰國時代，《詩》就已經被納入「經」的範疇。到了西漢初年，司馬遷在《史記‧儒林列傳》中乾脆直接把「經」字連綴在「詩」字後面。這表明《詩》正在逐漸異化為儒家經典，意味著它的本義逐漸淡化，附加的說教色彩逐漸加深。

《說文》曰：「詩，志也。」《詩‧大序》曰：「詩者，志之所之也，在心為志，發言為詩。」古人認為「詩」的命名與「志」有關。「志」是意志精神的意思，也就是說「詩」是用來抒發心中喜怒哀樂的載體。但是，當《詩》異化為「經」以後，經過經師的闡釋，它就成了傳播儒家思想的工具，詩人作詩的本意往往被曲解，被湮沒，被蒙上層層疊疊塵埃，人們就不容易看清它的本來面貌了。

我們為何要讀詩經？

《詩經》是中國文學的濫觴。它所開創的針砭時弊、抒寫人性的現實主義創作精神，「為文造情」的淳樸風格，以及以賦、比、興為特徵的藝術手法，成為中國文學優秀傳統的精髓。除了文學以外，《詩經》對於學習研究商周歷史、文字音韻、上古民俗文化、社會結構、倫理道德等等都是不可或缺的寶貴文獻。唐代白居易曾經高度評價這部不朽的著作，他說：「天之文，三光首之；地之文，五材首之；人之文，六經首之。就六經言，《詩》又首之。」（〈與元九書〉）他把《詩經》列為六經之首，可見這部書在古代文人心目中的地位究竟有多高了。

詩經難在哪裡？

眾所周知，在現存古書中，《詩經》是一部比較難讀的書。清人姚際恆曰：「諸經中，《詩》之為教獨大，而釋《詩》者較諸經為獨難。」（《詩經通論．自序》）當代學者陳夢家也說：「二十九篇《尚書》和三百篇《詩》，在經典中號稱難讀。」（《尚書通論．重版自敘》）那麼，《詩經》難讀其原因何在呢？

首先是《詩經》語言古奧，文辭簡略，制度名物茫昧。誠如俞平伯所言：「求之訓詁則苦分歧，求之名物則苦茫昧，求之文義則苦含混。」（《讀詩札記》）其次是《詩經》因為年代久遠，作者多不可考，創作背景大多不明，作詩本意難以索求。

怎樣學習詩經？

這是一個老生常談的話題。從孟子提出「以意逆之」算起，已經有二千多年的歷史了。歷史上孟子、朱熹、胡承珙、陳奐、馬瑞辰、姚際恆、方玉潤、胡適等許許多多學者都曾提出過一些自己的主張。人們經過不斷摸索體驗，認識漸漸趨於一致。《詩經》難讀主要在語言和詩旨兩端，有鑒於此，一般認為研讀《詩經》需要注意以下幾點：

一、研讀《詩經》當從訓詁入手，首先要基本讀懂《詩經》文字。

二、拂去歷代經師蒙在《詩經》上的塵埃，直接涵泳篇章、尋繹文義，主要從字裡行間探求作詩本意。

三、對一些有關《詩經》的基本常識也應當有所了解，比如，什麼叫風、雅、頌，什麼叫賦、比、興，等等。

四、要堅持實事求是的學風。

下面就這四個方面稍稍展開談一談。

第一，了解《詩經》語言是研讀《詩經》的基礎。這個道理用不著多作解釋，因為閱讀古今中外一切作品，沒有不是先從通語言開始的。只是《詩經》語言古奧，其重要性顯得更為突出罷了。《詩經》是用上古漢語寫的，所以我們需要注意古今詞義的異同以及一些基本的古漢語語法規則。如〈召南・行露〉：「誰謂女無家？何以速我獄？雖速我獄，室家不足。」這個「家」字到底是什麼意思？現在一般解釋「家」為「家室」、「家庭」，因此認為這是一首女子拒絕已有妻室男子求婚之詩。但是，這樣一來，「室家不足」一句就不好解釋。難道「室家」（即結婚的聘禮）備足了，就是重婚也可以容忍了嗎？其實，「家」在古代還有「家產」、「家資」的意思。《禮記・檀弓》「君子不家于喪」、《莊子・列禦寇》「單千金之家」皆可為證。通觀全詩，詩中女主人公是願意成婚的，否則開頭就不會說「豈不夙夜？謂行多露」了。但是，男主人公以無錢財作為不備足聘禮的藉口，甚至還以打官司來要挾。為了揭穿男子的謊言，女主人公責問：誰說你沒有家資，否則哪來錢把我找去打官司？據《周禮》記載，當時獄訟是要付訴訟費的。一字訓釋的出入，就導致對全詩詩旨的理解截然不同，真是牽一髮而動全身了。研讀《詩經》，要具備一定的古漢語語法知識，如疑問句中疑問代詞作賓語必置動詞之前（〈鄘風・載馳〉「誰因誰極？」即因誰極誰）；否定句中代詞賓語一般也在動詞之前（〈魏風・碩鼠〉「三歲貫女，莫我肯顧」，即莫肯顧我），等等。除了這些基本知識以外，還應當了解《詩經》本身語言的特殊性。《詩經》是韻文，以四字句為主體。為了滿足押韻和句字的需要，它的文例和散文有所不同。主要表現在以下一些地方：

1. 多有倒文。如〈邶風・匏有苦葉〉「招招舟子，人涉卬否」，「招招舟子」即「舟子招招」

之倒文。〈邶風・擊鼓〉『『死生契闊』，與子成說。執子之手，『與子偕老』』，順言之，應是：「執子之手，與子成說。『死生契闊，與子偕老』。」

2.多有省文。如〈豳風・七月〉「七月在野，八月在宇，九月在戶，十月蟋蟀入我牀下」，「七月」、「八月」、「九月」下並省略「蟋蟀」二字。〈召南・江有汜〉「江有汜，之子歸，不我以」，「以」下當省「歸」字。

3.多有增文。當一句不足四字時往往要增添無實義的語助詞足句。這類語助詞常見的有「其」「有」「斯」「思」「于」「言」「曰」「聿」「云」「薄」「式」等等。如〈陳風・衡門〉「豈其食魚，必河之魴」，〈大雅・文王有聲〉「自南自北，無思不服」，〈秦風・小戎〉「言念君子，溫其如玉」。上例中的「其」、「思」、「言」只是湊足音節，並無實義。

4.多有互文。上下文文辭或文義互相補充、呼應，就叫互文。如〈周南・葛覃〉「薄汙我私，薄澣我衣」，言趕緊洗淨我的內衣；「私」「衣」互文，私衣即內衣。〈衛風・碩人〉「邢侯之姨，譚公維私」，言邢侯、譚公皆是莊姜之姻親；於邢侯曰「姨」，於譚公曰「私」，互文也。〈大雅・卷阿〉「鳳皇鳴矣，于彼高岡；梧桐生矣，于彼朝陽」，意為高崗朝陽，梧桐生其上，而鳳凰棲於梧桐之上鳴叫。互文有節約文字、避免重複、曲折微妙的作用，因此被《詩經》大量採用。

要是我們對這些特殊的文例不了解，極有可能誤解詩意。

第二，以詩文本身作為解讀《詩經》的主要依據。歷來有「詩無達詁」的說法，尤其對

《詩經》的題旨，往往聚訟紛紜，莫衷一是，有時很叫人頭疼。古人曾經撰寫《詩序》，試圖點出每一首詩的題旨。但是後來人們逐漸發現，《詩序》和詩的內容往往有所出入，甚至風馬牛不相及。因此宋代大學問家朱熹就力主廢《序》，提倡通過涵泳篇章尋繹詩意。也就是主張拋開《詩序》說教的約束，反覆誦讀詩文，自己體會文義，從而探尋詩人作詩的本意。但是這種方法仍然不能避免歧見的產生。除了因為個人學識修養等因素以外，有的詩歌本身寫得比較模糊，容許有不同的解釋，因此見仁見智是很自然的事情。

遇到說《詩》分歧，我們該怎麼辦呢？首先可以分析一下各家分歧的焦點在哪裡，他們提出的理由或舉證是否充分，更重要的是，自己要細讀詩文，反覆涵泳，看看有沒有蛛絲馬跡，可以作為解決問題的突破口。像上面所舉的〈召南・行露〉中的「家」字就是突破口。我們再舉一例：〈周南・汝墳〉，《詩序》曰：「〈汝墳〉，道化行也。文王之化，行乎汝墳之國，婦人能閔其君子，猶勉之以正也。」按照《詩序》的說法，這是一首婦人勸勉丈夫的詩。在國難當頭的時候，妻子能深明大義，雖然與丈夫久別重逢，仍然以「正道」勉勵丈夫以王室為重，希望丈夫再赴國難。因此說文王之道已經深入人心。但是，涵泳詩之末章，總覺《序》說似有未安。如果是婦人勉勵其夫，為什麼要說「雖則（王室）如燬，父母孔邇」？「父母孔邇」，意思是父母近在眼前，其背後的意義就是你怎能忍心撇下父母不顧呢？這分明是婦人抬出公婆拖住丈夫後腿的話。這兩句詩對解讀本詩至為關鍵，因此〈汝墳〉其實是寫婦人挽留丈夫，不讓他再度離家遠走，《詩序》恰恰把它說反了。《詩序》是為《詩》教服務的，它所闡發的詩義大部分是引申之義，而非詩之本義。但我們也不贊成不分青紅皂白，把《詩序》一腳踢開。平心而論，《詩序》也並不全是空穴來風，有一部分《詩序》還是和詩篇的內容比較貼近，如謂〈召南・摽有梅〉「男女及時也」，謂〈邶風・新臺〉「刺衛宣公也」，謂〈陳風・株林〉「刺靈公也」，謂〈小雅・小弁〉「刺幽王也」，謂〈大雅・文王〉「文王受命作周也」，謂〈周頌・清廟〉「祀文王也」等等，大旨都不誤。因此對於《詩序》應當作實事求是的分析，該吸收的要吸收，該參考的要參考，該揚棄的要揚棄，這才是正確的態度。

第三，要具備一些有關《詩經》的基本知識。這裡只對「六義」作一簡單介紹。所謂「六義」，就是《詩經》中的六個基本概念，即風、雅、頌，賦、比、興。

風　《詩經》本是配樂演奏的樂歌，「風」當指樂歌的聲調。〈大雅・崧高〉「其詩孔碩，其風肆好」；《左傳・成公九年》載鍾儀「操南音」事，范文子說他「樂操土風」，這些都是「風」為聲調的明證。「風」既泛指聲調，當然包括「雅」「頌」在內，但編《詩》者把「雅」「頌」獨立出來，「風」就專指各地土樂了，如〈衛風〉就是衛國的土樂，〈秦風〉就是秦國的土樂，依此類推。

雅　「雅」是「夏」的通假字。《荀子・榮辱》：「譬之越人安越，楚人安楚，君子安雅。」王引之曰：「雅讀為夏，夏謂中國也，故與楚越對文。」因此，「雅」當指西周鎬京及其周圍地區之樂歌。「雅」何以又分大小呢？有人說，〈小雅〉多為宴饗之樂，〈大雅〉多為朝會之樂；也有人說，〈小雅〉比較短小，〈大雅〉比較長大。這個問題現在還沒有一個令人滿意的解釋。

頌　「頌」是頌揚、讚美的意思。〈周頌〉、〈魯頌〉、〈商頌〉就是頌揚周王、魯侯、宋公或者他們祖先功德偉績之詩。

風、雅、頌是《詩經》的分類，賦、比、興是《詩經》的作法。

賦　朱熹用「敷陳其事，而直言之」來解釋「賦」，也就是說「賦」的特點是直接陳述事物、抒發感情。「賦」是《詩經》最常用的表現手法（除了「比」「興」全都屬於「賦」）。但是，直陳不等於平鋪直敘。《詩經》敘事、抒情、寫景和刻劃人物，多半採用「賦」的手法。像〈周南・芣苢〉、〈小雅・車攻〉、〈十月之交〉等雖然通體出之於賦，同樣寫得十分精彩。

比　「比」就是比喻、比擬，也就是朱熹所說的「以彼物比此物」。它借助於兩類不同屬性事物相切合的類似處所產生的聯想，或者使抽象的事理變得具體形象，或者描繪事物的情狀使其更加鮮明生動，也可以用來寄託詩人的愛憎感情。

興　在賦、比、興三者中，人們對「興」的理解最為分歧。「興」的主要作用是興起，也就是朱熹所說的「先言他物以引起所咏之辭」。從寓意角度看，有的興辭和所詠之辭似乎沒有什麼聯繫，如〈秦風・黃鳥〉三章都以「交交黃鳥，止于棘（桑、楚）」起興，只是起一個定韻的作用，並無什麼深意。但有些興辭確有寓意，如〈周南・關雎〉「關關雎鳩，在河之洲」，興男女求愛；〈召南・摽有梅〉「摽有梅，其實七兮」，寓意青春易逝。因此對「興」不能一概而論，對那些只是「引起所咏之辭」的興辭，不必捕風捉影，去挖掘什麼微言大義。有寓意的興辭和「比」有時糾纏不清。兩者的主要區別是，「興」絕大部分出現在篇章之首，而「比」

則隨處可有；「興」是將客觀事物與主觀情意融為一體，「比」則兩者各自獨立。

第四，研習《詩經》必須養成嚴謹求實的學風。《詩經》言簡意深，許多詩篇創作背景不甚清楚，因此解《詩》者有很大的想像空間。如果治學態度不端正，很容易走上好逞臆說的邪路。說《詩》求奇求深之風古已有之，如〈秦風・駟驖〉「公之媚子，從公于狩」，謂秦君攜其子共出獵，「媚子」就是「愛子」，極為明白易曉。而《鄭箋》、王肅、嚴粲《詩緝》或訓為「能以道媚于上下者」，或訓為「卿大夫」，或訓為「嬖幸」，都求之過深。近些年來譁眾取寵、刻意標新立異之風也有抬頭的趨勢。如謂〈魏風・伐檀〉為情歌者有之，謂〈陳風・月出〉乃陳國統治者殘殺英才者亦有之，更有甚者，竟發石破天驚之「弘論」，謂《三百篇》乃周宣王大臣尹吉甫一人所作，為其一生悲歡離合之實錄，如此等等，不一而足。學術研究當然要創新，否則學術將停滯不前。但是，創新的前提必須是尊重客觀事實，要有令人信服的依據。如果沒有嚴謹求實的學風，那麼，所謂「創新」實為無根之說，無異癡人說夢。

胡適先生在一九二二年就曾說過：「《詩經》不經過一番大整理是不配做教本的。」為了方便青年學子學習《詩經》，做一點整理工作是十分必要的，比如今注今譯，就可以幫助讀者比較輕鬆地踏進《詩經》的大門，無需像先輩那樣直到「皓首」才能「窮經」。本書的撰寫目的，就是想給青年讀者奉獻一本經過整理的、通俗的、比較完備的《詩經》讀本。書中每一首詩除了原詩以外，還有語譯、注釋、研析、韻讀四部分。原詩採用《十三經注疏》本《毛詩》經文，並加標點分章。本書語譯盡量採用直譯的方式，不去刻意追求形式的優美整齊，因為過分追求詞藻華麗、句式整齊和韻律優美，容易削足適履，最終導致詩意扭曲走樣。當然，我們雖然強調「信」，但並不意味可以放棄「達」和「雅」。古詩今譯確實頗有難度，要絕對原汁原味譯出原詩神韻風貌，怕是沒有人能夠真正做得到，因此有人極力反對這項工作。其實，任何一部文學作品翻譯成外國文字的時候，任你怎樣努力，也同樣做不到絕對原汁原味的，難道我們因此就可以廢除翻譯了麼？語譯對青年讀者畢竟是有幫助的，這是不爭的事實。本書注釋力求簡明準確。《毛傳》和《鄭箋》是《毛詩》訓詁之淵藪，書中注釋既尊崇毛、鄭，又不泥於毛、鄭，兼取各家精華。凡有歧解異說，則擇善而從，並標明所出。特殊文例，若易誤解，則加說明。凡遇舊說扞格難通者，則間出己意。本書篇內之研析旨在為讀者指出一學習門徑，其中有詩旨辨析、章旨概括或藝術特色等等，以供讀者參考。本書韻讀，標出每章押韻字上古音所屬韻部，為讀者鑒賞《詩經》的韻律美以及學習上古音韻提供一點方便。鑒於上古音分部及韻部名稱目前尚未統一，茲採比較通行的二十九部，讀者察之。

滕志賢 謹識

詩經地圖

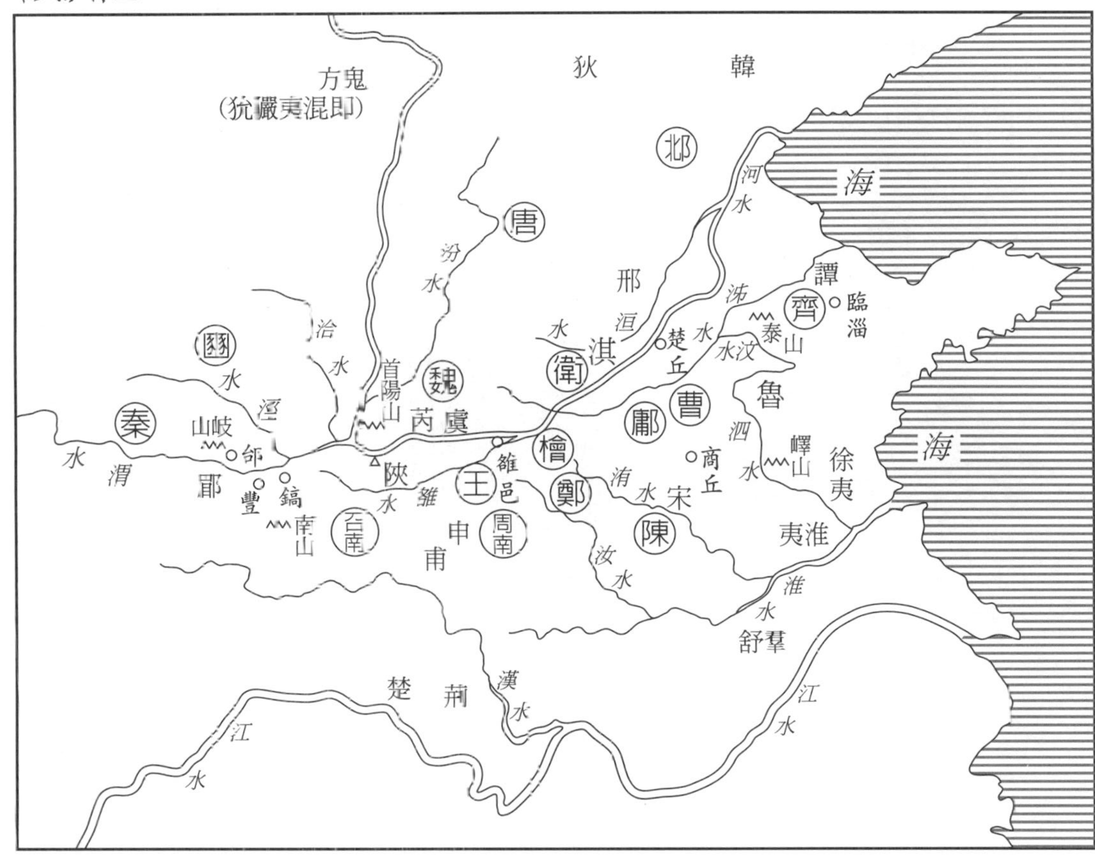

方鬼
(犺玁夷混即)
狄
韓
邶
唐
汾水
洽水
豳
邢
洹
淇
水
衛
魏
首陽山
芮
虞
秦
岐山
邰
渭水
郿
豐
鎬
南山
召南
陝
雒水
王
雒邑
周南
申
甫
檜
鄭
溱水
汝水
陳
宋
商丘
曹
鄘
楚丘
泲水
汶水
泰山
齊
臨淄
譚
魯
泗水
嶧山
徐夷
淮夷
淮水
舒羣
海
楚
荊
漢水
江水

國風

周南

西周初年，周公旦與召公奭分陝（今河南省陝縣）而治。周公居東都洛邑（今河南洛陽東北），統治東方諸侯，其所轄洛邑以南地區稱為周南。其範圍北至黃河，南至江漢流域，即今河南、湖北一帶。〈周南〉當是該地區之詩歌，共十一篇，多為西周晚期至東周初期作品；內容廣泛，以婚戀、思婦詩為主。

一 關雎

關關❶雎鳩❷，
在河❸之洲❹。
窈窕❺淑❻女，
君子❼好逑❽。

參差❾荇菜❿，
左右流⓫之。
窈窕淑女，
寤寐⓬求之。

咕咕對唱的雎鳩，
在那黃河中的小洲。
美麗善良的好姑娘，
是小伙子心中的好配偶。

長長短短的荇菜，
左手右手一起採。
美麗善良的好姑娘，
夢裡也在把她追。

求之不得，
寤寐思服⑬。
悠⑭哉悠哉，
輾轉反側⑮。

參差荇菜，
左右采⑯之。
窈窕淑女，
琴瑟⑰友⑱之。

參差荇菜，
左右芼⑲之。
窈窕淑女，

追求她呀追不上，
夢裡也在把她想。
想念啊，想念啊，
翻來覆去睡不安。

長長短短的荇菜，
左手右手一起採。
美麗善良的好姑娘，
我要彈琴奏瑟和她親近。

長長短短的荇菜，
左手右手一起摘。
美麗善良的好姑娘，

鍾鼓⑳樂之。

我要敲鐘擊鼓讓她高興。

【注釋】❶關關　禽鳥和鳴之聲。❷雎鳩　水鳥名。又名王雎，俗稱魚鷹，傳說此鳥配偶固定，情意專一。❸河　指黃河。❹洲　江河中泥沙淤積而成的陸地。❺窈窕　美麗而善良。❻淑　好；善也。❼君子　此指貴族青年男子。❽逑　通「仇」。配偶也。❾參差　長短不齊貌。❿荇菜　水草名。又名接余，俗稱金蓮子，其嫩葉可食，古代亦供祭祀之用。⓫流　通「求」。采摘也。⓬寤寐　猶夢寐。寤，睡醒。寐，睡著。⓭思服　思念。服，思也。⓮悠　深長之思念也。⓯輾轉反側　睡臥不安，翻來覆去。輾轉、反側同義連用。⓰采　古「採」字。⓱琴瑟　古代弦樂器名。兩者形制相似，琴設五弦或七弦，瑟設二十五弦。此皆作動詞，即彈奏琴瑟也。⓲友　表示親愛也。⓳芼　采摘也。⓴鍾鼓　古代打擊樂器名。鍾，通「鐘」。此亦作動詞。按，「鍾鼓樂之」與上章「琴瑟友之」實為互文，即以琴瑟鍾鼓友樂之也。

【研析】此是貴族男子思求淑女之詩。《詩序》曰：「〈關雎〉，后妃之德也，〈風〉之始也，所以風天下而正夫婦也。」又曰：「〈關雎〉樂得淑女以配君子，憂在進賢，不淫其色；哀窈窕，思賢才，而無傷善之心焉。」唯「樂得淑女以配君子」一語尚切詩旨，餘皆用為樂章之義，與詩之本義無涉。

詩共五章，第二章與四、五章複沓，章法獨特，於三百篇僅見。首章言此窈窕淑女與君子匹配，實為君子佳偶。二章言君子思得淑女，如饑似渴。三章言君子求之不得而焦灼不安。四、五兩章寫君子想像求得淑女之歡愉。本詩結構巧妙。一、二兩章寫男女求愛，平和舒緩。三章風波驟起，寫求之不得。若無此繁弦促音一節，則前後皆平淡無奇矣，故清人姚際恆曰

「通篇關鍵在此一章」（《詩經通論》）。四、五兩章又峰迴路轉，詩人以想像之辭（即修辭之示現格），寫婚後美滿幸福，雖為南柯一夢，然而正寫出男主人公之痴情敦厚，亦為詩歌增添無限情趣。除二章以外，每章皆用比興。詩人以雎鳩和鳴興男女相求，以左右采荇興男之求女，聯想自然，意蘊豐富，同時也為詩歌創造出一片清新淡雅、生動和諧之意境。

【韻讀】一章：鳩、洲、逑，幽部。二章：流、求，幽部。三章：得、服、側，職部。四章：采、友，之部。五章：芼，宵部；樂，覺部。宵覺通韻。

二 葛覃

葛❶之覃❷兮，
施❸于中谷，
維❹葉萋萋❺。
黃鳥❻于❼飛，
集❽于灌木，
其鳴喈喈❾。

葛藤長又長呀，
蔓延到山谷中央，
它的葉兒多麼茂盛。
黃雀忽而上下翻飛，
忽而在灌木上停息，
牠們鳴叫嘰嘰唧唧。

葛之覃兮，
施于中谷，
維葉莫莫⑩。
是刈⑪是濩⑫，
為絺⑬為綌⑭，
服⑮之無斁⑯。

言⑰告師氏⑱，
言告言歸。
薄⑲汙⑳我私㉑，
薄澣㉒我衣。
害㉓澣害否，
歸寧㉔父母。

葛藤長又長呀，
蔓延到山谷中央，
它的葉兒多麼茂密。
割取它，蒸煮它，
織成葛布有細有粗，
穿在身上不忍厭棄。

告訴我的師傅，
我要請假回家。
快快搓洗我的內衣，
快快洗淨我的髒衣。
哪件要洗，哪件不洗，
我就要回去看望爹媽。

【注釋】❶葛　植物名。藤本，蔓生，莖之纖維可織布。❷覃　延長。❸施　蔓延。❹維　語助詞。❺萋萋　茂盛貌。❻黃鳥　黃雀。❼于　語助詞。❽集　鳥停息於樹上曰集。❾喈喈　鳥鳴聲。❿莫莫　茂盛貌。⓫是刈　刈是之倒文。是，此也，指代葛，作刈之賓語，因強調賓語而置動詞前。刈，割取也。按，下文「是濩」，句式同此。⓬濩　煮也。葛須煮後方可取其纖維。⓭絺　細葛布。⓮綌　粗葛布。⓯服　穿著。⓰無斁　不厭棄。⓱言　語助詞。一說：我也。⓲師氏　女師，即負責教育貴族女兒之婦人。⓳薄　語助詞。有時含有急迫之意。⓴汙　同「污」。此作動詞，搓洗污垢也。㉑私　與下句「衣」字互文。私衣，貼身之內衣。㉒澣　同「浣」。洗滌也。㉓害　通「曷」。何也。㉔歸寧　回家探望父母。

【研析】此是寫貴族之女婚前在公宮接受女師教育以及告假回家省親之詩。《詩序》曰：「〈葛覃〉，后妃之本也。后妃在父母家，則志在於女功之事；躬儉節用，服澣濯之衣；尊敬師傅，則可以歸安父母，化天下以婦道也。」其以此詩繫之后妃，顯屬附會，但除此以外，《序》說與詩詞基本相附。「在父母家」四字，表明該女尚未出嫁，所謂「歸寧」，是由公宮回家，與後世指已嫁之女回母家省親不同。

詩共三章。首章寫葛藤生長茂盛，為二章寫採葛治葛之張本。「黃鳥于飛」三句，借景點綴，與上三句足成一章而已，並無深意。然詩人亦動亦靜，繪出春意盎然之山色，頗有情趣。二章寫採葛治葛，即所謂勤於女功之事也。「服之無斁」一句，言知成不易、心誠愛之之情，示其已養成躬儉節用之德。末章寫告辭女師，歸寧父母。「言告師氏」二句，寫尊敬師傅也。「薄汙我私」三句，寫其勤勉也。結句「歸寧父母」，方始點出主題，言已教成也。

全詩採用反推手法。詩之主旨，為女教成歸寧父母，詩人因歸寧而及浣衣，因浣衣而及製衣，因製衣而及採葛治葛，因採葛治葛而及葛之生長蔓延，由本及末，有條不紊，以見女師教化之循序漸進而有法度也。詩中並未刻意寫婦德，然德行懿美已於言外見之。

【韻讀】一章：谷、木，屋部。萋、喈，脂部；飛，微部。脂微合韻。二章：谷，屋部；與上章遙韻。莫、濩、絺、斁，鐸部。三章：歸、衣，微部。否、母，之部。

三 卷耳

采采❶卷耳❷，
不盈頃筐❸。
嗟❹我懷人❺，
寘❻彼周行❼。

陟❽彼崔嵬❾，
我❿馬虺隤⓫。

卷耳採了又採，
卻裝不滿淺淺的斜筐。
唉！我懷念的人兒喲，
奔波在通往周國的大道上。

登上那座高山，
我的馬兒已經累垮。

我姑⑫酌⑬彼金罍⑭，
維⑮以⑯不永懷⑰。
陟彼高岡⑱，
我馬玄黃⑲。
我姑酌彼兕觥⑳，
維以不永傷㉑。
陟彼砠㉒矣，
我馬瘏㉓矣，
我僕㉔痡㉕矣，
云何吁矣㉖！

我姑且從那金罍中舀酒，
藉此讓我不牽掛。
登上那高高的山梁，
我的馬兒毛色已經暗黃。
我姑且從那兕觥中舀酒，
藉此讓我不苦想。
登上那座石頭山呀，
我的馬兒病得不輕呀，
我的車伕也生了病呀，
多麼讓人發愁揪心呀！

【注釋】❶采采　採了又採。❷卷耳　植物名。又名苓耳，菊科，其嫩苗可食。❸頃筐　前低後高之淺筐，似今之簸箕。❹嗟　嘆詞。❺我懷人　我所思之人。懷，思也。❻寘　通「徥」。行也。（從高亨《詩經今注》）❼周行　通往周國的大道。❽陟　登上。❾崔嵬　高山。❿我　詩人之夫的自稱。以下之「我」皆同。本詩從第二章起皆為詩人設想之辭。⓫虺隤　病也。⓬姑　姑且。⓭酌　斟酒喝。⓮金罍　青銅所製之盛酒器，有雲雷形紋飾。⓯維　語助詞。⓰以　介詞。憑也；藉也。賓語「此」省略。⓱永懷　久思。⓲岡　山脊。⓳玄黃　黃黑色，指病馬之毛色。一說：病也。⓴兕觥　用牛角製作之酒器。㉑傷　思念；憂思也。㉒砠　有土之石山。㉓瘏　病也。㉔僕　車伕。㉕痡　病也。㉖云何吁矣　多麼憂愁啊。云，語助詞。吁，通「忬」。憂也。

【研　析】此是大夫行役、其妻憂思之詩。《詩序》以為后妃思賢之作，迂曲而無徵，非詩之本旨。詩中男主人公有車有僕，有金罍兕觥，且常年往返於周道，其身份蓋為大行人（使節）一類官員。

詩共四章。首章寫女主人公因思念遠行之夫而無心採摘卷耳。詩之主旨於本章盡現，清人劉熙載《藝概》曰：「〈卷耳〉四章，只『嗟我懷人』一句是點明主意，餘者無非做足此意。」二、三、四章，形式複疊，章旨相同，皆摹擬女主人公丈夫之口吻，寫己旅途跋涉之艱苦、思家之心切。

本詩構思巧妙。明明寫妻子懷念丈夫，但全詩四章僅起首一章作正面抒寫，其餘三章，詩人皆從對面著筆，用第一人稱「我」反復抒寫丈夫之勞頓及其對妻子魂牽夢縈之眷念。此自然是妻子思念到極點所產生之幻想。但從對面著筆、用虛寫寄託感情，別有一番情趣。它能寫出夫妻心心相印，將妻子對丈夫體恤與摯愛之情寫得更委婉曲折、更深沉細膩；同時，詩歌場景更廣闊，情節亦更引人入勝。此種表現手法被後世詩人廣為繼承，如杜甫〈月夜〉詩「今夜鄜州月，閨中只獨看」等皆脫胎於此。

【韻讀】一章：筐、行，陽部。二章：嵬、隤、罍、懷，微部。三章：岡、黃、觥、傷，陽部。四章：砠、瘏、痡、吁，魚部。

四 樛木

南有樛木❶，
葛藟❷纍❸之。
樂只❹君子，
福履❺綏❻之！

南有樛木，
葛藟荒❼之。

南邊有樹，枝條彎彎，
葛藟藤兒把它纏繞。
快樂呀君子，
福祿使您得平安！

南邊有樹，枝條彎彎，
葛藟藤兒把它遮掩。

樂只君子，
福履將❽之！

南有樛木，
葛藟縈❾之。
樂只君子，
福履成❿之！

快樂呀君子，
福祿使您得保佑！

南邊有樹，枝條彎彎，
葛藟藤兒把它盤繞。
快樂呀君子，
福祿使您事事成全！

【注釋】❶樛木　枝條下曲的樹木。❷藟　植物名。蔓生，葛類。❸纍　纏繞；攀援也。❹只　語助詞。❺履　通「祿」。❻綏　安也。❼荒　掩蓋。❽將　扶助；保佑也。❾縈　盤旋而上。❿成　成就。

【研析】此是祝福君子之詩。清人戴震《詩經補注》以為「下美上之詩」，是也。詩明言「樂只君子」，《詩序》竟謂「后妃逮下」，蓋因樛木下曲而附會之，不足信也。

詩共三章，形式複疊。各章皆以葛藟纏覆樛木興福祿蔭佑君子。上二句為興辭，下二句乃正意。葛藟云「纍」、云「荒」、云「縈」，變文以避複。福祿云「綏」、云「將」、云「成」，則係層層遞進。

本詩善用比興，形象貼切。節奏歡樂明快，一唱三嘆，由淺入深，將祝頌氣氛逐層推向高潮。

【韻讀】一章：纍、綏，微部。二章：荒、將，陽部。三章：縈、成，耕部。

五 螽斯

螽斯❶羽，
詵詵❷兮。
宜爾❸子孫，
振振❹兮！

螽斯振動翅膀，
沙沙地響啊。
您的子子孫孫，
定會奮發向上啊！

螽斯羽，
薨薨兮。
宜爾子孫，

螽斯振動翅膀，
哄哄地響啊。
您的子子孫孫，

繩繩❺兮！　定會小心謹慎啊！

螽斯羽，　螽斯振動翅膀，

揖揖兮。　切切地響啊。

宜爾子孫，　您的子子孫孫，

蟄蟄❻兮！　定會和睦有教養啊！

【注　釋】❶螽斯　昆蟲名。又名蚣蝑、斯螽等，蝗類，多子，兩股相切作聲，俗以為振羽而出聲。❷詵詵　羽聲眾盛貌。下「薨薨」、「揖揖」同。❸爾　指詩人所祝之人。❹振振　奮發有為也。（從王先謙《詩三家義集疏》）❺繩繩　戒慎也。一說：不絕也。❻蟄蟄　靜和也。

【研　析】此是祝人多子之詩。《詩序》曰：「〈螽斯〉，后妃子孫眾多也。言若螽斯。不妒忌，則子孫眾多也。」《序》說除「子孫眾多」一語外，餘皆不足信。

詩共三章，形式複疊。各章上二句皆為興辭，以螽斯羽「詵詵」、「薨薨」、「揖揖」，喻其人子孫眾多也。下二句為正意，「振振」、「繩繩」、「蟄蟄」，言人子孫不唯眾多，而且德性和美。

本詩內容比較簡單，但詩人巧用六個疊音詞，擬聲摹狀，形象生動，音節優美，故略無單調平淡之弊。

【韻讀】一章：詵、振，文部。二章：薨、繩，蒸部。三章：揖、蟄，緝部。

六 桃夭

桃之夭夭❶，
灼灼❷其華❸。
之子❹于歸❺，
宜❻其室家❼。

桃之夭夭，
有蕡❽其實❾。
之子于歸，
宜其家室❿。

桃樹茁壯生長，
火紅的花朵開得正盛。
這個姑娘出嫁，
能使她的新家和順。

桃樹茁壯生長，
它的果實肥大繁盛。
這個姑娘出嫁，
能使她的新家和順。

桃之夭夭，
其葉蓁蓁⓫。
之子于歸，
宜其家人⓬。

桃樹茁壯生長，
它的葉子多麼茂盛。
這個姑娘出嫁，
能使她的新家和順。

【注釋】❶夭夭 少壯貌。❷灼灼 紅艷貌。❸華 古「花」字。❹之子 這個女子。之，此也。❺于歸 出嫁。于，語助詞。❻宜 和順也。此作動詞。❼室家 家庭。❽有蕡 猶蕡然，大也。有，語助詞。❾實 果實。❿家室 猶室家。倒文協韻也。⓫蓁蓁 葉盛貌。⓬家人 猶室家。變文協韻也。

【研析】此祝新娘之詩也。《詩序》曰：「〈桃夭〉，后妃之所致也。不妬忌，則男女以正，昏姻以時，國無鰥民也。」此蓋經學家引申之義，非詩之本旨也。

詩共三章，形式複疊。詩旨已在首章寫盡。前二句以桃樹盛壯、桃花艷麗起興，喻新娘青春貌美也。姚際恆曰：「桃花色最艷，故以取喻女子，開千古詞賦咏美人之祖。」《詩經通論》後二句述新娘過門，能使其家和順，言其德之美。次章以「有蕡其實」起興，祝其多子多孫。末章以「其葉蓁蓁」起興，祝其家業興旺。三章反復詠嘆，層層遞進，此亦詩之常例也。

【韻讀】一章：華、家，魚部。二章：實、室，質部。三章：蓁、人，真部。

七 兔罝

肅肅❶兔罝❷，
椓❸之丁丁❹。
赳赳❺武夫❻，
公侯❼干城❽。

肅肅兔罝，
施❾于中逵❿。
赳赳武夫，
公侯好仇⓫。

排列整齊的兔網，
打樁聲登登地響。
威武的武夫，
是公侯的盾牌和城牆。

排列整齊的兔網，
佈設在交叉路口。
威武的武夫，
是公侯的好助手。

肅肅兔罝，施于中林。赳赳武夫，公侯腹心⑫。

排列整齊的兔網，佈設在樹林中。威武的武夫，是公侯的心腹。

【注釋】❶肅肅 整齊貌。一說：網密貌。肅，通「縮」。❷兔罝 捕兔之網，佈設於地，用木樁固定。❸椓 敲擊。❹丁丁 打樁聲也。❺赳赳 威武貌。❻武夫 武士；勇士也。❼公侯 公爵與侯爵也。❽干城 盾牌與城牆，以喻護衛者。❾施 設置。❿逵 歧路。⓫好仇 好伙伴；好助手。仇，匹偶也。⓬腹心 即心腹之倒文，比喻親信。

【研析】此是讚美武夫之詩。《詩序》曰：「〈兔罝〉，后妃之化也。〈關雎〉之化行，則莫不好德，賢人眾多也。」此用詩之義也，與詩之本旨相去甚遠。

詩共三章，形式複疊。各章皆以「肅肅兔罝」起興。兔罝，為獵手捕獵之器具，以象徵武夫為公侯建功立業之人材。首章「椓之丁丁」與二、三兩章「施于中逵」、「施于中林」重章互足，意為施兔罝於林中歧路，而椓橛之聲丁丁然也。詩之重心自在各章三、四兩句。首章言武夫為公侯之干城，以見其勇；二章言武夫為公侯之好仇，以見其良；三章言武夫為公侯之腹心，以見其忠。由遠及近，層層遞進。

【韻讀】一章：罝、夫，魚部。丁、城，耕部。二章：罝、夫，魚部。逵、仇，幽部。三章：罝、夫，魚部。林、心，侵部。

八　芣苢

采采❶芣苢❷，
薄言❸采之。
采采芣苢，
薄言有❹之。

采采芣苢，
薄言掇❺之。
采采芣苢，
薄言捋❻之。

茂盛鮮明的車前草，
大家快來採摘它。
茂盛鮮明的車前草，
大家快來摘取它。

茂盛鮮明的車前草，
大家快來拾取它。
茂盛鮮明的車前草，
大家快來抹取它。

采采芣苢，
薄言袺⑦之。
采采芣苢，
薄言襭⑧之。

茂盛鮮明的車前草，
快快提起衣兜來盛它。
茂盛鮮明的車前草，
快快掖起衣兜來裝它。

【注　釋】❶采采　茂盛鮮明貌。因下句有動詞「采」字，故此「采采」與〈卷耳〉之「采采」不同，不應作動詞解。❷芣苢　植物名。又名車前、馬舄等，古以為可治婦女不孕症。❸薄言　皆語助詞。❹有　取得。❺掇　拾取。❻捋　持穗抹取。❼袺　執襟兜以貯也。❽襭　掖襟於帶間以收貯也。

【研　析】此是農婦採摘車前子之詩。《詩序》曰：「〈芣苢〉，后妃之美也。和平，則婦人樂有子矣。」除「婦人樂有子」一語可參以外，餘可置之。

詩共三章，形式複疊。首章泛言採事，蓋述始採時之狀況。次章言勤於拾取，蓋述採摘中之狀況。末章言滿載而歸。

此詩之妙，全在鍊字之精。全詩主要通過「采」、「有」、「掇」、「捋」、「袺」、「襭」六個動詞的更換，生動準確地寫出採摘車前子由慢至快、由少至多，層層遞進之過程。全篇節奏明快，雖然未出一「樂」字，但通篇洋溢歡樂氣氛。清人方玉潤曰：「讀者試平心靜氣，涵泳此詩，恍聽田家婦女，三三五五，於平原繡野、風和日麗中群歌互答，餘音裊裊，若遠若

近，忽斷忽續，不知其情之何以移而神之何以曠。」（《詩經原始》）

【韻讀】一章：苢、采、苢、有，之部。二章：苢、苢，之部。掇、捋，月部。三章：苢、苢，之部。袺、襭，質部。

九 漢廣

南有喬木❶，
不可休息❷。
漢❸有游女❹，
不可求思。
漢之廣矣，
不可泳❺思。
江❻之永❼矣，
不可方❽思。

南方有高大的樹木，
不可在樹下休息喲。
漢水有出遊的姑娘，
不可把她求得喲。
漢水寬又寬呀，
不可游水橫渡喲。
江水長又長呀，
不可乘木筏漂流喲。

翹翹❾錯薪❿，
言刈其楚⓫。
之子于歸，
言秣⓬其馬。
漢之廣矣，
不可泳思。
江之永矣，
不可方思。

翹翹錯薪，
言刈其蔞⓭。
之子于歸，
言秣其駒⓮。

高高翹起的雜亂柴草，
我要割取其中的荊條。
這位姑娘出嫁，
我要把迎親的大馬喂飽。
漢水寬又寬呀，
不可游水橫渡喲。
江水長又長呀，
不可乘木筏漂流喲。

高高翹起的雜亂柴草，
我要割取其中的蔞蒿。
這位姑娘出嫁，
我要把迎親的馬兒喂飽。

漢之廣矣，
不可泳思。
江之永矣，
不可方思。

漢水寬又寬呀，
不可游水橫渡喲。
江水長又長呀，
不可乘木筏漂流喲。

【注　釋】❶喬木　高大的樹木。❷息　當作「思」。（從孔穎達《正義》）思，語助詞。下各「思」字同。❸漢　水名。源出陝西寧羌嶓冢山，東流至湖北漢陽入長江，為長江最長支流。❹游女　出遊之女子。❺泳　潛游，此泛指游泳。❻江　指長江。❼永　長也。❽方　用竹木編成之筏也。此作動詞。❾翹翹　高貌。❿錯薪　雜亂的柴草。⓫楚　植物名，即荊。⓬秣　飼馬穀也。此作動詞。⓭蔞　植物名。即蔞蒿，生於水，葉如艾，嫩時可食，老則為薪。⓮駒　馬之小者，此亦指馬，避複變文耳。

【研　析】此是思賢女而不可得之詩，與〈秦風・蒹葭〉旨趣相類。《詩序》曰：「〈漢廣〉，德廣所及也。文王之道被于南國，美化行乎江漢之域，無思犯禮，求而不可得也。」除末句「求而不可得」尚與詩詞相關外，餘皆用詩之義，與詩之本旨無涉。

詩共三章，二、三章形式複疊。首章首二句以喬木高聳不可休，興游女高雅不可求。「漢有游女，不可求思」二句，為全詩重心所在。以下「漢之廣矣」四句，以江漢之不可渡，喻賢女之不可求，亦為此二句張目。一章中連用四「不可」，無奈之情躍然紙上。二、三兩章同意，首二句以樵薪須刈楚蔞，喻娶妻須娶良女。「之子于歸，言秣其馬（駒）」，乃幻想之辭，與〈關雎〉篇「琴瑟友之」、「鍾鼓樂之」意趣相似，直寫出一腔癡情。下「漢之廣矣」四句，與首章雷同，一唱而三嘆，抒發思而不得之無限惆悵。

【韻讀】一章：休、求，幽部。廣、泳、永、方，陽部。二章：楚、馬，魚部。廣、泳、永、方，陽部。三章：蔞、駒，侯部。廣、泳、永、方，陽部。

一〇 汝墳

遵❶彼汝墳❷，
伐其條枚❸。
未見君子，
惄❹如調❺飢。

遵彼汝墳，
伐其條肄❻。

沿著那汝水的堤岸，
砍伐枝條和樹幹。
望不見我的夫君，
憂思如早晨飢餓難捱。

沿著那汝水的堤岸，
砍伐新生的嫩枝。

既見君子，
不我遐棄❼。
魴魚❽赬尾❾，
王室❿如燬⓫。
雖則如燬，
父母孔邇⓬！

見到了我的夫君，
他不會把我遠遠拋棄。
鯿魚尾巴變紅，
王室形勢如火燒。
雖然如火燒，
父母近在身邊要盡孝道！

【注釋】❶遵　循也；沿著。❷汝墳　汝水之堤。汝，水名，源出河南省梁縣天息山，東南至新蔡入淮。墳，堤岸。❸條枚　樹枝與樹幹。一說：條，木名，山楸也。❹惄　憂思也。❺調　通「朝」。早晨。❻肄　通「蘖」。砍而再生的嫩枝。❼不我遐棄　不遐棄我之倒文，言不會棄我而不顧。遐，遠也。❽魴魚　即鯿魚。體扁鱗細，刺多肉嫩。❾赬尾　赤尾。魚勞則尾赤。❿王室　指周室。⓫燬　字亦作「焜」。焚也。⓬孔邇　很近。

【研析】《詩序》曰：「〈汝墳〉，道化行也。文王之化，行乎汝墳之國，婦人能閔其君子，猶勉之以正也。」除「婦人能閔其君子」一語外，餘皆不足取。姚際恆曰：「『道化行』，全鵲突，何篇不可用之？」（《詩經通論》）方玉潤曰：「大抵學究家說《詩》，必先有一付寬大帽子壓倒眾人，然後獨申己見。故此詩本欲說婦人思夫，而又覺無甚關係，故先言文王之化，以鄭重其辭，然後說思夫，以致上下文義不相連貫亦不之覺。」（《詩經原始》）二說所論甚當。細繹詩意，此當為婦人既樂丈夫從役而歸，又憂其復去之詩。

詩共三章，前二章形式複疊。一章追溯丈夫未歸時之焦念。「『調飢』，寫出無限渴想意。」（方玉潤）二章寫丈夫既歸之欣幸。三章變調，寫恐丈夫復往從役之憂慮，為全詩之重心。此詩關鍵，在「雖則如燬」二句，《鄭箋》、《詩集傳》等，說皆未安。清人馬瑞辰《通釋》曰：「蓋王政酷烈，大夫不敢告勞，雖暫歸，復將從役。又有棄我之虞，不言憂其棄我，而言父母，《序》所謂勉之以正也。言雖畏王室而遠從行役，獨不念父母之甚邇乎？古者遠之事君，邇之事父，詩所以言孔邇也。」此說曲盡其妙，獨得詩旨。

【韻讀】一章：枚，微部；飢，脂部。微脂合韻。二章：肄、棄，質部。三章：尾、燬、燬，微部；邇，脂部。微脂合韻。

一一 麟之趾

麟❶之趾❷。　　麒麟的腳蹄。

振振❸公子❹，　　奮發有為，您的公子，

于嗟❺麟兮！　吆嗨！就是麒麟喲！

麟之定❻。　麒麟的額頂。

振振公姓❼，　奮發有為，您的同宗，

于嗟麟兮！　吆嗨！就是麒麟喲！

麟之角。　麒麟的肉角。

振振公族❽，　奮發有為，您的同族，

于嗟麟兮！　吆嗨！就是麒麟喲！

【注釋】❶麟　神獸名，即麒麟。傳說其形似鹿，獨角而角端有肉，身有鱗甲，尾似牛，不履生蟲，不踐生草，王者至仁則出。❷趾　足也。❸振振　參見〈螽斯〉注。❹公子　諸侯之子。公，指諸侯。❺于嗟　嘆詞。于，通「吁」。❻定　古「顁」字。額也。❼公姓　諸侯之同姓，猶言同宗、同族。一說：即公孫。❽公族　諸侯的同族。

【研　析】此是祝頌公侯子孫家族之詩，即方玉潤《詩經原始》所云：「美公族龍種，盡非常人也。」《詩序》謂美「雖衰世之公子，皆信厚，如麟趾之時也」，何以見得必為衰世？「麟趾之時」更不知所謂，《序》說不可信。

詩共三章，形式複疊。各章皆以麟起興，以喻公侯之子孫族人皆為人傑。謂「趾」、謂「定」、謂「角」，皆為協韻而換字，未必有深意。「不可以趾若何喻子若何，定若何喻姓若何，角若何喻族若何也。」（姚際恆《詩經通論》）各章二、三兩句皆言公之子嗣族人皆如麒麟，此乃詩之正意。言麟則趾、定、角由下而及上，言公則子、姓、族由親而及疏，兩者相呼應，以顯示詩之層次，此為《詩經》章法常例。

【韻　讀】一章：趾、子，之部。麟，真部；與下二章遙韻。二章：定、姓，耕部。三章：角、族，屋部。

召南

西周初年，周公與召公分陝（今河南省陝縣）而治，召公統治西方諸侯，其所轄之南方地區稱為召南，範圍大致包括今河南西南部及長江中上游一帶。〈召南〉當是該地區之詩歌，共十四篇，其時代及內容與〈周南〉相似。

一 鵲巢

維❶鵲有巢，
維鳩❷居之。
之子❸于歸❹，
百兩❺御❻之。

喜鵲築了巢，
布穀鳥來住下。
這個姑娘出嫁，
一百輛婚車來迎她。

維鵲有巢，　喜鵲築了巢，
維鳩方❼之。　布穀鳥來安家。
之子于歸，　這個姑娘出嫁，
百兩將❽之。　一百輛婚車來送她。

維鵲有巢，　喜鵲築了巢，
維鳩盈❾之。　布穀鳥來享有。
之子于歸，　這個姑娘出嫁，
百兩成❿之。　一百輛婚車成大禮。

【注釋】❶維　語助詞。❷鳩　鳥名，即鳲鳩，俗稱布穀鳥。傳說鳩鳥不築巢，常佔鵲巢棲息。❸子　指出嫁之女子。❹歸　嫁也。❺兩　古「輛」字。❻御　迎接。❼方　通「房」。用作動詞，居住也。❽將　送行。❾盈　滿也。此作動詞，亦占有、居住之義。❿成　完成。

【研　析】此是嫁女之詩。《詩序》以為美「夫人之德」，云：「國君積行累功，以致爵位，夫人起家而居有之，德如鳲鳩，乃可以配焉。」此當為詩教之義，與本旨無涉。

詩共三章，形式複疊。首章述夫家迎親，次章述娘家送行，末章述婚禮告成。次第井然。三章並以鵲巢鳩居起興，唯二三兩章次句「居」字換作「方」「盈」而已，其義相近，皆喻新娘來嫁居新郎之室。聯想生動貼切，足見詩人體物之妙。詩人以誇張之詞突出婚車之眾，三章三詠「百兩」，烘托婚禮之隆重熱烈，筆法極其簡練。

【韻讀】一章：居，魚部；御，鐸部。魚鐸通韻。二章：方、將，陽部。三章：盈、成，耕部。

二 采蘩

于以❶采蘩❷？　　在哪裡採白蒿？
于沼❸于沚❹。　　在池塘在小洲。
于以用之？　　在哪裡用白蒿？
公侯之事❺。　　用於公侯的祭禱。

于以采蘩？　　在哪裡採白蒿？
于澗❻之中。　　在山間的溪流。
于以用之？　　在哪裡用白蒿？
公侯之宮❼。　　在公侯的祖廟。

被❽之僮僮❾，　　頭上假髮髻聳得高高，
夙夜在公❿。　　早早晚晚在公侯祖廟。
被之祁祁⓫，　　從從容容把祭服脫下，
薄言⓬還歸。　　祭禱完畢才回家。

【注釋】❶于以　在何處。以，通「台」。何也。（從楊樹達〈詩于以采蘩解〉，見《增訂積微居小學金石論叢》。）❷蘩　白蒿。多年生菊科草本植物，有香氣，可食，古代亦用作祭祀之供品。❸沼　池塘。❹沚　水中小塊陸地，即渚。❺事　指祭事。❻澗　山間溪流。❼宮　指祖廟。❽被　通「髲」。古代婦女之髮飾，用假髮梳成高髻。一說：指穿祭服。❾僮僮　隆盛貌。❿公　即上章公侯之宮，因湊句字而文有省減。⓫被之祁祁　言行動舒遲。祭畢不欲遽去，愛敬無已也。蓋「被之」二字承襲上章「被之」以足句。祁祁，舒遲貌。一說：猶被之僮僮，言髮飾之盛也。⑫薄言 皆語助詞。

【研析】此是詠貴族婦女祭祀恭敬之詩。《詩序》曰：「〈采蘩〉，夫人不失職也。夫人可以奉祭祀，則不失職矣。」其說是也。

詩共三章。一、二兩章形式複疊，內容互足，言採蘩於沼、沚、澗，用於公侯之宮之祭事。末章變調，言祭時恭敬，事畢不欲遽去，為詩之重心所在。

此詩前二章四問四答，筆調輕鬆活潑，寫出了勤於採蘩的勞動節奏。末章抓住細節描寫，以隆盛之髮飾寫奉祭之虔敬；以舒遲之動作，寫祭畢而意猶未盡。筆法含蓄而雋永。

【韻讀】一章：沚、事，之部。二章：中、宮，侵部。三章：僮、公，東部。祁，脂部；歸，微部。脂微合韻。

三　草蟲

喓喓❶草蟲❷，
趯趯❸阜螽❹。
未見君子，
憂心忡忡❺。

蟈蟈唧唧地叫，
蝗蟲蹦蹦地跳。
沒有見到夫君，
使我心憂煩惱。

亦❻既見止❼，
亦既覯❽止，
我心則降❾。

陟彼南山，
言采其蕨❿。
未見君子，
憂心惙惙⓫。
亦既見止，
亦既覯止，
我心則說⓬。

陟彼南山，

如果見到了他，
如果和他會面，
我懸著的心就會放下。

登上那南山，
採摘那蕨菜。
沒有見到夫君，
使我心憂不安。
如果見到了他，
如果和他會面，
我的心就會歡暢喜悅。

登上那南山，

言采其薇⓭。
未見君子，
我心傷悲。
亦既見止，
亦既覯止，
我心則夷⓮。

採摘那薇菜。
沒有見到夫君，
使我心憂傷悲。
如果見到了他，
如果和他會面，
我的心就會舒展平靜。

【注釋】❶喓喓　蟲鳴聲。❷草蟲　即蟈蟈。蝗類昆蟲，色青善鳴。一說：即下句之阜螽。蟲通「螽」，變文避複。❸趯趯　跳躍。❹阜螽　蝗蟲之幼小者。❺忡忡　憂愁貌。❻亦　語助詞。❼止　語助詞。❽覯　會面。❾降　落下。❿蕨　山菜名。其莖紫色，初生似鱉腳，故又名鱉。⓫惙惙　憂愁貌。⓬說　「悅」之古字。⓭薇　山菜名。莖、葉、花、實皆似豌豆而小，即今之野豌豆。⓮夷　平靜；喜悅也。

【研析】此是思婦之詩。《詩序》曰：「〈草蟲〉大夫妻能以禮自防也。」「以禮自防」云云，猶空穴來風，蓋詩教之義，與本旨無涉。

詩共三章，形式複疊，各章起首之興辭則有所不同。首章以蟲鳴螽躍起興，渲染如繪秋景，引起無限愁思。二、三兩章則以採摘蕨薇起興，暗示春回大地，猶未見夫君之歸，益增其憂。各章皆以「未見」君子之憂與「既見」君子之喜作對照，以增強藝術感染力。誠如清代王夫之《薑齋詩話》所言：「以樂景寫哀，以哀景寫樂，一倍增其哀樂。」詩人自秋至春，終未得見君子，故詩中「既見」、「既覯」當為幻想之辭。方玉潤《詩經原始》曰：「既未能見，則更設為既見情形，以自慰其幽思無已之心。」點出了此種手法之意趣。

【韻讀】一章：蟲、螽、忡，侵部。子、止、止，之部。二章：蕨、惙、說，月部。子、止、止，之部。三章：薇、悲，微部；夷，脂部。微脂合韻。子、之、止，之部。

四 采蘋

于以❶采蘋❷？	在哪裡採浮萍？
南澗之濱。	在南邊山溪的水濱。
于以采藻❸？	在哪裡採聚藻？
于彼行潦❹。	在那路旁的水溝。
于以盛❺之？	在哪裡盛放？
維筐及筥❻。	用方筐和圓筐。

于以湘❼之？
維錡❽及釜❾。

于以奠❿之？
宗室⓫牖⓬下。
誰其⓭尸⓮之？
有齊⓯季女⓰。

在哪裡烹煮？
用三腳鍋和無腳鍋。

在哪裡供置？
在宗廟的窗下。
是誰主持祭禮？
是那虔敬的少女。

【注釋】❶于以　見〈采蘩〉注。❷蘋　水草名。即大浮萍，生於水，有根，可食。❸藻　水草名。即聚藻，莖大如釵股，葉如蓬蒿，古人亦食用。❹行潦　道旁溝溪。潦，聚積之雨水。❺盛　以容器裝物。❻筥　圓形竹編器皿。方者曰筐。❼湘　通「鬺」。烹煮也。❽錡　三足鍋。❾釜　即鍋。無足。❿奠　置放。⓫宗室　宗廟。⓬牖　窗。⓭其　語助詞。⓮尸　主持祭祀。⓯有齊　猶齋然，恭敬貌。有，語助詞。齊，通「齋」。⓰季女　少女。

【研析】古有嫁女祭祖之禮。此詩即詠少女將嫁、採摘蘋藻祭於祖廟之事。其內容及形式與〈采蘩〉相似，可以合讀。詩中明言主祭者為「季女」（少女），而《詩序》卻謂大夫妻祭祖，與詩義明顯不合，不可從信。

詩共三章，形式複疊，內容相承。首章寫採蘋藻之處；次章寫盛、煮蘋藻之器；末章寫供祭之地與主祭之人。三章依次寫出祭祖活動之始末，有條不紊，次序井然，側面烘染女主人公之幹練與恭敬。

全篇採用問答句式，通過六問六答，包容全部內容，節奏明快，風格極為獨特。前五問，詩人連用五個「于以」句，以排比句式寫採、盛、煮、奠四個連貫步驟；至末一問，突然改用「誰其」發問，結句「有齊季女」點明主題，全詩戛然而止。波瀾起伏，跌宕多姿。

【韻讀】一章：蘋、濱，真部。藻、潦，宵部。二章：筥、釜，魚部。三章：下、女，魚部。

五　甘　棠

蔽芾❶甘棠❷，
勿翦❸勿伐，
召伯❹所茇❺。

幼嫩的甘棠，
不要剪傷它，不要砍伐它，
這是召伯當年露宿的地方。

蔽芾甘棠，
勿翦勿敗❻，
召伯所憩❼。

幼嫩的甘棠，
不要剪傷它，不要毀壞它，
這是召伯當年休息的地方。

蔽芾甘棠，
勿翦勿拜❽，
召伯所說❾。

幼嫩的甘棠，
不要剪傷它，不要攀折它，
這是召伯當年歇腳的地方。

【注釋】❶蔽芾　草木幼小貌。一說：茂盛貌。❷甘棠　木名。又名白棠、棠梨、杜梨。果實似梨而小，味酸甜。古代常種於社前。❸翦　同「剪」。❹召伯　即召穆公，名虎，召公奭之後裔，曾擁立周宣王繼位，並率兵戰勝淮夷。❺茇　草野中止宿也。❻敗　毀壞。❼憩　休息。❽拜　通「扒」。掰也。❾說　歇也。

【研析】此是懷念召伯之詩。《詩序》曰：「〈甘棠〉，美召伯也。召伯之教，明於南國。」是矣。

詩共三章，形式複疊。三章一意，皆寄情於召伯曾憩息之甘棠，抒發詩人懷念之情。

此詩之妙，全在練字之精。首章曰「勿伐」，次章曰「勿敗」，末章曰「勿拜」，用字雖一層輕似一層，對甘棠的珍重之情卻一層深似一層。

【韻讀】一章：伐、茇，月部。二章：敗、憩，月部。三章：拜、說，月部。

六 行露

厭浥❶行露❷，
豈不夙夜❸？
謂❹行多露。

路上的露水太潮濕，
難道不想早晚趕路？
只怕路上露水太多。

誰謂雀無角？
何以穿我屋？
誰謂女❺無家❻？
何以速❼我獄❽？

誰說麻雀沒有角？
怎能穿破我的屋？
誰說你沒有家當？
怎能找我去公堂？

雖速我獄，
室家不足❾。

誰謂鼠無牙？
何以穿我墉❿？
誰謂女無家？
何以速我訟？
雖速我訟，
亦不女從。

即使找我去公堂，
彩禮不足難相從。

誰說老鼠沒有牙？
怎能穿破我的牆？
誰說你沒有家當？
怎能找我去公堂？
即使找我去公堂，
我也不能相曲從。

【注釋】❶厭浥　潮濕貌。厭，通「湆」。濕也。❷行露　道上的露水。❸夙夜　早晨和夜晚。此句「夙夜」下省「而行」二字。❹謂　通「畏」。（從馬瑞辰《通釋》）❺女　古「汝」字。下同。❻家　指家產。（從曾運乾《毛詩說》）❼速　招致也。❽獄　訟事也。今謂打官司。❾室家不足　謂室家之禮不足，指六禮不備。（從曾運乾《毛詩說》）❿墉　牆。

【研　析】此蓋男子六禮不備而欲強娶、女子拒之之詩。朱熹《詩集傳》曰：「女子有能以禮自守，而不為強暴所污者，自述己志，作此詩以絕其人。」甚得詩旨。《詩序》唯「彊暴之男，不能侵陵貞女」二語尚切詩義，其餘「召伯聽訟」云云，皆無實據。近代說詩，又多以為此是拒已婚男子重婚之詩，蓋由誤解詩中「家」、「室家」為家室之意所致。殊不知「家」字古自有家產之義，《禮記・檀弓》「君子不家于喪」、《尚書・呂刑》「毋或私家于獄之兩辭」、《莊子・列禦寇》「單千金之家」等皆可為證。此「室家」者，指室家之禮；若以為妻室，則「妻室不足」為不辭矣。詳參曾運乾《毛詩說》。

詩共三章。首章僅三句，二、三兩章則每章六句。首章以畏沾露而不敢行，喻懼犯禮而不敢嫁，辭婉而情切。「豈不夙夜」一語已洩露天機，表明拒嫁實出無奈。二、三兩章形式複疊，章旨則一。雀既穿屋，則知其必有角；鼠既穿墉，則知其必有牙。兩者皆興汝既召我獄訟，則知汝必有家產（古代興訟亦須繳納訴訟費）。雀本無角，故詩以「雀無角」與「女無家」不十分貼切，但取其大意則可，不可泥其辭而害其義。二章「雖速我獄，室家不足」，與三章「雖速我訟，亦不女從」互文，合之則謂雖速我獄訟，若室家之禮不足亦不從汝。言外之意是若具禮而來，終將從汝矣。其辭雖嚴，而意實婉，與首章「豈不夙夜？謂行多露」首尾呼應。

全詩三章共十五句，而反詰句則佔九句，語氣激烈，有咄咄逼人之勢。「雀角」、「鼠牙」之比巧妙奇特，姚際恆謂之「奇想、奇語」。

【韻讀】一章：露、夜、露，鐸部。二章：角、屋、獄、獄、足，屋部。三章：牙、家，魚部。墉、訟、訟、從，東部。

七 羔羊

羔羊之皮❶，
素絲❷五紽❸。
退食❹自公❺，
委蛇❻委蛇。

羔羊之革❼，
素絲五緎❽。
委蛇委蛇，
自公退食。

羔羊皮子做成袍，
白絲線兒把縫繞。
退朝回家去吃飯，
晃晃悠悠好自在。

羔羊皮革做成袍，
白色絲線把縫繞。
晃晃悠悠好自在，
退朝回家去吃飯。

羔羊之縫❾，
素絲五緫❿。
委蛇委蛇，
退食自公。

羔羊皮子做成袍，
白色絲線縫得牢。
晃晃悠悠好自在，
退朝回家去吃飯。

【注　釋】❶羔羊之皮　此指羔之皮革。兼言羊者，連類而及也。羔，羊子。❷素絲　白絲。❸五紽　交叉縫合皮革之縫。五，古作㐅，交午之義。紽，疑與下章「緎」字同義，縫界也。❹退食　退朝而食於家。❺公　指公所。❻委蛇　從容自得貌。❼革　猶皮也。❽緎　縫界也。❾縫　縫製也。與首章「皮」、二章「革」互文見義，言縫製羔羊之皮革為裘。❿緫　蓋指針腳細密也。

【研　析】此嘆美大夫儀態之詩。《詩序》曰：「〈鵲巢〉之功致也。召南之國，化文王之政，在位皆節儉正直，德如羔羊也。」本篇題旨與〈鵲巢〉風馬牛不相及，《序》說牽強附會。

詩共三章，形式複疊。其首二句皆寫大夫服飾不失其制，次二句皆寫退朝後從容自得。

此詩特點在以小見大，意在言外。姚際恆《詩經通論》曰：「此篇美大夫之詩，詩人適見其羔裘而退食，即其服飾、步履之間以嘆美之；而大夫之賢不益一字，自可于言外思見：此風人之妙致也。」三章內容雖然雷同，但詩人善用換字、倒文、倒句手法，錯綜變化，讀來毫無板滯之感。

【韻讀】一章：皮、紽、蛇，歌部。二章：革、緎、食，職部。三章：縫、總、公，東部。

八 殷其靁

殷其❶靁❷，
在南山之陽❸。
何斯違斯❹，
莫敢或遑❺？
振振❻君子，
歸哉！歸哉！

殷其靁，
在南山之側。
何斯違斯，

雷聲隆隆，
在南山的南坡震響。
你為啥要離家遠走他鄉，
不敢有一刻空閒？
勤奮的夫君，
快回家吧！快回家吧！

雷聲隆隆，
在南山的山邊震響。
你為啥要離家遠走他鄉，

莫敢遑息❼？
振振君子，
歸哉！歸哉！

殷其靁，
在南山之下。
何斯違斯，
莫或遑處❽？
振振君子，
歸哉！歸哉！

不敢稍稍抽空休息？
勤奮的夫君，
快回家吧！快回家吧！

雷聲隆隆，
在南山的山腳震響。
你為啥要離家遠走他鄉，
不敢有一刻抽空停歇？
勤奮的夫君，
快回家吧！快回家吧！

【注釋】❶殷其　猶殷然、殷殷，雷聲也。其，語助詞。❷靁　同「雷」字。❸陽　山南曰陽。❹何斯違斯　為何要離此而去。下「斯」字，此也。上「斯」字加字足句，無實義。❺莫敢或遑　不敢有時閒暇。或，有時。遑，暇也。❻振振　勤奮貌。參見〈周南・麟之趾〉注。一說：信厚貌。❼莫敢遑息　意同「莫敢或遑」。息，休息。❽處　猶息也。

【研　析】此是望夫歸家之思婦詩。《詩序》曰：「〈殷其靁〉，勸以義也。召南之大夫，遠行從政，不遑寧處，其室家能閔其勤勞，勸以義也。」《序》說唯「勸以義」一語與詩辭抵牾，餘則大體與詩義相切。

詩共三章，形式複疊。各章皆以「殷其靁」起興，雷聲隆隆、山雨欲來之時，最易觸發遠念之情。「在南山之陽」、「之側」、「之下」，換字協韻而已，未必有深意。「何斯違斯」二句，表達對丈夫恤閔之情，此是各章重心。三章皆以「振振君子，歸哉！歸哉！」結尾，此是發自詩人心底之呼喚，殷切淒厲，撼人心弦。

【韻　讀】一章：陽、遑，陽部。子、哉，之部（與二、三章遙韻）。二章：側、息，職部。子、哉，之部。三章：下、處，魚部。子、哉，之部。

九　摽有梅

摽有梅❶，
其實七兮❷。
求我庶士❸，

樹上梅子紛紛凋零，
枝頭還留有七成啊。
請愛我的小伙子們，

迨❹其吉❺兮！　　趕在吉日來相親啊！

摽有梅，　　樹上梅子紛紛凋零，
其實三兮。　　枝頭還留有三成啊。
求我庶士，　　請愛我的小伙子們，
迨其今兮！　　趕在今天來相親啊！

摽有梅，　　樹上梅子紛紛凋零，
頃筐❻塈❼之。　　要用淺筐來拾取。
求我庶士，　　請愛我的小伙子們，
迨其謂❽之！　　趕在早春二月來相會！

【注釋】❶摽有梅　梅子成熟墮落也。摽，落也。有，語助詞，無義。❷其實七兮　謂梅之果實在樹尚有七成。下章「其實三兮」依此類推。❸庶士　指未婚男子們。庶，眾也。❹迨　及也；趁也。❺吉　吉日。❻頃筐　淺筐。參見〈周南・卷耳〉注。❼塈　通「摡」。取也。❽謂　通「會」。古有仲春二月會男女之制，屆時，男三十未娶、女二十未嫁者，可不待備禮而締親。

【研　析】此是逾時未婚女子求偶之詩。《詩序》曰：「〈摽有梅〉，男女及時也。召南之國，被文王之化，男女得以及時也。」「男女及時」一語尚切詩旨，「文王之化」云云，自屬附會之辭。

詩共三章，形式複疊。各章皆以「摽有梅」二句起興，「其實七兮」、「其實三兮」、「頃筐塈之」喻青春易逝，時不我待。「求我庶士」二句，直抒求嫁心切之情。「迨其吉兮」、「迨其今兮」、「迨其謂之」，一層緊似一層，女主人公急不可待之情狀躍然紙上。

【韻　讀】一章：七、吉，質部。二章：三、今，侵部。三章：塈、謂，物部。

一〇　小星

嘒❶彼小星，	那小星忽明忽暗，
三五❷在東。	稀稀落落在東方閃爍。
肅肅❸宵征❹，	急急匆匆連夜趕路，
夙夜在公。	起早趕黑為公事忙碌。

寔❺命不同。　　我這命運實在和人不同。

嘒彼小星，　　那小星忽明忽暗，
維參與昴❻。　　是參星和昴星在閃爍。
肅肅宵征，　　急急匆匆連夜趕路，
抱衾❼與裯❽。　　還要自己抱著被褥。
寔命不猶❾。　　我這命運實在不如別人。

【注　釋】❶嘒　微明貌。一說：星明貌。❷三五　或三或五，言黃昏或黎明時星之稀疏也。❸肅肅　猶數數，匆促貌。❹征　行也。❺寔　此也。❻維參與昴　參昴，皆星宿名。此句與上章「三五在東」互文，言參昴三五在東也。三五，舉其數也；參昴，著其名也。（從清人王引之《經義述聞》）❼衾　被子。❽裯　單被。一說：床帳。❾猶　若也。

【研　析】此是小臣行役自傷之詩。《詩序》謂「夫人無妒忌之行，惠及賤妾，進御於君，知其命貴賤，能盡其心矣」，此蓋取「抱衾與裯」一語敷演為說。然賤妾進御，豈需自抱衾裯？即此一端，《序》說便不攻自破。

詩共二章，形式複疊，詩義互足。兩章首二句以互文寫景。參昴三五在東，寂寥之景色，映襯宵征者悲涼之心境。中間二句以互文敘事，「抱衾與裯」，「夙夜在公」，寫出行役之勞苦。末句抒發感嘆，「寔命不同」、「寔命不猶」，流露出哀怨無奈之情。

本詩風格質樸含蓄，寫景、敘事、抒情三者水乳交融，詩文錯落有致，頗堪玩索。

【韻讀】一章：星、征，耕部。東、公、同，東部。二章：星、征，耕部。昴、裯、猶，幽部。

一一　江有汜

江有汜❶，
之子歸，
不我以❷。
不我以，
其後也悔！

江水有支流，
這人要回去，
他不肯帶我回。
他不肯帶我回，
日後必定會後悔！

江有渚❸，
之子歸，
不我與❹。
不我與，
其後也處❺！

江有沱❻，
之子歸，
不我過❼。
不我過，
其嘯也歌❽！

江水有小洲，
這人要回去，
他不肯帶我走。
他不肯帶我走，
日後必定會憂愁！

江水有分支，
這人要回去，
他不肯來看我。
他不肯來看我，
日後必定長嘯悲歌！

【注釋】❶汜　從主流分出、又流回主流之支流。❷不我以　不以我之倒文，言不與我同歸也。以，猶與也。「以」下承上句省「歸」字。❸渚　水中小洲。江水遇渚必分流。❹不我與　「與」下省「歸」字。

❺處　通「癙」。憂也。（從朱駿聲《說文通訓定聲》）❻沱　江水支流。❼不我過　不過我之倒文。言不來見我也。過，來見也。❽其嘯也歌　言其後會長嘯悲歌也。與「其後也悔」、「其後也處」同意。「其」後，承前省「後」字。嘯，蹙口出聲，猶今之吹口哨。按，《詩》中嘯者多為女性，心懷憂怨，發而為嘯，如〈王風・中谷有蓷〉「有女仳離，條其歗矣」、〈小雅・白華〉「嘯歌傷懷，念彼碩人」皆是。

【研　析】此蓋女子傷己被遺棄之詩。《詩序》以為「美媵（陪嫁為妾之女）」，謂媵「勤而無怨，嫡能悔過也」，然於詩並無明據。方玉潤《詩經原始》以為江漢商人遠歸梓里而棄其妾，妾作此詩以抒其傷，可備一說。

詩共三章，形式複疊。三章結構章旨略同。各章首句以江有支流起興，喻情人將別離遠去。中間「不我」二句，言情人薄情，不與己同歸，乃詩之重心。末二句預言情人將來必定後悔。

此詩與常見棄婦詩不同，詩人不直接抒寫棄婦之憤懣哀傷，而從對面著筆，言將來追悔莫及者不是「我」，而是負心郎。寫得何等委婉自信！詩人運用修辭之頂針手法，各章三、四兩句重複，經過蓄勢一頓，然後托出末句，筆法跌宕迂迴，大大加強了末句之抒情力度。

【韻　讀】一章：汜、以、以、悔，之部。二章：渚、與、與、處，魚部。三章：沱、過、過、歌，歌部。

一二 野有死麕

野有死麕❶，
白茅❷包之。
有女懷春❸，
吉士❹誘之。

林有樸樕❺，
野有死鹿❻。
白茅純束❼，
有女如玉。

郊野有隻打死的獐，
用潔淨的白茅把牠裹上。
有位少女懷有春情，
英俊的小伙子把她逗引。

遠郊有叢生的小樹，
郊野有隻打死的鹿。
用潔淨的白茅把牠捆束，
有位少女純潔如玉。

舒而❽脫脫❾兮，
無感❿我帨⓫兮，
無使尨⓬也吠！

慢慢地、輕輕地呀，
不要揻動我的佩巾呀，
不要讓狗叫出聲呀！

【注釋】❶麕　獸名。即獐，鹿屬，無角。❷白茅　茅草之一種，三四月間開白花成穗，其根長而白軟如筋，古代常用以包裹祭品。❸懷春　謂少女情慾萌動，有求偶之意。❹吉士　猶言美士也。❺樸樕　叢生之小樹。連綿詞。❻死鹿　猶言死麕，變文協韻耳。❼純束　捆紮。純，通「捆」。❽舒而　舒緩貌。而，通「然」。❾脫脫　亦舒緩貌。與「舒而」同義連用。❿感　古「撼」字。揻動也。⓫帨　佩巾。古代婦女出門時繫於身左，用以拭污。⓬尨　多毛之犬。

【研析】《詩序》曰：「〈野有死麕〉，惡無禮也。」所謂「惡無禮」者，即《集傳》所云「女子有貞潔自守、不為強暴所污者」也。方玉潤《詩經原始》斥之曰：「《詩》曰『吉士』，《傳》曰『強暴』，經與傳互相矛盾，可乎哉？女而懷春，尚稱貞女，天下有是貞女乎？至其拒暴之詞，則曰爾姑徐徐來，勿感我帨，勿吠我尨，言何婉而意何切也！而乃謂其為凜然不可犯者，誰其信耶？」《序》說之非，昭然若揭矣。按諸詩辭，此是山鄉男女相悅之詩無疑。

詩共三章，一、二章每章四句，每句四字；末章三句，每句五字，句法頗奇。一、二兩章詩意互足，言吉士以樸樕之枝藉墊死麕，再束以白茅，而誘此如玉懷春之女。姚際恆曰：「女懷、士誘，言及時也；吉士、玉女，言相當也。」（《詩經通論》）末章以女子口吻，囑其男友舒徐而來、毋使犬吠，刻劃初戀少女既興奮又緊張之情態，維妙維肖，入木三分。此章與首章「有女懷春」相互呼應。

【韻讀】一章：麕、春，文部。包、誘，幽部。二章：樕、鹿、束、玉，屋部。三章：脫、帨、吠，月部。

一三　何彼襛矣

何彼襛❶矣？
唐棣❷之華❸。
曷不肅雝❹？
王姬❺之車。
何彼襛矣？
華如桃李。

怎麼那樣繁盛呀？
唐棣盛開的花。
怎麼不莊嚴祥和？
王姬的嫁車。
怎麼那樣繁盛呀？
像桃花和李花。

平王之孫，周平王的孫女，
齊侯之子❻。下嫁齊侯公子家。
其釣❼維❽何？那根釣具用啥做成？
維絲伊❾緡❿。是用雙股絲擰的繩。
齊侯之子，下嫁齊侯公子家，
平王之孫⓫。是周平王的女孫。

【注釋】❶襛　繁盛貌。❷唐棣　木名。即棠棣，又名雀梅、車下李，其花或紅或白，果實大如李，可食。❸華　古「花」字。❹肅雝　莊重和諧。雝，通「雍」。和也。❺王姬　指周王之女或孫女也。周為姬姓，故稱。❻平王之孫二句　謂周平王之孫女下嫁齊侯之子。「孫」下省「適」字。齊侯，指齊襄公或齊桓公。《左傳》莊公元年、十一年皆有王姬嫁齊之記載。❼釣　指釣具。❽維　猶是也、為也。語助詞。❾伊　猶維也。語助詞。❿緡　絲繩。⓫齊侯之子二句　謂下嫁齊侯之子者，乃周平王之孫女。「齊」上省「適」字。

【研　析】此是頌王姬下嫁之詩。《詩序》曰：「〈何彼襛矣〉，美王姬也。雖則王姬，亦下嫁於諸侯，車服不繫其夫，下王后一等，猶執婦道，以成肅雝之德也。」其說甚當。

詩共三章。首章言王姬下嫁，儀態敬和。詩人不敢切指王姬，借其車代之也。次章言王姬之尊貴身份。三章言王姬與齊侯之子締結婚姻。首章「何彼襛矣」二句與次章「何彼襛矣」二句互文，意為唐棣之花如桃李之花盛艷也。詩以此為興，喻王姬顏色之美。三章以合絲為緡，喻男女合為婚姻。

此詩通過車服之盛、身份之尊讚美王姬，誠如宋人謝枋得《詩傳注疏》所云：「頌人之德，多美其車馬衣服，多美其宗族兄弟，此風人之法度。觀〈碩人〉、〈韓奕〉，可觸類而長。」

【韻讀】一章：華、車，魚部。二章：李、子，之部。三章：緡、孫，文部。

一四 騶虞

彼茁❶者葭❷，
壹發❸五豝❹。
于嗟❺乎，
騶虞❻！

那初生壯盛的是蘆葦，
一箭射中了五頭野豬。
嗨！
真是個好騶虞！

彼茁者蓬❼，　那初生壯盛的是蓬草，
壹發五豵❽。　一箭射中了五頭小豬。
于嗟乎，　嗨！
騶虞！　真是個好騶虞！

【注釋】❶茁　草初生壯盛貌。❷葭　蘆葦。❸發　射箭也。❹豝　母豬。一說：二歲豬。❺于嗟　嘆詞。于，通「吁」。參見〈周南・麟之趾〉注。❻騶虞　掌天子苑囿鳥獸之官。❼蓬　蒿草也，其枝葉繁盛。❽豵　一歲豬。

【研析】此是嘆美騶虞善射之詩。此詩次〈召南〉之末，故《詩序》以為「〈鵲巢〉之應也」，並申之曰：「〈鵲巢〉之化行，人倫既正，朝廷既治，天下純被文王之化，則庶類蕃殖，蒐田以時。仁如騶虞，則王道成也。」此顯為附會說教之辭，其以騶虞為義獸，與詩義不合，尤不可信。

詩共二章，每章僅四句，全詩二十六字，為三百篇之最簡短者。一二兩章形式複疊，結構、內容幾乎全同。每章首句以葭、蓬點染獵場景色。次句以誇張筆法極言騶虞射藝之高超。末二句反復詠嘆，讚美之情溢於言表。

【韻讀】一章：葭、豝、虞，魚部。二章：蓬、豵，東部。虞，魚部；與上章遙韻。

邶風

邶是周代諸侯國名。武王滅商之後，三分朝歌地區，北為邶（今河南湯陰東南），東為鄘，南為衛。邶鄘二國先後并入衛國，因此，邶鄘衛實為一地，在今河南省淇縣東北至河北南部一帶。〈邶風〉、〈鄘風〉、〈衛風〉即該地區之詩歌，共有三十九篇之多，因過於繁重，與其他國風不相協調，編詩者遂將其一分為三。〈邶風〉十九篇，多為東周作品。

一 柏舟

汎❶彼柏舟❷，　漂漂蕩蕩那柏木舟，
亦❸汎❹其流❺。　在水中隨處漂流。
耿耿❻不寐，　神情不安難入眠，

如[7]有隱憂[8]。
微[9]我無酒，
以敖以遊[10]。

我心匪[11]鑒[12]，
不可以茹[13]。
亦有兄弟，
不可以據[14]。
薄言[15]往愬[16]，
逢[17]彼之怒。
我心匪石，
不可轉也。

心裡有著深深的憂慮。
並非我沒有酒，
可以去到處遨遊。

我心不是鏡子，
不可以善惡不分全包容。
雖然也有兄弟，
但是不可被依靠。
去向他們訴說，
竟遭他們斥怒。
我心不是石頭，
不可任人轉動。

我心匪席，
不可卷[18]也。
威儀[19]棣棣[20]，
不可選[21]也。

憂心悄悄[22]，
慍[23]于群小[24]。
覯閔[25]既多，
受侮不少。
靜言[26]思之，
寤辟[27]有[28]摽[29]。

日居月諸[30]，

我心不是席子，
不可任人收捲。
我儀容端莊，舉止嫻雅，
無可挑剔啊。

我憂心忡忡，
被一群小人所忌恨。
遭受的磨難很多，
蒙受的侮辱不少。
靜下來時反覆想，
醒來搥心又拍胸。

太陽呀，月亮啊，

胡迭㉛而微㉜？
心之憂矣，
如匪㉝澣衣㉞。
靜言思之，
不能奮飛㉟。

為什麼要交替衰微？
心裡憂愁啊，
如同那搥擣髒衣。
靜下來時反覆想，
恨不能像鳥兒振翅遠飛。

【注釋】❶汎 猶汎汎，漂蕩貌。❷柏舟 柏木所造之舟。❸亦 語助詞，無義。❹汎 漂浮，動詞。❺流 水流也。❻耿耿 憂慮不安貌。❼如 通「而」。❽隱憂 深憂也。❾微 非也。❿以敖以遊 即以敖遊。敖，古「遨」字。第二個「以」字，為湊音節而設之襯字。⓫匪 通「非」。⓬鑒 鏡子。⓭茹 容納也。⓮據 依靠也。⓯薄言 語助詞。⓰愬 同「訴」。⓱逢 遭遇也。⓲卷 古「捲」字。⓳威儀 指容貌舉止。⓴棣棣 雍容嫻雅貌。㉑選 選擇；挑剔也。㉒悄悄 憂愁貌。㉓慍 怨怒也。㉔群小 此指眾妾。小，小人。㉕覯閔 遭遇憂患。覯，遭遇。㉖言 猶「而」。語助詞。㉗辟 古「擗」字。拍胸也。㉘有 通「又」。㉙摽 搥擊也。㉚日居月諸 居、諸，猶乎。嘆詞。㉛迭 交替也。㉜微 衰微；昏暗也。此指日蝕月蝕。㉝匪 通「彼」。那也。㉞澣衣 洗衣，此指擣衣。㉟奮飛 振翼而飛也。

【研 析】此是婦人不得其夫自傷之詩。《詩序》曰：「〈柏舟〉，言仁而不遇也。衛頃公之時，仁人不遇，小人在側。」此說於詩無證。

全詩共五章。情節圍繞一個「憂」字展開。一章寫憂之深。二章寫憂之無處投訴而鬱積於心。三章忽然宕開一筆，抒寫女主人公人格尊嚴不可侵犯之意志，亦即其憂憤鬱積於心之吶喊。四、五兩章，才正面道出憂之所自：群妾忌恨，丈夫昏憒。詩人採用鋪墊手法，逐層展開情節，造成一種欲言還止、凝重壓抑氛圍，最後以「靜言思之，不能奮飛」作結，更將令人窒息之壓抑感推到極致。

除了在佈局上收放自如、錯落有致，詩人還擅長調動各種修辭手段刻劃人物內心活動和情感。如連用「我心匪鑒」等三個反喻，形象貼切地寫出了女主人公不願委屈求全之堅毅品格，給人留下深刻印象。又如以漂泊無定之「柏舟」起興，烘托孤獨彷徨之心緒；以「如匪澣衣」，比喻憂思煩亂之折磨；以「寤辟有摽」細節，描摹內心憤懣之宣洩，皆為傳神妙筆，熠熠生輝。

【韻讀】一章：舟、流、憂、遊，幽部。一章：茹、據、怒，魚部；愬，鐸部。魚鐸通韻。三章：轉、卷、選，元部。四章：悄、小、少、摽，宵部。五章：微、衣、飛，微部。

二 綠衣

綠兮衣兮❶，
綠衣黃裏❷。

綠色的上衣啊，
綠的面子黃的襯裏。

心之憂矣，
曷維其已❸？

綠兮衣兮，
綠衣黃裳❹。
心之憂矣，
曷維其亡❺？

綠兮絲兮，
女❻所治❼兮。
我思古人❽，
俾❾無訧❿兮。

心裡的憂思呀，
何時是它的止期？

綠色的上衣啊，
綠的上衣黃的下裳。
心裡的憂思呀，
何時才能把它淡忘？

綠色的絲啊，
是您親手染整的啊。
我思念故人，
她使我沒有過錯啊。

絺兮綌兮，
淒其以風。
我思古人，
實獲我心。

細葛布啊，粗葛布啊，
淒涼的寒風颳起來啦。
我思念故人，
她確實最得我的心意。

【注釋】❶綠兮衣兮　即綠衣兮。上「兮」字為襯字。下同。❷裏　指衣服之襯裏。❸曷維其已　言何時方可停止。曷，何時也。維、其，語助詞。已，止也。❹裳　下衣，似今之裙，古代男女皆服裳。❺亡古「忘」字。❻女　古「汝」字。您。❼治　整治，包括染織成衣等事。❽古人　故人，此指亡妻。❾俾使也。❿訧　過失；錯誤。⓫絺　細葛布。⓬綌　粗葛布。⓭淒其　猶淒然，淒冷。其，語助詞。⓮以而也。⓯風　此作動詞，起風也。

【研析】此蓋丈夫追思亡妻之詩。《詩序》以為衛莊姜傷己之詩，然詩中未見其證。

詩共四章。前兩章複疊，後兩章亦複疊。一、二兩章抒寫因睹見綠衣而引起無盡憂思。三章言綠衣乃亡妻親手縫製，點出憂思之因。末章言如今維以絺綌禦寒，備嘗失妻之苦，益增對親人之思念。「綠衣」貫穿全詩，由綠衣而及綠絲，由綠絲而及治絲之人，由治絲之人而及其賢淑品格，最後寫失綠衣之苦，如剝筍抽繭，由表及裡，層層展開。全詩感情深沉真摯，語言質樸，開後世睹物思人悼亡詩之先河。

【韻讀】一章：裏、已，之部。二章：裳、亡，陽部。三章：絲、治、訧，之部。四章：風、心，侵部。

三 燕燕

燕燕❶于飛，
差池其羽❷。
之子于歸❸，
遠送于野。
瞻望弗及，
泣涕❹如雨。

燕燕于飛，
頡之頏之❺。

燕子燕子飛呀飛，
舒展牠如剪的尾翼。
這位姑娘要出嫁，
遠遠地送她到郊野。
直望到看不見她的身影，
淚水漣漣如雨下。

燕子燕子飛呀飛，
忽而朝下忽而又向上。

之子于歸，
遠于將之❻。
瞻望弗及，
佇立❼以泣。

燕燕于飛，
下上其音。
之子于歸，
遠送于南❽。
瞻望弗及，
實勞❾我心。

仲氏任只❿，

這位姑娘要出嫁，
遠遠送她一程又一程。
直望到看不見她的身影，
久久站立淚洗面。

燕子燕子飛呀飛，
上上下下叫得歡。
這位姑娘要出嫁，
遠遠地送她到南郊。
直望到看不見她的身影，
確實讓我太傷心。

二妹德行大，

其心塞淵⑪。　　她心地誠實有遠見。
終溫且惠⑫，　　既溫和又恭順，
淑慎其身⑬，　　為人善良又謹慎。
「先君之思⑭」，　　「先父遺訓常思量」，
以勗⑮寡人⑯。　　她以此贈言勉勵我。

【注　釋】❶燕燕　燕之疊呼也。（從清人陳奐《傳疏》）❷差池其羽　指燕子尾翼參差不齊。差池，猶參差，不齊貌。❸歸　出嫁。❹涕　眼淚。❺頡之頏之　言上下翻飛也。頡，向下飛。頏，向上飛。（從清人段玉裁《詩經小學》）❻遠于將之　遠遠地送她。于，往也。將，送也。❼佇立　久立。❽南　指南郊。❾勞　憂傷也。❿仲氏任只　言二妹之德行大也。仲，排行第二。氏，余培林先生云：「置於姓名稱謂後之敬詞，如母氏、舅氏、伯氏。」（《詩經正詁》）任，通「壬」。大也。只，語助詞。⑪塞淵　誠實而思慮深遠。塞，實也。淵，深也。⑫終溫且惠　既溫柔又和順也。終……且，既……又。惠，和順也。⑬身　指立身行事。⑭先君之思　思先君之倒文。先君，已故之國君也。之，指示代詞，複指前置賓語「先君」。⑮勗　勉勵。⑯寡人　國君自稱。

【研　析】《詩序》謂此詩為衛國莊姜送歸妾所作，但與詩中「之子于歸」、「以勗寡人」等語不合，歸妾既不可言「于歸」，莊姜也不得自稱「寡人」。揆之詩意，蓋為衛君送妹遠嫁之詩。

全詩共四章。前三章重章互足，皆以「燕燕于飛」起興，以喻仲氏將遠走高飛，繼之用賦體，抒寫遠送仲氏、依依不捨之情。卒章盛讚仲氏之美德，深化了此詩的意蘊。

此詩寫離別之情最為傳神。一章云「瞻望弗及，泣涕如雨」，二章云「瞻望弗及，佇立以泣」，三章云「瞻望弗及，實勞我心」，二複「瞻望弗及」，極其生動地描繪了兄妹骨肉分離時難分難捨之情狀。朱熹讚嘆曰：「譬如畫工一般，直是寫得他精神。」《朱子語類》李白〈黃鶴樓送孟浩然之廣陵〉詩：「孤帆遠影碧空盡，惟見長江天際流。」王維〈觀別者〉詩：「車徒望不見，時見起行塵。」等皆遠紹其意，辭雖有異，意象則相同。故清人王士禎稱本詩「宜為萬古送別之祖」（《分甘餘話》）。

【韻讀】一章：飛、歸，微部。羽、野、雨，魚部。二章：飛、歸，微部。頏、將，陽部。及、泣，緝部。三章：飛、歸，微部。音、南、心，侵部。四章：淵、身、人，真部。

四　日月

日居月諸❶，　　太陽啊月亮啊，
照臨下土❷。　　照耀著大地。
乃❸如之人兮，　　天下竟有這種人呀，

逝不古處❹。
胡能有定❺？
寧不我顧❻！

日居月諸，
下土是冒❼。
乃如之人兮，
逝不相好。
胡能有定？
寧不我報❽！

日居月諸，
出自東方。

不像從前那樣與我相處。
這種生活何時才能停止？
竟然全不顧念我！

太陽啊月亮啊，
光輝覆蓋著大地。
天下竟有這種人呀，
不再與我相好。
這種生活何時才能停止？
好心竟然得不到好報！

太陽啊月亮啊，
升起在東方。

乃如之人兮，　　天下竟有這種人呀，
德音❾無良。　　德行太不好。
胡能有定？　　這種生活何時才能停止？
俾也可忘❿！　　使我可以忘掉憂愁！

日居月諸，　　太陽啊月亮啊，
東方自出。　　從東方升起。
父兮母兮，　　父親啊母親啊，
畜我不卒⓫。　　養我不能養到老。
胡能有定？　　這種生活何時才能停止？
報我不述⓬！　　回報我的是無道！

【注釋】❶日居月諸　居、諸，猶乎；嘆詞。參見〈邶風・柏舟〉注。❷下土　指大地。❸乃　竟然。❹逝不古處　言不以昔日情意相處也。逝，語助詞，無義。古，通「故」。從前。❺定　停止也。❻寧不

我顧　寧不顧我之倒文。寧，竟也。顧，顧念也。❼冒　覆蓋也。❽報　報答也。❾德音　此指德行。❿俾也可忘　俾可忘也之倒文。俾，使也。⓫畜我不卒　言養我不養到底。一說，畜通「慉」，愛也。亦通。⓬不述　無道。述，道也。（從陳奐《傳疏》）

【研　析】此是棄婦之詩。詩中棄婦對日月、對父母傾訴了自己一腔怨憤。《詩序》亦以為「衛莊姜傷己」之詩，然於詩無證。

全詩共四章。一章斥丈夫因變心而不念舊情。二章斥丈夫忘恩負義。三章斥丈夫德行不善。四章斥丈夫以怨報德。

本詩主要採用重章疊句反復詠唱手法，充分抒發了對負義移情丈夫之強烈不滿。四章皆以「日居月諸」起興，以日月之有常，反襯丈夫情義之無常。一、二、三章三詠「乃如之人兮」，透露出女主人公對丈夫之厭惡與鄙視。一至四章四問「胡能有定」，女主人公急切盼望擺脫現狀之強烈願望躍然紙上。清人陳啟源云：「作詩本意在此一語矣。」（《毛詩稽古編》）卒章女主人公由譴責丈夫突然轉向責怨父母「畜我不卒」，看似無理，卻發洩了女主人公滿腹的悲憤與無奈。吳闓生《詩義會通》評曰：「忽追痛父母，筆勢一縱而神態并出。」得之。

【韻　讀】一章：土、處、顧，魚部。二章：冒、好、報，幽部。三章：方、良、忘，陽部。四章：出、卒、述，物部。

五 終風

終風且暴❶，
顧我則笑❷。
謔浪笑敖❸，
中心是悼❹。
終風且霾❺，
惠然❻肯來。
莫往莫來❼，
悠悠我思。

既颳風又下暴雨，
看到我就嬉笑。
他對我戲謔放蕩和侮慢，
我的心中很憂傷。
既颳風又陰霾，
高興的時候他肯來。
稍不順心就不來往，
我的憂思深長。

終風且曀❽，
不日有曀❾。
寤言❿不寐，
願⓫言則嚏⓬。

既颳風又陰暗，
剛開太陽又陰暗。
睜著眼睛睡不著，
想起他來就發呆。

曀曀⓭其陰，
虺虺⓮其靁。
寤言不寐，
願言則懷⓯。

天色陰沉沉，
雷聲轟隆隆。
睜著眼睛睡不著，
想起他來就悲傷。

【注　釋】❶終風且暴　既颳風又下暴雨。終……且，既……又。暴，通「瀑」。急雨也。❷笑　戲笑也，即下句之「謔浪笑敖」。❸謔浪笑敖　言戲謔不敬也。謔，調戲。浪，放蕩。敖，侮慢。❹中心是悼　心中悼是之倒文。中心，心中。是，此，指謔浪笑敖。悼，憂傷也。❺霾　風起塵揚也。❻惠然　和順貌。❼莫往莫來　言不來往也。莫，不也。余培林先生云：「此承上文，謂若不能惠然而往來。」（《詩經正詁》）❽曀　天陰而有風也。❾不日有曀　言晴不到一天又陰也。不日，不到一天。有，通「又」。❿言　語助詞，無義。下同。⓫願　思也。⓬嚏　當作「疐」，絆倒，此指思緒受阻也。⓭曀曀　天陰貌。⓮虺虺　震雷之聲也。⓯懷　憂傷也。

【研　析】此是少女初涉愛河之詩。詩中抒寫其對戀人欲愛不能、欲罷不忍之苦惱。《詩序》又以為「衛莊姜傷己」之詩，然詩中仍未見其證。

詩共四章。一章述其對戀人輕慢無禮之不滿。二章述戀人反覆無常。三、四兩章述己之憂思與苦惱。

本詩各章皆以風雨雷電起興，以陰霾沉鬱、變化無常之氣象象徵戀人之任性。詩中真實細膩地抒寫了少女初戀理智與情感、愛戀與怨憤交加之複雜心態，並且一波三折漸次將情感波瀾推向高潮。詩人語言精煉，如僅用「謔浪笑敖」四字，便畫出輕浮少年玩世不恭神態，維妙維肖。

【韻　讀】一章：暴、悼，藥部；笑、敖，宵部。藥宵合韻。二章：霾、來、來、思，之部。三章：曀、曀、嚏，質部。四章：靁、懷，微部。

六　擊鼓

擊鼓其鏜❶，

擂起戰鼓，咚咚作響，

踊躍❷用兵❸。
土國❹城漕❺，
我獨南行❻。

從孫子仲❼，
平陳與宋❽。
不我以歸❾，
憂心有忡❿。

爰居爰處⓫，
爰喪⓬其馬。
于以⓭求之？
于林之下。

踴躍奮起，操練兵器。
有人在國都挖土，有人去漕邑築城，
我偏奉命隨軍南征。

跟從將軍公孫文仲，
平定陳、宋兩國的戰亂。
事後將軍卻不帶我回國，
使我整日憂心忡忡。

於是只好留了下來，
於是又丟失了我的馬。
將來到哪裡能找到我？
到我駐地的樹林下。

「死生契闊⑭」，
與子成說⑮。
執子之手，
「與子偕老⑯」。

于嗟闊⑰兮，
不我活⑱兮！
于嗟洵⑲兮，
不我信⑳兮！

「不管生死離合」，
曾和你立下誓約。
握住你的手，
「願和你白頭到老」。

唉！相隔太遙遠啊，
不讓我活了呀！
唉！相隔太久遠啊，
不讓我活到老了呀！

【注釋】❶其鏜　猶鏜然、鏜鏜，擊鼓聲。其，語助詞。❷踊躍　跳躍，指操練之狀。❸用兵　操練兵器。一說：指發動戰事。❹土國　在國都挖土築城也。土，土功，此作動詞。❺城漕　修築漕邑城牆也。城，城牆，此亦作動詞。漕，衛邑，在今河南省滑縣。❻南行　行軍向南，指參加平陳與宋之戰役。陳、宋二國皆在衛之南。❼孫子仲　人名。即公孫文仲，衛國將領，生平不詳。❽平陳與宋　平定陳、宋二國之亂。❾不我以歸　不以我歸之倒文。以，率領也。❿有忡　猶忡忡，憂貌。有，語助詞。⓫爰居爰處言於是居住下來。爰，於是。居、處同義。⓬喪　丟失。一說：死亡。喪馬，喻淹留之久也。⓭于以　見〈召南・采蘩〉注。⓮契闊　猶云離合。契，合也。闊，離也。⓯成說　成言；成約也。⓰偕老　相伴到老。偕，俱也。按，「死生契闊」、「與子偕老」，為誓約之言。此章筆法錯綜。⓱闊　遠離，即上文「契闊」之「闊」。⓲不我活　不活我之倒文。⓳洵　遠也。⓴信　通「伸」。極也。指盡其天年。

【研　析】此是衛國士卒久戍國外、思歸不得怨憤之詩。《詩序》曰：「〈擊鼓〉，怨州吁也。衛州吁用兵暴亂，使公孫文仲將而平陳與宋，國人怨其勇而無禮也。」大旨不誤，可參。

詩共五章。首章述出征之怨苦。二、三兩章述被棄國外、思歸不得之愁苦。四章追憶與妻子訣別之淒苦。末章嘆不能踐約、至死不得相見之悲苦。一個「苦」字貫穿全詩。

詩人用白描手法，不斷變換場景，顯現時空交替變化，推動情節發展。尤其是第四章，出人意外，突然將鏡頭從戍地拉回，追憶昔日夫妻訣別情景，其執子之手，生離死別一幕，將悽愴哀婉之情推向高潮。詩人成功刻劃了人物內心情感世界，感人肺腑。本篇遣詞造句看似平常，卻匠心獨運。如首章「我獨南行」，一個「獨」字，便寫出人物內心之不平。又如三章「于以求之？于林之下」，含蓄地表達了戍卒至死不得歸之淒苦心情。皆為妙筆，頗有思致。

【韻　讀】一章：鏜、兵、行，陽部。二章：仲、宋、忡，侵部。三章：處、馬、下，魚部。四章：闊、說，月部。手、老，幽部。五章：闊、活，月部。洵、信，真部。

七 凱風

凱風❶自南，吹彼棘❷心❸。
棘心夭夭❹，母氏劬勞❺。

凱風自南，吹彼棘薪❻。
母氏聖善❼，我無令人❽。

南風從南方飄來，
吹拂那酸棗樹的芽梢。
酸棗樹的梢芽又嫩又壯，
母親真是辛勞。

南風從南方飄來，
吹拂那酸棗樹長成柴薪。
母親明理善良，
我們卻沒有孝心。

爰❾有寒❿泉？
在浚⓫之下。
有子七人，
母氏勞苦。

睍睆⓬黃鳥，
載⓭好其音。
有子七人，
莫慰母心。

哪裡有清涼的泉水？
在那浚邑的地下。
養育兒子七人，
母親真是勞苦。

羽毛美麗的黃鳥，
牠的叫聲真動聽。
雖然養育兒子七人，
卻沒有一個能安慰母親的心。

【注釋】❶凱風　南風也。南風和煦，化育萬物，此喻母親。❷棘　木名。即酸棗樹，叢生，有刺，此喻兒子。❸心　此指樹梢之嫩芽。❹夭夭　少壯貌。❺劬勞　勞苦。❻棘薪　成薪之棘，言酸棗樹已經成熟。❼聖善　明理而善良也。❽令人　善人，此指有孝心之人。令，善也。❾爰　何處。❿寒　清冽。⓫浚　衛邑名。在今河南濮陽南。⓬睍睆　美麗。⓭載　則；乃也。

【研　析】此是孝子感謝母親養育之恩且自責之詩。《詩序》曰：「〈凱風〉，美孝子也。衛之淫風流行，雖有七子之母，猶不能安其室。故美七子能盡其孝道，以慰其母心而成其志耳。」大旨不誤。

詩共四章，一、二兩章形式複疊。前兩章以凱風吹棘，喻母親育子之辛苦。後兩章則以寒泉猶能澤人，黃鳥猶能悅人，反興己不能報答母恩而慰其心。比興聯想自然生動，言婉意深。

【韻　讀】一章：南、心，侵部。夭、勞，宵部。二章：薪、人，真部。三章：下、苦，魚部。四章：音、心，侵部。

八　雄雉

雄雉❶于飛，
泄泄❷其羽。
我之懷❸矣，
自詒伊阻❹。

雄雉飛上天，
搧動著牠的翅膀。
我懷念遠方親人呀，
那是自己留下的憂傷。

雄雉于飛，
下上其音。
展矣君子❺，
實勞❻我心。

瞻彼日月，
悠悠我思。
道之云遠❼，
曷云能來？

百爾君子❽，
不知德行？
不忮❾不求❿，

雄雉飛上天，
鳴聲忽下忽上。
的確因為夫君呀，
使我心煩意亂。

望著那太陽月亮，
勾起我綿綿愁思。
路途如此遙遠，
何時才能歸來？

你們這許多官員，
難道不懂得德行？
不害人，不貪求，

何用⓫不臧⓬？　什麼事情辦不成？

【注釋】❶雉　俗稱野雞，雄者有冠，長尾錦羽。❷泄泄　振翅貌。❸懷　懷念。❹自詒伊阻　自己給自己留下那憂患。詒，遺留也。伊，猶彼也。阻，險阻，此引申為憂患。蓋君子勇於赴義，故有此嘆。❺展矣君子　言確實因君子之故。展，的確也。君子，指丈夫。❻勞　憂也。❼道之云遠　猶云道遠也。之、云，皆語助詞，無義。下句「云」字同。❽百爾君子　猶云凡爾君子也。（從《集傳》）此君子當指有官爵者，當包括女主人公之丈夫在內。❾忮　忌害也。❿求　貪求也。⓫何用　為什麼。用，通「以」。⓬臧　善也。

【研　析】此蓋丈夫久役於外，妻子盼其早歸之詩。《詩序》曰「刺衛宣公」，於詩無證，不足信也。

全詩四章，以賦體為主。前兩章章意互足，抒寫因睹雄雉起飛而生的懷念之情。兩章並以「雄雉于飛」起興，喻丈夫遠走高飛，與〈燕燕〉「燕燕于飛」同一意趣。「自詒伊阻」，雖為自責自悔之辭，實寫夫婦感情深切，意在言外。三章寫瞻日月之更迭而感光陰之荏苒，益盼丈夫早歸。四章寄語遠方丈夫，誡其以德全身。

本詩立意高遠。思婦詩無非抒發離情別愁，本詩雖然也抒發對征夫之懷念與企盼，但其重點卻落在末章，「憂其遠行之犯患，冀其善處而得全也」。並寄語丈夫：「不忮不求，何用不臧？」語重心長，盡顯大家風範。明代鍾惺贊曰：「深思至愛，無閨閣氣。」（《評點詩經》）

【韻　讀】一章：羽、阻，魚部。二章：音、心，侵部。三章：思、來，之部。四章：行、臧，陽部。

九　匏有苦葉

匏❶有苦❷葉，
濟❸有深涉❹。
深則厲❺，
淺則揭❻。

有瀰❼濟盈，
有鷕❽雉鳴。
濟盈不濡軌❾，
雉鳴求其牡❿。

葫蘆葉子已經枯黃，
渡口的水已經很深。
水深就連衣蹚水，
水淺就提起衣角蹚。

渡口的水已經漲高，
野雞在呦呦地鳴叫。
河水漲滿渡口，但還沒有浸濕軸頭，
雌野雞鳴叫在找配偶。

雝雝⓫鳴雁⓬，旭日⓭始旦⓮。
士⓯如歸妻⓰，迨⓱冰未泮⓲。
招招舟子⓳，人涉卬⓴否。
人涉卬否，卬須㉑我友。

鵝兒嘎嘎歡叫，太陽初升，天色放亮。
您如想娶妻子，要趁凍冰還沒有開烊。
船夫在向我招手，別人渡過了河，我卻沒有。
別人渡過了河，我卻沒有，我在等待我的朋友。

【注釋】❶匏　即葫蘆，古人繫以渡水。❷苦　通「枯」。❸濟　渡口也。❹深涉　言水深也。涉，徒步渡水。❺厲　不脫衣渡水。❻揭　提起衣角渡水也。❼有瀰　猶瀰瀰，水滿貌。有，語助詞。❽有鷕　猶鷕鷕，雉鳴聲也。❾不濡軌　言水未深，尚可駕車來迎親也。軌，車的軸頭。❿雉鳴求其牡　雉鳴求牡，喻女求男也。牡，雄獸也，泛指雄性禽獸。此指雄雉。⓫雝雝　鳴聲和諧也。⓬雁　即鵝。古代求婚納采，以活鵝作禮物。⓭旭日　初升之日。⓮旦　天明。按，古代求婚、擇定婚期之禮儀須於旭日始升時舉行。

⑮士　指未婚男子。⑯歸妻　娶妻。⑰迨　趁也。⑱泮　融化。按，冰未泮，蓋在正月中旬以前。古代婚禮多在秋冬季舉行。⑲招招舟子　舟子招招之倒文。招招，即招手。舟子，船夫。⑳卬　我也。㉑須　等待。

【研　析】此是急盼未婚夫迎娶之詩。《詩序》曰：「〈匏有苦葉〉，刺衛宣公也。」於詩無證，不足為信。

詩共四章，每章四句。各章皆前二句繪景，後二句敘事抒情。首章以「苦葉」、「深涉」描繪秋景，引出「深則厲」、「淺則揭」句，以喻遭時制宜之義。此為全詩機樞。二章以「濟盈」引出「濟盈不濡軌」句，暗示未婚夫若能及時，仍可駕車迎親；又以「雉鳴」引出「雉鳴求其牡」句，表達求嫁心切。三章以「鳴雁」、「旭日」引出「士如歸妻，迨冰未泮」句，待嫁之情表露無遺。末章以「招招舟子」引出「卬須我友」句，表示對愛情忠貞專一。

本篇景為情所染，情為景所生，情景交融，渾然一體。全詩四章，似各自為義，不相連屬，而實由一幅渡口秋景圖連綴成一個整體。隨著畫卷徐徐展開，詩意由隱而顯、由淺而深，似斷似連，層層展現，其構思之新奇獨特，令人叫絕。

【韻　讀】一章：葉、涉，盍部。厲、揭，月部。二章：盈、鳴，耕部。軌、牡，幽部。三章：雁、旦、泮，元部。四章：子、否、否、友，之部。

一〇 谷風

習習❶谷風❷，
以陰以雨❸。
黽勉❹同心，
不宜有怒。
采❺葑❻采菲❼，
無以下體❽？
德音❾莫違：
及爾同死❿！

行道⓫遲遲⓬，

和煦的東風吹來，
就轉陰，就下雨。
夫妻要勉力同心，
不應該生氣發怒。
採蔓菁，採蘿蔔，
難道不取它的根莖？
誓言不要違背：
與你同生共死！

走在路上步子邁不開，

中心有違⑬。
不遠伊邇⑭，
薄送我畿⑮。
誰謂荼⑯苦？
其甘如薺⑰。
宴⑱爾新昏，
如兄如弟。

涇以渭濁⑲，
湜湜⑳其沚㉑。
宴爾新昏，
不我屑以㉒。
毋逝㉓我梁㉔，

心裡難以割捨。
你送我不遠，而是太近，
只是匆匆送我到門檻。
誰說苦菜味兒苦澀？
它的甜美如同薺菜。
你們新婚多麼歡樂，
像親兄親弟親密無間。

涇水因渭水侵入才變混濁，
小洲周圍依然清澈。
你們新婚多麼歡樂，
不屑和我一起生活。
不要前往我的魚梁，

毋發[25]我笱[26]。
我躬[27]不閱[28]，
遑恤我後[29]。

就[30]其深矣，
方[31]之舟之。
就其淺矣，
泳之游之[32]。
何有何亡[33]，
黽勉求之。
凡民有喪[34]，
匍匐[35]救之。

不要打開我的魚簍。
我自身尚且不被容納，
哪有閑暇顧到我走之後。

遇到河水深了，
就撐筏駕船過河。
遇到河水淺了，
就徒手游泳橫渡。
有什麼，沒什麼，
我都盡力尋求。
凡是別人有災難，
我都爬著去相救。

不我能慉㊱，
反以我為讎㊲。
既阻㊳我德㊴，
賈用不售㊵。
昔育㊶恐育鞫㊷，
及爾顛覆㊸。
既生既育㊹，
比予于毒。
我有旨蓄㊺，
亦以御㊻冬。
宴爾新昏，
以我御窮。

你不但不愛我，
反而把我當作對頭。
拒絕我的善意，
如同賣貨不能出售。
從前生活在恐慌窮困之中，
和你一起受難吃苦。
生兒育女以後，
卻把我比作毒物。
我有美味的醃菜，
可以用來過冬。
你們新婚多麼快樂，
卻用我來抵擋困窮。

有洸有潰㊼，
既詒㊽我肄㊾。
不念昔者，
伊余來塈㊿。

你兇悍粗暴，蠻橫霸道，
勞苦活兒，都加給我，
不想想從前，
你一個勁兒讓我休息。

【注釋】❶習習　微風和煦貌。❷谷風　指東風。❸以陰以雨　而陰而雨。以，而。陰、雨，皆為動詞。此二句以東風化雨、萬物生長，喻夫婦和睦家道興旺。❹黽勉　盡力；努力。聯綿詞。❺采　古「採」字。❻葑　即蕪菁、蔓菁，俗稱大頭菜，與蘿蔔相似。❼菲　即蘿蔔。❽下體　指植物之根莖，此喻人之內質。按，「無以下體」是反詰句，前人多不明，因誤說詩意。❾德音　好話。此蓋指昔日之盟誓。❿及爾同死　與你一起死。及，與。此蓋誓言之內容。⓫行道　走路。⓬遲遲　步態徐緩貌。⓭違　徘徊也。（從清人胡承珙《毛詩後箋》）⓮不遠伊邇　言送我不遠，而是太近。伊，猶維，語助詞。邇，近也。⓯畿　門檻也。⓰荼　苦菜。⓱薺　菜名。即薺菜，味甘美。此二句以荼甘如薺襯托自己內心比荼更苦。⓲宴　和樂也。⓳涇以渭濁　言涇水因渭水入侵而變混濁。涇，水名，又稱涇河，源出寧夏六盤山東麓，經甘肅至陝西高陵注入渭水。以，因為。渭，水名，又稱渭河，源出甘肅渭源鳥鼠山，至陝西與涇水會合，流入黃河。涇水清，渭水濁，但在交匯處渭水入涇而使涇水局部變濁。⓴湜湜　清澈貌。㉑沚　河中小洲。「涇以渭濁，湜湜其沚」二句棄婦以涇水自比，以涇因渭濁而仍有清澈之沚，喻己雖因新婦而見醜，而仍有持正不阿之德。㉒不我屑以　即「不屑以我」，倒文協韻。以，與也。㉓逝　往也。㉔梁　魚梁。即用石塊在水中所築之壩，中留空缺，設笱捕魚。㉕發　打開；開啟也。㉖笱　捕魚之竹簍，葫蘆狀，口小腹大，魚可進不可出，尾部空，以物堵塞，取魚時須去除塞物，故云「發」。㉗躬　自身；自己。㉘閱　容也。㉙遑恤我後　言哪有閑暇顧及我走後之事。遑，閑暇。恤，憂慮。㉚就　到；遇到。㉛方　竹筏。「方之舟之」句方、舟皆作動詞。㉜泳之游之　游泳渡過。「就其深矣，方之舟之。就其淺矣，泳之游之。」四句喻己於家事不問難易，皆盡力為之。㉝亡　通「無」。㉞喪　指災禍患難。㉟匍匐　手足並行，即爬。聯綿詞。㊱不我能慉　不能慉我之倒文。慉，愛也。㊲讎　同「仇」。仇人。㊳阻　阻撓；拒絕。㊴德　此指善意。㊵賈用不售　言如賣物而不能出售。賈，賣也。用，通「以」。而也。不售，賣不出。㊶育　生；生活。㊷鞫　窮厄。㊸顛覆　經受挫折磨難。㊹育　生育。㊺蓄　指儲藏之乾菜醃菜。㊻御　通「禦」，抵禦。引申為度過。㊼有洸有潰　猶洸洸潰潰。兇暴蠻橫貌。有，語助詞。㊽詒　遺；加也。㊾肄　勞苦也。㊿伊余來墍　伊墍余之倒文。伊，猶唯，語助詞。來，猶是，語助詞。墍，休息。

【研　析】此是棄婦之詩。詩中譴責丈夫絕情無義，抒發滿腔怨憤。《詩序》以為「刺夫婦失道」，大旨不誤。

詩共六章。首章以谷風起興，以採葑為比，總論夫婦之道當黽勉同心，以德為重。此為全詩總提。二章述被逐出家門。此是倒寫，從結果寫起，筆法奇崛，省卻無數筆墨。三章以「涇以渭濁」為比，含蓄道出被棄之故在色衰而非德失。四章自道有勤勞善良之德，申辯無可棄之理。五、六兩章斥丈夫重色輕德，忘恩絕情。全詩圍繞「德」、「色」二字逐層展開，看似隨意敘說，實則結構嚴整有序。除借比興抒情以外，詩人還善用對比映襯手法。如以「宴爾新昏，如兄如弟」與「行道遲遲，中心有違」相對照，更顯出被棄之淒涼；以「昔育恐育鞫，及爾顛覆」與「既生既育，比予于毒」作今昔對比，更突出丈夫忘恩負義，皆極具藝術表現力。全詩哀婉纏綿，是三百篇不可多得之佳作。

【韻讀】一章：風、心，侵部。雨、怒，魚部。菲、違，微部。體、死，脂部。二章：違、畿，微部。薺、弟，脂部。三章：沚、以，之部。笱、後，侯部。四章：舟、游、求、救，幽部。五章：讎、售，幽部。鞫、覆、育、毒，覺部。六章：冬、窮，侵部。潰、塈，物部；肄，質部。物質合韻。

一一　式微

式微❶式微！　　太衰弱啦，太衰弱啦！
胡不歸？　　為什麼還不回國？

微君之故❷，　　如不是國君您的緣故，
胡為乎中露❸？　　為什麼會待在露水中？

式微式微！　　太衰弱啦，太衰弱啦！
胡不歸？　　為什麼還不回國？

微君之躬❹，　如不是國君您的緣故，
胡為乎泥中？　為什麼會困在爛泥中？

【注釋】❶式微　衰微；衰弱也。式，語助詞，無實義。❷微君之故　如不是因為國君的緣故。微，非。君，國君。《詩經》單稱「君」，皆指國君。❸中露　露中之倒文。❹微君之躬　與「微君之故」同意，避複改字而已。躬，身體也。

【研析】黎侯為狄人所逐，流亡衛國，衛以二邑寓之，黎侯竟甘居籬下而不思復國，其臣因作此詩敦促規勸之。《詩序》曰：「黎侯寓于衛，其臣勸以歸也。」甚當。

詩共二章，僅三十二字。重章疊詠，字有變換，章旨則同。一、二兩章首句皆疊呼「式微」，以嘆衰微之甚。兩章兩問「胡不歸」，以見其思歸之心切。「中露」、「泥中」，狀其處境困苦屈辱。「微君之故」、「微君之躬」，歸咎其君也。

方玉潤《詩經原始》評曰：「語淺意深，中藏無限義理，未許粗心人鹵莽讀過。」

【韻讀】一章：微、歸，微部。故，魚部；露，鐸部。魚鐸合韻。二章：微、歸，微部。躬、中，侵部。

一二 旄丘

旄丘❶之葛兮，
何誕之節兮❷。
叔兮伯兮❸，
何多日也！

何其處❹也？
必有與❺也！
何其久也？
必有以❻也！

旄丘上的葛藤呀，
枝節怎麼這樣的粗大呀。
老弟呀，老哥呀，
為什麼冷落我們那麼多日子呀！

為什麼讓我們久留呀？
一定有原因呀！
為什麼拖得那麼久呀？
一定有理由呀！

狐裘❼蒙戎❽，
匪車不東❾。
叔兮伯兮，
靡所與同❿。
瑣⓫兮尾⓬兮，
流離⓭之子。
叔兮伯兮，
褎如⓮充耳⓯。

狐皮袍已經亂蓬蓬，
他們的車子還不向東。
老弟呀，老哥呀，
沒有人和我們締結同盟。
卑微呀，卑微呀，
流離失所的人。
老弟呀，老哥呀，
你們卻掛著美盛的充耳。

【注釋】❶旄丘　前高後低之山丘。❷何誕之節兮　節何誕之兮之倒文。誕，大也。之，語助詞，湊音節。節，指藤蔓之枝節。葛節粗大，暗喻羈留已久。❸叔兮伯兮　叔，弟也。伯，兄也。此皆指衛國諸臣，猶今俗語老哥老弟。❹處　居住。此有久留之意。（從《鄭箋》）❺與　通「以」。原因。❻以　原由；原因。❼狐裘　狐皮所製之裘衣，為大夫以上官員之冬服。❽蒙戎　蓬亂貌。此形容狐裘破弊。❾匪車不東　言彼衛國大夫之車不來東。此責衛君不來救助也，黎國君臣蓋寓衛之東部。匪，通「彼」。指衛大夫。❿靡

所與同　言無與我同盟之人也。靡，無也。與、同，並指結盟。⓫瑣　細小。⓬尾　通「微」。卑微。⓭流離　漂泊離散。⓮褎如　服飾盛美貌。如，猶然。⓯充耳　即瑱。古人冠冕上垂在兩側以塞耳之玉飾。

【研　析】《詩序》言：黎侯流寓於衛，衛不能修方伯連帥之職而棄之不顧，黎臣因作此詩責怨衛伯。本詩與〈式微〉背景相同，可互相參讀。

全詩四章，逐層遞進。一章以葛節長大興滯留已久。「何多日也」一句，已露微辭。二章自問自答：衛伯何以久不來救助？其中必有原因也。似替衛伯開脫，但原因並未明言，耐人尋味，其弦外之音隱約可聞。此章承上章「何多日」而來，但筆法寬緩，造成頓挫之勢。三章寫衣裘已弊而衛仍不來東，不滿之情流於筆端。「靡所與同」一句，以自嘆之辭婉責衛未盡方伯之責。四章以黎、衛君臣作對比，一苦一樂，反差強烈，責怨之情，直露無遺。結尾「褎如充耳」一句，言衛國君臣徒有其服而不能稱德，冷峻尖刻。

本詩敘事與抒情融為一體，含蓄委婉，綿中藏針。以服飾寄美刺，亦頗可玩索。

【韻　讀】一章：葛，月部；節、日，質部。月質合韻。二章：處、與，魚部。久、以，之部。三章：東、同，東部。四章：子、耳，之部。

一三　簡兮

簡（ㄐㄧㄢˇ）❶兮（ㄒㄧ）簡（ㄐㄧㄢˇ）兮（ㄒㄧ），　盛大啊，盛大啊！

方將❷萬舞❸。
日之方中，
在前上處❹。

碩人❺俁俁❻，
公庭❼萬舞。
有力如虎，
執轡如組❽。

左手執籥❾，
右手秉翟❿。
赫⓫如渥赭⓬，
公言錫爵⓭。

將要表演萬舞。
太陽正懸當中，
舞師站在隊列最前頭。

高大的舞師雄健魁梧，
宗廟庭前領演萬舞。
他有力氣，像頭猛虎，
手牽轡繩，有如織組。

左手拿著籥，
右手握著野雞的尾羽。
臉色紅潤，好像濕潤的紅土，
衛君吩咐，賞一杯美酒。

山有榛⓮，
隰⓯有苓⓰。
云誰之思⓱？
西方美人⓲。
彼美人兮，
西方之人兮。

山上有榛樹，
窪地有苓草。
在想誰呀？
西方的美人。
那個美人喲，
是西方來的人喲。

【注釋】❶簡　大也。此蓋形容萬舞場面壯觀。❷方將　將要。方、將同義。❸萬舞　商周時代一種大型群舞。場面盛大壯觀，由文舞、武舞等舞蹈組成，多用於祭祀，亦可用於練兵、娛樂等場合。❹在前上處　言在隊伍前列之首。處，位置，此指舞師所處之位置。❺碩人　身材高大之人，此指舞師。❻俁俁　魁梧也。❼公庭　宗廟之庭前。❽執轡如組　言表演摹擬駕車執轡動作有如織組一般靈巧自如。轡，韁繩。組，絲帶，由絲編織而成。此作動詞。❾籥　古吹奏樂器。竹製，如笛，六孔。籥和下句之翟，皆為文舞之道具。❿翟　指野雞的長尾羽毛。⓫赫　紅而有光澤貌。⓬渥赭　濕潤的紅土。⓭錫爵　賞賜一杯酒。錫，賜也。爵，古飲酒器，形似雀，多為青銅鑄造。⓮榛　木名。果實如栗而小。⓯隰　低窪潮濕之地。⓰苓　植物名。即甘草。一說，黃藥也，味極苦。按，《詩經》每以「山有×，隰有×」興男女之情。⓱云誰之思　思誰之倒文。云，語助詞，無實義。之，代詞，複指前置賓語「誰」。⓲西方美人　指舞師。蓋其來自西方周地，故稱。古代男女皆可稱美人。

【研　析】此詩讚美西方舞師，並且表達愛慕之意。《詩序》曰：「〈簡兮〉，刺不用賢也。衛之賢者仕於伶官，皆可以承事王者也。」與本旨大相徑庭，蓋亦詩教之義也。

詩共四章。首章抒寫萬舞開場之壯觀，突出舞師醒目舞位。二章抒寫舞師領演武舞，描摹其高超舞技。三章抒寫領演文舞，得衛君賞賜。末章傾吐對舞師愛慕之情。

前三章寫舞師出場亮相不同凡響，寫其魁偉身軀、紅潤臉色，寫其亦剛亦柔、矯健優美之舞姿，動靜結合，從不同側面突現舞師英武之氣。雖未著一「愛」字，卻處處透出強烈愛意。末章先以「山有榛，隰有苓」起興，象徵男女之愛；次以「云誰之思」四句點出主旨，雲破霧消，方見詩人作詩本意。

本篇《毛詩》分三章，每章六句；《詩集傳》分四章：前三章每章四句，末章六句。體味全詩脈絡，《詩集傳》較勝，故從之。

【韻　讀】一章：舞、處，魚部。二章：俁、舞、虎、組，魚部。三章：籥、翟、爵，藥部。四章：榛、苓、人、人、人，真部。

一四　泉　水

毖(ㄅㄧˋ)❶彼(ㄅㄧˇ)泉(ㄑㄩㄢˊ)水(ㄕㄨㄟˇ)❷，　　泉水汩汩湧出，

亦流于淇❸。
有懷于衛❹，
靡❺日不思。
孌❻彼諸姬❼，
聊❽與之謀。
出宿于泲❾，
飲餞❿于禰⓫。
女子有行⓬，
遠⓭父母兄弟。
問我諸姑⓮，
遂及伯姊⓯。

最終流進淇水。
懷念故土衛國，
沒有一天不思念。
那些隨嫁的好姊妹，
姑且同她們一起商談。
中途棲宿在泲，
飲酒辭別在禰。
女兒出嫁他鄉，
遠離父母兄弟。
問候大小姑媽，
還有我的大姊。

出宿于干⑯，
飲餞于言。
載⑰脂⑱載舝⑲，
還車⑳言邁㉑。
遄㉒臻㉓于衛，
不瑕㉔有害？

我思肥泉㉕，
茲之永歎㉖。
思須㉗與漕㉘，
我心悠悠。
駕言㉙出遊，
以寫㉚我憂。

中途棲宿在干，
飲酒辭別在言。
車軸抹油插上轄，
掉轉車頭就出發。
快快趕到衛國去，
該不會有什麼妨害？

我思念故鄉的肥泉，
為此而長長嘆息。
還想念須邑漕邑，
我的思念綿長深遠。
駕起馬車出遊，
來排解我心頭的憂愁。

【注 釋】❶毖 通「泌」。泉水湧流貌。❷泉水 水名。在衛國境內，又稱泉源水，亦即末章之肥泉。❸亦流于淇 流入淇水。亦，語助詞，無義。淇，水名，亦在衛境內。詩以泉水流淇，與己不得歸衛，不如此水。❹有懷于衛 懷念衛國。有，語助詞。❺靡 無也。❻孌 美好也。❼諸姬 指眾同為姬姓之隨嫁女子。先秦婚制，貴族之女出嫁，須以姪娣等同姓女子隨嫁。衛侯姬姓。❽聊 姑且。❾泲 衛地名，未詳所在。王先謙云：「先言出宿者，見飲餞為出宿而設，故先言以致其意。」(《詩三家義集疏》)❿飲餞 飲送行酒。餞，送行者之酒。⓫禰 衛地名，未詳所在。⓬行 指出嫁。⓭遠 遠離。⓮姑 父親的姊妹曰姑。⓯伯姊 大姊。諸姑、伯姊蓋泛指娘家之親屬，不可拘泥。⓰干 衛地名，所在不詳。下句之「言」同。⓱載 猶則也，語助詞。⓲脂 指潤滑車軸之油膏。此作動詞。⓳舝 同「轄」。車轄也。插於軸頭，防止車輪脫。此作動詞。⓴還車 回車。還，回旋也。㉑邁 行也。㉒遄 疾速。㉓臻 至也。㉔不瑕 猶云不無。疑之之詞。㉕肥泉 衛國水名。在今河南省淇縣境內。㉖茲之永歎 永歎茲之倒文。茲，此也，指肥泉。之，指示代詞，複指前置賓語「茲」。永歎，長嘆。㉗須 衛邑。在今河南省滑縣東南。㉘漕 衛邑。在今河南省滑縣東南白馬城。㉙言 猶而。語助詞。㉚寫 宣洩也。

【研 析】此是衛女遠嫁諸侯思歸不得之詩。《詩序》以為「衛女思歸」之作，大旨不誤。

全詩共四章，敘事抒情，水乳交融。首章寫思歸心切，訴不能如願之苦。「聊與之謀」，一個「聊」字，寫出百般無奈。二、三兩章，皆為設想歸寧之情景。雖是「海市蜃樓，憑空結撰」(吳闓生《詩義會通》)，但寫得真切入微，充分抒發了主人公對故土親人的渴念。四章從幻思中拉回，再寫對故土河山的眷念，情韻綿邈，感人至深。首句「我思肥泉」與一章「毖彼泉水」遙相呼應，有首尾相啣回環之美。全詩以出遊瀉憂作結，惆悵之情拂之不去。

本篇構思精巧，虛實相間，以實寫虛，以寬廣無垠之想像空間，生動展現主人公豐富深摯的情感世界。吳闓生評曰：「情文斐亹，極文字之妙。」（《詩義會通》）

【韻讀】一章：淇、思、姬、謀，之部。二章：泲、禰、弟、姊，脂部。三章：干、言，元部。舝、邁、衛、害，月部。四章：泉、歎，元部。漕、悠、遊、憂，幽部。

一五 北門

出自北門，
憂心殷殷❶。
終窶❷且貧，
莫知我艱。
已焉哉❸！
天實為之，
謂之何❹哉！

從北門出城，
我憂心忡忡。
既寒酸又貧窮，
沒有人知道我的艱難。
算了吧！
老天一定要這樣做，
無可奈何呀！

王事[5]適[6]我，
政事一埤益我[7]。
我入自外，
室人交徧讁我[8]。
已焉哉！
天實為之，
謂之何哉！

王事敦[9]我，
政事一埤遺[10]我。
我入自外，
室人交徧摧[11]我。
已焉哉！

差役都扔給我，
收稅的事全都加給我。
我從外面進門，
家人輪番都來責怪我。
算了吧！
老天一定要這樣做，
無可奈何呀！

差役逼著我，
收稅的事全部壓給我。
我從外面進門，
家人輪番都來折磨我。
算了吧！

天實為之，　　老天一定要這樣做，

謂之何哉！　　無可奈何呀！

【注釋】❶殷殷　憂愁貌。❷窶　貧而無法講究禮儀。❸已焉哉　算了吧。已，止也。❹謂之何　猶奈之何。❺王事　指為君王服勞役之事。❻適　通「擲」。投也。❼政事一埤益我　言徵收賦稅之事全部壓在我身上。一，全部。埤，厚也。益，加也。❽室人交徧讁我　言家人交替都來責怪我。室人，家人。徧，都。讁，同「謫」。責怪。❾敦　猶擲也。❿遺　加也。⓫摧　折磨。

【研析】此是寫一個小官吏不堪貧困、公差及家庭三重壓力內外交困之詩。《詩序》曰「刺仕不得志」，未洽。

全詩共三章。首章述自己生活貧困艱難而無人了解。二、三兩章複沓，反復申述自己在外則為王事、政事所累，在內則為家人責難所苦。

本詩開端即以「出自北門」起興。《毛傳》云：「興也。北門，背明鄉（向）陰。」既烘托出主人公暗淡淒苦的心態，也為全詩染上了陰鬱灰暗的底色。詩中以凝重的筆調集中鋪寫所患之憂：終窶且貧、王事適我、政事益我、室人讁我接踵而至，有如泰山壓頂，使人窒息。尤其是室人交遍讁摧，寫盡人間冷暖。主人公「莫知我艱」之心苦，最能賺得讀者的同情。三章三嘆「已焉哉！天實為之，謂之何哉！」悲苦無奈之情不能自抑，震撼人心。

【韻讀】一章：門、殷、貧、艱，文部。為、何，歌部。二章：適、益、讁，錫部。為、何，歌部。三章：敦，文部；遺、摧，微部。文微通韻。為、何，歌部。

一六 北風

北風其涼，
雨雪❶其雱❷。
惠❸而好我，
攜手同行。
其虛其邪❹？
既亟只且❺！

北風其喈❻，
雨雪其霏❼。
惠而好我，

北風吹得那樣涼，
雪下得那樣大。
好心而愛我的人，
牽著我的手一起同行。
可以稍稍慢一點嗎？
已經十分緊急了啊！

北風吹得那樣涼，
雪下得那樣大。
好心而愛我的人，

攜手同歸。
其虛其邪？
既亟只且！

莫赤匪狐，
莫黑匪烏❽。
惠而好我，
攜手同車。
其虛其邪？
既亟只且！

牽著我的手一起同回。
可以稍稍慢一點嗎？
已經十分緊急了啊！

沒有紅的不是狐狸，
沒有黑的不是烏鴉。
好心而愛我的人，
牽著我的手一起上車。
可以稍稍慢一點嗎？
已經十分緊急了啊！

【注釋】❶雨雪　下雪。雨，作動詞。❷雱　雪盛貌。❸惠　仁愛也。❹其虛其邪　從容緩慢也。虛，通「舒」。邪，通「徐」。其，語助詞。❺既亟只且　已經很急迫了啊。亟，急也。只且，語助詞，猶口語「了啊」。（從余培林先生《詩經正詁》）❻喈　通「湝」。寒涼貌。❼霏　雪盛貌。❽莫赤匪狐二句　意謂凡狐皆赤、凡烏皆黑。語意略如今日俗語所謂天下烏鴉一般黑。此喻君臣上下為惡如一。莫，沒有什麼。匪，通「非」。烏，烏鴉。

【研　析】此是衛人不堪當政者暴虐、相攜出逃避禍之詩。《詩序》曰：「〈北風〉，刺虐也。衛國并為威虐，百姓不親，莫不相攜而去焉。」極是。

本詩共三章，主要採用比興手法寄情寓義。一、二兩章皆托北風暴雪起興，渲染暗淡愁慘氣氛，象徵君政酷暴。百姓既見大禍臨頭，紛紛相攜出逃。三章「莫赤匪狐」二句，猶云天下烏鴉一般黑，蓋喻衛國君臣上下為惡如一也。此為全詩之關鍵。出逃原因既明，詩旨豁然明朗。詩人還借此抒發了對當政者憎惡與失望之情。情景交融，渾然無間。三章之末皆綴以「其虛其邪？既亟只且！」詩以問答形式突出形勢之危急。造句奇僻，跌宕多姿。通過一唱三嘆、迴環往復，越發動人心魄。

【韻　讀】一章：涼、雱、行，陽部。邪、且，魚部。二章：喈，脂部；霏、歸，微部。脂微合韻。邪、且，魚部。三章：狐、烏、車、邪、且，魚部。

一七　靜　女

靜女其姝❶，　　文靜女孩那麼美，

俟我於城隅❷。
愛❸而不見，
搔首踟躕❹。

靜女其孌❺，
貽我彤管❻。
彤管有煒❼，
說懌❽女❾美。

自牧歸荑❿，
洵⓫美且異。
匪女⓬之為美，
美人之貽。

約我在城上角樓相會。
故意躲藏看不見，
害我抓著頭皮來回徘徊。

文靜女孩那麼美，
送我彤管表情意。
彤管鮮紅又亮澤，
你的艷麗惹人愛。

從郊外送來嫩茅草，
實在太美又奇異。
並非因為你美麗，
這是美人贈的禮。

【注　釋】❶姝　美麗。❷城隅　城上角樓。❸愛　通「薆」。隱蔽也。❹踟躕　徘徊；走來走去。❺孌美好。❻彤管　疑即三章之「荑」。荑草似管而色赤。❼有煒　猶煒煒，紅而有光澤。有，語助詞。❽說懌　愛悅。說，同「悅」。懌，悅也。同義連用。❾女　同「汝」。此指彤管，用擬人筆法。❿自牧歸荑言從郊野送來荑草。牧，郊野。歸，通「饋」。贈送。荑，初生之茅草。古代男女常以互贈花草為信物。⓫洵　確實；實在。⓬女　同「汝」。此指荑草。

【研　析】此是男女幽會、逗趣傳情之詩。《詩序》以為刺「衛君無道，夫人無德」，殊無謂也。詩共三章。首章寫幽會之初逗樂嬉戲。二章寫男子獲贈禮物之驚喜。三章點出愛屋及烏、愛人及物之本意。首章側重敘事，二、三兩章側重抒情。

詩人善於抓住生活細節，以極其簡練自然之筆法，形神兼俱，寫出了人物神態。以「愛而不見」，描摹女子活潑俏皮；以「搔首踟躕」描摹男子焦灼憨厚，兩個人物幾可伸手捫及、呼之欲出。二、三兩章先著力渲染女子饋贈既美且異，然後用翻駁手法表明正意：「匪女之為美，美人之貽。」突出表達了男子之摯愛深情。全篇充滿幽默歡快情趣，洋溢著青春朝氣，富有藝術魅力，是三百篇中一首玲瓏剔透之上乘佳作。

【韻　讀】一章：姝、隅、躕，侯部。二章：孌、管，元部。煒，微部；美，脂部。微脂合韻。三章：異，職部；貽，之部。職之通韻。

一八 新臺

新臺❶有泚❷，
河水瀰瀰❸。
燕婉之求❹，
籧篨❺不鮮❻。

新臺有洒❼，
河水浼浼❽。
燕婉之求，
籧篨不殄❾。

新築樓臺新嶄嶄，
黃河之水漫無邊。
一心想找如意郎，
碰上了不死醜八怪。

新築樓臺高高聳，
黃河之水漫上岸。
一心想找如意郎，
碰上了不死醜八怪。

魚網之設，
鴻則離之⑩。
燕婉之求，
得此戚施⑪。

佈上一張大魚網，
卻是野鵝往裡闖。
一心想找如意郎，
得了這麼個醜駝背。

【注釋】❶新臺　指當年衛宣公所新築之觀景樓臺。在今山東鄄城黃河北岸。《水經注・河水》云：「河水又東，逕鄄城縣北，故城在河南十八里，河之北岸有新臺，鴻基層廣，累高數丈，衛宣公所築新臺矣。」❷有泚　猶泚泚，鮮明貌。有，語助詞。❸瀰瀰　水勢盛大貌。❹燕婉之求　求燕婉之倒文，言欲求一俊男為偶。燕婉，美好。之，代詞，複指前置賓語「燕婉」。❺籧篨　粗惡之竹席。此喻醜陋之人。❻不鮮　不死也。鮮，夭死。（從姜炳璋《詩序廣義》）❼有洒　高峻貌。洒，通「峻」。一說，鮮明貌。❽浼浼　河水與地面齊平。亦形容水盛。❾不殄　不死也。殄，絕也；盡也。❿魚網之設二句　言設置魚網卻闖進一隻鴻雁，比喻所得非所求。鴻，鴻雁，即野鵝，常棲息於河川沼澤。《易・漸》有「鴻漸于干」句，與此相類。聞一多《詩經通義》以為苦蠪之合音，釋為蛤蟆，說雖新穎，究無確證，故不從。離，遭遇。⓫戚施　駝背者。一說：蛤蟆也。

【研析】據《詩序》所稱，此詩「刺衛宣公也」。宣公為兒子伋娶妻於齊，聞齊女色美，頓起淫念，在黃河之濱構築新臺，遂攔截齊女，奪媳為妻。衛宣公之醜行為國人所不齒，於是作此詩刺之。《左傳・桓公十六年》、《史記・衛世家》並記其事，詩中又有新臺為證，故吳闓生《詩義會通》稱「《序》之說《詩》，惟此篇最為有據」。

全詩共三章，每章四句，形式複疊。詩之主旨，在鞭笞一個「醜」字。詩人採用美醜相形、反照襯托之手法，凸現衛宣公之陋貌醜行。筆墨酣暢，痛快淋漓。

一、二兩章開頭兩句皆寫新臺之美、河水之盈。知情者當知此絕非一般之寫景，因為就在此風光秀美之處曾演出過一場千夫所指之醜劇。以美形醜，雖只寫景，刺意已隱涵其中。一、二兩章後兩句及第三章皆寫齊女求美得醜。「燕婉」與「籧篨」、「戚施」，一美一醜，形成強烈反差。詩人在惋惜齊女不幸遭遇同時，猛烈地鞭笞了衛宣公之荒淫無恥。三章「魚網之設，鴻則離之」，比喻得非所求，貼切而詼諧，真妙喻也！

【韻讀】一章：泚、瀰，脂部；鮮，元部。脂元合韻。二章：洒、浼、殄，文部。三章：離、施，歌部。

一九　二子乘舟

二子乘舟，	兩個人乘上小船，
汎汎❶其景❷。	漂漂蕩蕩駛向遠方。
願❸言思子，	每當想起你們，

中心養養❹。　心裡就愁得發慌。

二子乘舟，　兩個人乘上小船，

汎汎其逝❺。　漂漂蕩蕩駛向遠方。

願言思子，　每當想起你們，

不瑕❻有害？　該不會遇到禍害？

【注釋】❶汎汎　漂流貌。❷景　通「憬」。遠行也。（從王引之《經義述聞》）❸願　每也。❹養養　憂愁不安貌。❺逝　往也。❻不瑕　猶云不無。疑之之詞。（從馬瑞辰《通釋》）

【研析】此蓋朋友送行之詩。《詩序》謂此詩為衛人傷衛宣公之二子伋、壽而作。宣公聽信宣姜讒言，欲設計殺伋，伋弟壽聞訊而替兄赴難，被殺。伋至，責曰：「君命殺我，壽又何罪？」又被殺。事見《左傳・桓公十六年》。然《序》說於詩究無實證，姑述以存參。

全詩僅兩章，且形式複疊。兩章結構相同：前兩句皆寫景敘事，後兩句皆抒發思念之情。通過重複詠唱，表達了詩人對遠行友人的無窮眷念。首章以「中心養養」描摹送行者心緒不寧，逼真微妙。二章「不瑕有害」是送行者內心獨白，道出了心緒不寧的原因。寥寥二句，前後呼應，將對遠行者的牽掛寫得十分傳神。

【韻讀】一章：景、養，陽部。二章：逝、害，月部。

鄘風

鄘，故地在今河南省汲縣一帶。〈鄘風〉十篇，多為東周作品。詳見〈邶風〉簡介。

一　柏舟

汎❶彼柏舟，
在彼中河❷。
髧❸彼兩髦❹，
實維❺我儀❻，
之❼死矢❽靡它。
母也天只❾！

那柏木船漂漂蕩蕩，
在那河流的中央。
頭髮垂在兩邊的小伙子，
就是我心愛的對象，
我發誓到死不要別人。
母親呀，老天呀！

不諒⑩人只！

你們對人太不體諒！

汎彼柏舟，
在彼河側。
髧彼兩髦，
實維我特⑪，
之死矢靡慝⑫。
母也天只！
不諒人只！

那柏木船漂漂蕩蕩，
在那河流的邊上。
兩邊垂著頭髮的小伙子，
就是我心愛的對象，
我發誓到死不變心。
母親呀，老天呀！
你們對人太不體諒！

【注釋】❶汎　同「泛」。漂蕩貌。❷中河　河中之倒文。❸髧　頭髮下垂貌。❹髦　古代未成年男子之髮式，頭髮垂於兩側與眉相齊。❺維　猶是，語助詞。❻儀　通「偶」。配偶也。（從馬瑞辰《通釋》）❼之　到也。❽矢　通「誓」。❾只　嘆詞。❿諒　相信；體諒也。⓫特　通「直」。配偶也。（從王先謙《詩三家義集疏》）⓬慝　通「忒」。改變也。

【研析】此是少女追求婚姻自主、對父母之命誓死抗爭之詩。《詩序》曰：「〈柏舟〉，共姜自誓也。衛世子蚤（早）死，其妻守義，父母欲奪而嫁之，誓而弗許，故作是詩以絕之。」《序》說於詩無證，疑是附會之辭。

詩共兩章，形式複疊，僅偶換句字，章旨則同。兩章起首皆以柏舟漂流起興，忽在河中，忽在河側，象徵少女心情動蕩不安。中間「髧彼兩髦」二句，以不容置疑口吻，大膽表白對心上人之摯愛。「之死矢靡它」、「之死矢靡慝」，是少女發自肺腑之誓言，鏗鏘有力，擲地有聲。章末「母也天只」二句，少女向母親、蒼天吶喊，是她內心情感的總爆發。全詩不加矯飾，直抒胸臆，感人至深。

【韻讀】一章：河、儀、它，歌部。天、人，真部。二章：側、特、慝，職部。天、人，真部。

二 牆有茨

牆有茨❶，　　土牆爬滿刺蒺藜，
不可埽❷也。　　不可以掃除它啊。
中冓之言❸，　　內室裡的枕邊話，

不可道也。
所④可道也，
言之醜⑤也。

牆有茨，
不可襄⑥也。
中冓之言，
不可詳⑦也。
所可詳也，
言之長也⑧。

牆有茨，
不可束⑨也。

不可以說出來啊。
如果可以說出來啊，
說起它來太醜惡啊。

土牆爬滿刺蒺藜，
不可以除掉它啊。
內室裡的枕邊話，
不可以細說啊。
如果可以細說啊，
說起它來話太長啊。

土牆爬滿刺蒺藜，
不可以除乾淨啊。

中冓之言，
不可讀⑩也。
所可讀也，
言之辱⑪也。

內室裡的枕邊話，
不可以張揚啊。
如果可以張揚啊，
說起它來太丟人啊。

【注釋】❶茨　即蒺藜。蔓生，細葉，子有三角刺，善爬牆。❷埽　同「掃」。掃除也。❸中冓之言　指內室裡淫僻之言。❹所　猶若也。（從王引之《經傳釋詞》）❺醜　醜惡。❻襄　除去。❼詳　細說。❽言之長也　談起它來話太長啊。此是不願談論之托辭。❾東　猶云清除乾淨。❿讀　誦言；公開說出。（從朱熹《詩集傳》）⓫辱　恥辱。

【研析】《詩序》曰：「〈牆有茨〉，衛人刺其上也。公子頑通乎君母，國人疾之，而不可道也。」衛宣公奪媳為妻，是為宣姜。不久，宣公死，其庶長子公子頑竟貪色而與君母宣姜私通，且生子女五人。宮闈亂倫醜聞，激起國人強烈憎惡，於是作詩刺之。

詩共三章，重章疊句。三章結構與章旨基本相同，故只需分析首章，餘可類推。

詩以「牆有茨，不可埽也」，與「中冓之言，不可道也」。除茨則牆壞，有投鼠忌器之意。內室穢言淫語不能正面揭露，所以詩人採用閃爍其辭、若隱若現的手法旁敲側擊。儘管詩人始終未能說出具體細節，但給人留下了淫僻之事醜不可聞、罄竹難書的深刻印象，真可謂「此時無聲勝有聲」。詩人以虛筆寫實事，其手法之高明，令人嘆服。

【韻讀】一章：埽、道、道、醜，幽部。二章：襄、詳、詳、長，陽部。三章：束、讀、讀、辱，屋部。

三　君子偕老

君子偕老❶，
副笄❷六珈❸。
委委佗佗❹，
如山如河❺，
象服是宜❻。
子之不淑，
云如之何❼？

與衛君相伴到老的夫人，
步搖上的玉簪垂著六珈。
舉止步態，從容舒緩，
莊重如山，寬厚如河，
穿著象服，十分得體。
你如此不幸，
將怎麼辦呢？

玼⑧兮玼兮，
其之翟⑨也。
鬒髮⑩如雲，
不屑髢⑪也。
玉之瑱⑫也，
象之揥⑬也。
揚⑭且之⑮皙也，
胡然而天也？
胡然而帝也⑯？
瑳⑰兮瑳兮，
其之展⑱也。
蒙彼縐絺⑲，

鮮艷啊，鮮艷啊，
她所穿的翟衣啊。
稠密的美髮如烏雲，
不屑用假髮來裝扮啊。
美玉做的充耳啊，
象牙做的搔頭啊。
眉清目秀、皮膚白皙啊，
怎麼如此酷似天仙啊？
怎麼如此酷似帝女啊？
亮麗啊，亮麗啊，
她所穿的襢衣啊。
罩在那細葛布衣上，

是紲袢⑳也。
子之清揚㉑，
揚且之顏㉒也。
展㉓如之人兮，
邦之媛㉔也！

這是當暑的內衣啊。
你眼睛明亮眉目清秀，
眉目清秀而且額角豐滿。
確實像這樣的人啊，
是我們國家的美女啊！

【注釋】❶君子偕老　指與君子偕老之人。舊說，此指莊姜。君子，古代貴族之統稱。舊說，此指衛宣公。❷副笄　用來維持副之簪子。古代王后、諸侯夫人所戴之髻狀首飾，用頭髮編製而成，漢代步搖，為其遺象。笄，簪子，用竹或玉等製成，橫貫髮髻或冠，以起維持作用。❸六珈　六種造型不同之珈，為笄飾之最盛者，以顯示身份之尊貴。珈，加在笄上之金玉飾物，故名「珈」。❹委委佗佗　即「委佗委佗」，步態從容舒緩貌。古代於疊字往往僅在首字下加=標識，「委佗委佗」，寫作「委=佗=」，故易致誤。❺如山如河　《毛傳》云：「山無不容，河無不潤。」蓋喻儀態莊重雍容也。❻象服是宜　宜象服之倒文。象服，彩繪像徵圖案之衣服，王后及諸侯夫人所服。是，指示代詞，複指前置賓語「象服」。宜，適宜。❼子之不淑二句　言你遭遇此不幸，將怎麼辦？不淑，通「不吊」。猶云不幸也。（從王國維〈與友人論詩書中成語書〉）云，語助詞，無義。❽玼　鮮艷。❾其之翟　她的翟衣。之，語助詞，無義。翟，翟衣，后、夫人禮服之一，因繪雉羽為飾，故稱。❿鬒髮　稠密的頭髮。⓫髢　假髮。⓬玉之瑱　玉做的瑱。瑱，又稱充耳。參見〈邶風・旄丘〉注。⓭象之揥　象牙做的髮揥。揥，古代用以搔頭和綰髮的髮飾。清人顧棟高《毛詩類釋》云「若今之篦兒也」。⑭揚　猶云眉清目秀。（從朱駿聲《說文通訓定聲》揚字注）⑮之語助詞，無義。⑯胡然而天也二句　言何以如此像天帝也。「天」與「帝」互文。然，這樣。而，如也。⑰瑳　猶玼。鮮艷也。⑱其之展　她的展衣。之，語助詞，無義。展，通「襢」。王后及命婦等禮服之一，以紅色縐紗製成。⑲縐絺　細葛布。此指細葛布內衣，即下句之紲袢。其外再蒙以展衣，此是夏天見國君及賓客之禮服。⑳紲袢　內衣。紲，通「褻」。紲、袢同義。㉑清揚　指眼睛明亮。㉒顏　額角。此言額角豐滿。㉓展　誠；真也。㉔媛　美女。

【研　析】本詩題眼全在「子之不淑」一句，「貞淫褒貶，悉具其中」。舊解「不淑」為「不善」，故以此為刺宣姜之詩，言其淫亂而失事君子之道，不稱其服也。然經近代王國維考證，「子之不淑」乃當時成語。「不淑」者，不幸也。今觀全詩，通篇頌美之辭，而無譏刺之語，故此詩當為讚美衛君夫人、並嘆其不幸遭遇之詩。詩中女主人公疑似宣姜，但無確證。

全詩共三章。一章寫夫人象服之妝，莊重典雅，雍容華貴。二章寫翟服之妝，儼若天仙帝女下凡。三章寫展衣之妝，國色天姿，光彩照人。

詩人採用鋪張與誇飾相結合之手法，以不同款式的服飾描寫作為貫穿全詩之主線，兼及容貌、儀態等多側面的細緻刻劃，極力突出女主人公之美麗與高貴，並以此反襯其遭遇之不幸。風格綺麗，人物形象立體感極強。

姚際恆《詩經通論》云：「此篇遂為〈神女〉、〈感甄〉之濫觴。『山、河』、『天、帝』，廣攬遐觀，驚心動魄；傳神寫意，有非言辭可釋之妙。」

【韻　讀】一章：珈、佗、河、宜、何，歌部。二章：翟、髢、揥、皙、帝，錫部。瑱、天，真部。三章：展、袢、顏、媛，元部。

四　桑中

爰❶采唐❷矣？
沬❸之鄉矣。
云誰之思？
美孟姜❹矣。
期❺我乎桑中❻，
要❼我乎上宮❽，
送我乎淇之上矣。

爰采麥矣？
沬之北矣。

哪裡去採菟絲？
去沬邑的鄉野。
在苦苦想誰？
美麗的姜家大小姐。
她約我在桑林中幽會，
她邀我去上宮相見，
她送我到淇水之邊。

哪裡去採麥穗？
去沬邑的北面。

云誰之思？
美孟弋矣。
期我乎桑中，
要我乎上宮，
送我乎淇之上矣。

爰采葑⑨矣？
沬之東矣。
云誰之思？
美孟庸矣。
期我乎桑中，
要我乎上宮，
送我乎淇之上矣。

在苦苦想誰？
美麗的弋家大小姐。
她約我在桑林中幽會，
她邀我去上宮相見，
她送我到淇水之邊。

哪裡去採蔓菁？
去沬邑的東面。
在苦苦想誰？
美麗的庸家大小姐。
她約我在桑林中幽會，
她邀我去上宮相見，
她送我到淇水之邊。

【注　釋】❶爰　於何處；在哪裡。❷唐　蔓生植物名。即菟絲子。❸沫　衛邑。在今河南省淇縣南。❹孟姜　姜姓長女。孟，排行老大。下文「弋」、「庸」亦為姓氏。❺期　約會。❻桑中　桑林之中。❼要　邀約。❽上宮　未詳。一說：樓上。又一說：衛地名。❾葑　蔓菁。參見〈邶風．谷風〉注。

【研　析】此是男子思與情人幽會之詩。《詩序》以為刺「男女相奔」，實為誤解詩文所致。

詩共三章，重章疊句。各章前四句皆用一問一答的形式，分別以采唐、采麥、采葑，興思姜、思弋、思庸。各章後三句，字句一律，寫女期、女要、女送，反復詠唱，是詩歌重心所在。

方玉潤《詩經原始》云：「詩中人亦非真有其人，真有其事，特賦詩人虛想。」此與李商隱〈無題〉詩「來是空言去絕蹤」、「畫樓西畔桂堂東」意趣相同，故不可坐實解之。孟姜、孟弋、孟庸三女，無非指代假想之情人而已，為取韻之便，分作三人耳。若以為一男思三女，或三男思三女，則大乖詩旨。詩人以蜻蜓點水之法，只更換「期」、「要」、「送」三個動詞，就寫出了男女感情與日俱增。筆法簡練，給讀者留出了廣闊的想像空間。

本詩章法頗具特色，方玉潤評曰：「三人、三地、三物，各章所咏不同，而所期、所要、所送之地則一，章法板中寓活。」（同上）

【韻　讀】一章：唐、鄉、姜、上，陽部。中、宮，侵部。二章：麥、北、弋，職部。中、宮，侵部。上，陽部（與上章遙韻）。三章：葑、東、庸，東部。中、宮，侵部。上，陽部（與上章遙韻）。

五　鶉之奔奔

鶉❶之奔奔❷，
鵲之彊彊❸。
人之無良，
我以為兄。

鵲之彊彊，
鶉之奔奔。
人之無良，
我以為君❹。

鵪鶉雌雄相隨，
喜鵲雙雙飛翔。
做人德行不良，
我還要把他當兄長。

喜鵲雙雙飛翔，
鵪鶉雌雄相隨。
做人德行不良，
我還要把他當君王。

【注釋】❶鶉　鵪鶉也。傳說此鳥配偶有常。❷奔奔　通「翸翸」。鳥雌雄相隨飛翔貌。❸彊彊　猶奔奔。❹君　此指國君。

【研　析】此蓋刺衛君淫亂之詩。《詩序》以為刺衛宣姜，但詩中有「我以為兄」、「我以為君」之句，不類刺宣姜語氣，故《序》說之失甚明。

詩共二章，形式複疊。兩章前二句各以鶉、鵲雌雄比翼雙飛，反興衛君鶉、鵲之不如。後二句直斥衛君「無良」。「我以為兄」、「我以為君」，實斥衛君不配為兄、不配為君也。方玉潤《詩經原始》曰：「詩必有所謂，但一時不得其解耳。」

【韻　讀】一章：彊、良、兄，陽部。二章：彊、良，陽部。奔、君，文部。

六　定之方中

定❶之方中，　　當定星黃昏出現在天空正中，

作于楚宮❷。　　開始營造楚丘新的宮室。

揆❸之以日，　　憑藉日影測定方向，

作于楚室。　　開始營造楚丘新的宮室。

樹之榛栗❹，　　周圍栽上榛、栗，

椅桐梓漆❺，爰伐琴瑟❻。
升彼虛❼矣，以望楚❽矣，
望楚與堂❾，景山❿與京⓫，
降觀于桑。
卜云其吉，終焉允臧⓬。
靈雨⓭既零⓮，
命彼倌人⓯，

還有椅、桐、梓、漆，
於是將來可以砍伐做琴瑟。
他登上漕城的廢墟，
以遠望楚丘，
瞭望楚丘與堂邑，
以及大山與高丘，
下來又視察桑田。
占卜說是好風水，
自始至終，實在吉利。
好雨已經落下，
吩咐馬倌趕快備車，

星⑯言夙駕，
說⑰于桑田。
匪直也人，
秉心塞淵⑱，
騋牝三千⑲。

天晴就起早出發，
趕到桑田才停車歇腳。
他不僅對人想得周全，
還用心踏實，深謀遠慮，
繁殖了良馬三千。

【注釋】❶定　星名。夏曆十月黃昏出現在天之正中，此時可以營造宮室，故又稱營室。❷作于楚宮　興建楚丘之宮室。于，介詞，用在動詞謂語與賓語之間，下文「降觀于桑」之「于」同。此句與下「作于楚室」當為互文。《正義》曰：「宮室俱於定星中為之，同度日景正之，各於其文互舉一事耳。」❸揆　度量。古代度日影以正方向。❹榛栗　並為木名。其果實可供祭祀，但其材木不可製琴瑟，此與椅、桐、梓、漆並為琴瑟之材，乃連類而及耳。（從陳奐《傳疏》）❺椅桐梓漆　四者皆木名。椅、桐、梓宜於製琴瑟；漆樹產漆，髹漆之用。此句四字與上句「榛栗」二字並為「樹」之賓語。❻爰伐琴瑟　砍伐木材，以製作琴瑟。爰，於是。「伐」之賓語省略。❼虛　古「墟」字。指漕邑故城廢墟。❽楚　地名。即楚丘，在今河南省滑縣東。❾堂　地名。楚丘之旁邑，其地未詳。❿景山　大山。⓫京　高丘。按，景山與京都是上句「望」之賓語。⓬卜云其吉二句　言卜辭云此地永久吉利。《毛傳》曰：「建國必卜之。」卜，觀察龜甲燒灼後所出現之裂紋預測吉凶之占卜方式。終焉，終然。允，確實。臧，善也。⓭靈雨　好雨。靈，善也。⓮零　落也。⓯倌人　替國君傳令的小官，國君出行則主管駕車之事。⓰星　通「晴」。⓱說　車馬止息。⑱匪直也人二句　言衛文公用心踏實深遠，不只是考慮人，同時也考慮繁殖牲畜，壯大國力。匪，不。直，只。秉心，操心。塞，實也。淵，深也。⑲騋牝三千　是秉心塞淵的結果。騋牝，高大的馬及母馬，此泛指良馬。

【研　析】春秋魯閔公二年，狄人侵衛，國人怨懿公，無鬥志。兵潰，懿公死。宋桓公迎衛之遺民近千人渡黃河，暫寓漕邑，並立戴公為君。戴公死，又立文公。次年，齊桓公扶助文公遷都楚丘。本詩頌揚了衛文公帶領百姓復國中興、勵精圖治的精神。

全詩共三章。一章述衛文公率民大興土木，營建楚丘新都。二章追述文公不辭辛勞、勘察地形，為定都規劃籌備。三章述文公深謀遠慮，國力大增。

詩人通篇採用鋪陳手法，大處著眼，小處著筆，通過植樹造林、勘察地形、親臨桑田、重視畜牧等細節，生動具體地刻劃了一個高瞻遠矚、腳踏實地、勤政愛民的賢君形象。「秉心塞淵」是一篇主腦。全詩以「騋牝三千」作結，一派欣欣向榮景象，意味深長，暗示文公治國方略已初見成效。《左傳・閔公二年》載：「衛文公大布之衣、大帛之冠，務材、訓農，通商、惠工，敬教、勸學，授方、任能。元年，革車三十乘；季年，乃三百乘。」可與此句相印證。

吳闓生《詩義會通》引舊評云：此詩「極周詳；極簡鍊。極嚴整；又極生動。」又云：「此詩規畫久遠，無不備具，祇以數語括之，覺《魯頌・閟宮》為繁而平矣。」

【韻　讀】一章：中、宮，侵部。口、室、栗、漆、瑟，質部。二章：虛、楚，魚部。堂、京、桑、臧，陽部。三章：零、人、田、人、淵、千，真部。

七 蝃蝀

蝃蝀❶在東，
莫之敢指。
女子有行❷，
遠父母兄弟。

彩虹出現在東邊，
沒有誰敢指點。
姑娘長大出嫁，
總要遠離父母兄弟。

朝隮❸于西，
崇朝❹其雨。
女子有行，
遠兄弟父母。

早上彩虹出現在西邊，
整個早上要下雨。
姑娘長大出嫁，
總要遠離兄弟父母。

乃如之❺人也，

懷❻昏姻也。

大無信❼也，

不知命也。

竟像這種人呀，

一心只想結婚呀。

太沒有貞操之心呀，

不知要聽父母之命呀。

【注釋】❶蝃蝀　彩虹。古人迷信，以為陰陽不和、婚姻錯亂、淫風流行則此氣盛。❷女子有行　姑娘出嫁。此似當時成語，故《詩》中習見。❸隮　彩虹。❹崇朝　整個早上。崇，通「終」。❺之　此也。❻懷　思也。❼信　信用，此蓋指貞操。

【研析】此詩詩旨蓋與婚姻有關，但由於詩辭過於簡略，詩之本義難以確定。《詩序》以為此詩刺淫奔之女；方玉潤謂「〈蝃蝀〉，代衛宣姜答〈新臺〉也」；姚際恆坦言「此詩未敢強解」；也有學者認為此為女子傷其夫不守婚約之詩。不得已，今姑從《詩序》為說。但所謂淫奔之女，以今天眼光來看，無非是不從父母之命、媒妁之言、主張婚姻自主的自由戀愛者。陳子展曰：「此民間歌手囿于習慣勢力之作。」（《詩經直解》卷四）近是。

詩共三章。一、二兩章複疊，皆以霓虹起興，蓋言女大當婚是常道，但不可因婚姻錯亂而生妖邪之氣。三章為全詩重心，斥淫奔之女無貞操之心、不遵父母之命。

【韻讀】一章：指、弟，脂部。二章：雨，魚部；母，之部。魚之合韻。三章：人、姻、信、命，真部。

八　相鼠

相❶鼠有皮，
人而無儀❷。
人而無儀，
不死何為？

相鼠有齒，
人而無止❸。
人而無止，
不死何俟❹？

看那老鼠還有張皮，
有人卻不講禮節。
做人卻不講禮節，
不死又為什麼呢？

看那老鼠還有牙齒，
有人卻不要臉皮。
做人卻不要臉皮，
不死又要等到何時？

相鼠有體❺，　看那老鼠還有肢體，
人而無禮。　有人卻不講禮儀。
人而無禮，　做人卻不講禮儀，
胡不遄❻死？　為什麼還不快死呢？

【注釋】❶相　看。❷人而無儀　儀，威儀；莊重的容貌舉止。「無儀」與下「無止」、「無禮」因協韻而變文，其義則一。❸止　容止；容貌舉止。❹俟　等待。❺體　肢體。❻遄　速；快。

【研析】此是刺無禮儀之詩。《詩序》曰：「相鼠，刺無禮也。衛文公能正其群臣，而刺在位，承先君之化，無禮儀也。」《序》說是也。

全詩三章，重章疊句。三章皆以鼠與無禮者相對照，反復譴責無禮者竟連鼠都不如。末尾又皆以咒語作結，「不死何為」、「不死何俟」、「胡不遄死」，一層緊似一層，表現出詩人對無禮者之深惡痛絕。

本詩語言直率，對比鮮明，感情強烈，給人留下深刻印象。

【韻讀】一章：皮、儀、儀、為，歌部。二章：齒、止、止、俟，之部。三章：體、禮、禮、死，脂部。

干旄

孑孑[1]干旄[2]，
在浚[3]之郊。
素絲[4]紕[5]之，
良馬四之。
彼姝者子[6]，
何以畀[7]之？

孑孑干旟[8]，
在浚之都[9]。
素絲組[10]之，

高高的旄牛尾旗，
樹立在浚邑郊外。
素絲編織的韁繩，
駿馬四匹作聘禮。
那個俊美的男子，
拿什麼回贈呢？

高高的鳥隼旗，
樹立在浚的城邑。
素絲編織的韁繩，

良馬五之。　駿馬五匹作聘禮。
彼姝者子，　那個俊美的男子，
何以予之？　拿什麼回送呢？

孑孑干旌⓫，　高高的彩羽旗，
在浚之城。　樹立在浚的都城。
素絲祝⓬之，　素絲編織的轡繩，
良馬六之。　駿馬六匹作聘禮。
彼姝者子，　那個俊美的男子，
何以告之？　拿什麼回報呢？

【注釋】❶孑孑　旗竿直立貌。❷干旄　古代一種旗幟，旗竿頭上綴以旄牛尾。這是古代一種旗幟。干，通「竿」。旄，指旄牛尾。❸浚　衛邑名。參見〈邶風・凱風〉注。❹素絲　未經染色之本色絲。❺紕　擰合絲縷成繩也。胡承珙《毛詩後箋》：「蓋紕乃合絲縷而未成者，組乃合紕之數股而成者，皆以繫維良馬，而為御者所用也。」❻彼姝者子　那個俊美的男子。猶〈邶風・簡兮〉「彼美人兮」。姝，美也。胡承珙《毛詩後箋》：「玩經文二語相承，『彼姝』似當指賢者。」❼畀　贈予。❽旟　古代一種畫有鳥隼圖案的旗幟。❾都　古代行政區劃名。四鄉為都。此即指城邑。❿組　編織絲縷也。⓫旌　古代一種以五彩羽毛裝飾的旗幟。⓬祝　通「織」。編織絲縷。

【研　析】此蓋衛臣求賢之詩。《詩集傳》曰：「言衛大夫乘此車馬，建此旌旄，以見賢者。」是也。《詩序》曰：「〈干旄〉，美好善也。衛文公臣子多好善，賢者樂告以善道也。」大旨亦不誤。

詩共三章，形式複疊，三章一意。各章起首二句，以「干旄」、「干旟」、「干旌」點明求賢者之大夫身份；以「浚」字點明求賢之地。次二句以「素絲」、「良馬」寫大夫聘禮之豐厚。末二句問賢者將何以回報。本篇結構層層遞進。姚際恆曰：「郊、都、城，由遠而近也；四、五、六，由少而多也。」（《詩經通論》）

【韻　讀】一章：旄、郊，宵部。紕，脂部；四、畀，質部。脂質通韻。二章：旟、都、組、五、予，魚部。三章：旌、城，耕部。祝、六、告，覺部。

一〇　載　馳

載馳載驅❶，　　快馬加鞭不停留，

歸唁❷衛侯❸。
驅馬悠悠❹，
言至于漕❺。
大夫❻跋涉❼，
我心則憂。
既不我嘉❽，
不能旋反。
視爾不臧❾，
我思不遠？
既不我嘉，
不能旋濟。

趕回國去慰問衛侯。
馬不停蹄路遙遠，
心兒早就飛到漕邑。
大夫們會遠道追來，
想起這我就憂愁。
既然不能同意我，
我就不能回故土。
看你們見識不高明，
我的思慮難道不深遠？
既然不能同意我，
我就不能渡河回國。

視爾不臧，
我思不閟⑩？

陟彼阿丘⑪，
言采其蝱⑫。
女子善懷⑬，
亦各有行⑭。
許人尤⑮之，
眾穉且狂⑯。

我行其野，
芃芃⑰其麥。
控⑱于大邦，

看你們見識不高明，
我的思慮難道不周密？

登上那傾斜的山崗，
採來貝母治憂傷。
女子多愁善感，
所思卻各不相同。
許國的人責難我，
既幼稚，又愚妄。

我走在故鄉的原野上，
麥苗長勢正旺。
應當告訴大國請求幫助，

誰因⑲誰極⑳？
大夫君子，
無我有尤㉑。
百㉒爾所思，
不如我所之㉓。

依靠誰？找誰幫忙？
大夫君子們啊，
請不要再責難我。
即使你們想出一百個主意，
不如我親自回國走一趟。

【注釋】❶載馳載驅　言馬駕車奔馳。載，語詞，乃也。馳、驅同義，馬快跑也。❷唁　向失國或遇禍者表示慰問。❸衛侯　蓋指衛文公。從胡承珙《後箋》❹悠悠　路途遠長貌。❺漕　衛邑。狄滅衛後，衛君暫寓於此。❻大夫　蓋指許國大夫。❼跋涉　言跋山涉水，趕往阻攔許穆夫人。❽嘉　贊同也。❾臧　善也。❿閟　閉也，引申為深邃、周密。⓫阿丘　一邊偏高的山丘。⓬蝱　通「莔」。即貝母草，主療鬱結之疾。⓭善懷　多憂思也。⓮行　道理；原因。⓯尤　責難。⓰眾穉且狂　既幼稚又愚妄。眾，通「終」。既也。胡承珙《後箋》：「非真指許人以為稚狂，蓋言我憂患如此迫切，彼方且尤我之歸，意者眾人其幼穉乎？其狂惑乎？不然，何其不相體恤？」⓱芃芃　茂盛貌。⓲控　赴告；走告也。⓳因　依靠也。⓴極　至也。按，「控于大邦」、「誰因誰極」一句為倒文。㉑無我有尤　無有尤我之倒文。不要再責難我。無，通「毋」。不要。有，通「又」。尤，責難也。㉒百　百次。此作動詞。㉓之　往也。

【研　析】《詩序》曰：「〈載馳〉，許穆夫人作也。」此說向來為說《詩》者所從，無異義。

許穆夫人是衛宣公之子公子頑與後母宣姜私通所生之女。傳說她從小愛國且有謀略，後不得已而遠嫁許國，為許穆夫人。魯閔公二年，狄人大破衛師，衛國顛覆。許穆夫人聞訊心急如焚，欲馳歸衛國，慰問暫居漕邑的兄長文公，並設法爭取外援拯救祖國。但是，她的願望因礙於當時禮制而不得實現，故作此詩以抒發其憂國之情。

詩共五章。首章以「載馳載驅，歸唁衛侯」起句，突兀橫奇。疾馳之車馬，烘托出奔赴國難之緊張氣氛。雖是假想，詩人歸心似箭之急迫心情表露無遺。「大夫跋涉，我心則憂」，詩人預見其歸唁行動必遭許人干涉而受阻。一個「憂」字，寫盡詩人之焦灼與煩惱，並開啟下文，籠罩全篇。二、三兩章，詩人以「爾」、「我」相對，寫出她與許人意見之分歧。「不遠」、「不閟」，表現出詩人之自信。四章以采蝱療憂起興，宕開一筆，氣氛稍有舒緩，然而章末又以「眾穉且狂」直斥許人，陡起波瀾。五章「我行其野，芃芃其麥」，仍作虛想之辭。「控于大邦，誰因誰極」，詩人救國策略至此方始托出，從而揭開全篇「思」字底蘊，盡顯巾幗英邁風采。全詩在高潮中戛然而止，給人留下極為深刻的印象。

總觀全詩，意境高遠，風格沉鬱頓挫，結構、手法、語言極富變化，有很強的藝術感染力，堪稱三百篇之名篇佳製。

【韻讀】一章：驅、侯，侯部。悠、漕、憂，幽部。二章：反、遠，元部。三章：濟，脂部；閟，質部。脂質通韻。四章：蝱、行、狂，陽部。五章：麥、極，職部。尤、思、之，之部。

衛風

衛為西周封國名，都於朝歌（今河南省淇縣）。西元前六六〇年被狄擊敗，從此一蹶不振，前二〇九年終為秦所滅。〈衛風〉十篇，多為東周作品。參見〈邶風〉簡介。

一　淇奧

瞻彼淇奧❶，
綠竹猗猗❷。
有匪❸君子，
如切如磋，
如琢如磨❹。

瞧那淇水的轉彎角，
綠竹茂盛搖曳。
風流文雅的君子，
如治象牙精心切磋，
如治玉石反復琢磨。

瑟❺兮僩❻兮，
赫❼兮咺❽兮。
有匪君子，
終不可諼❾兮。

瞻彼淇奧，
綠竹青青。
有匪君子，
充耳❿琇瑩⓫，
會⓬弁⓭如星。
瑟兮僩兮，
赫兮咺兮。
有匪君子，

多麼莊重啊，多麼威武啊！
多麼光明啊，多麼磊落啊！
風流文雅的君子，
永遠不能忘懷啊！

瞧那淇水的轉彎角，
綠竹青翠欲滴。
風流文雅的君子，
耳旁垂著寶石充耳，
鑲在皮冠中縫的美玉如耀眼的星星。
多麼莊重啊，多麼威武啊！
多麼光明啊，多麼磊落啊！
風流文雅的君子，

終不可諼兮。	永遠不能忘懷啊！
瞻彼淇奧，	瞧那淇水的轉彎角，
綠竹如簀⑭。	綠竹如積重重密密。
有匪君子，	風流文雅的君子，
如金如錫，	鍛鍊純粹如金錫，
如圭如璧⑮。	琢磨精美如圭璧。
寬兮綽兮⑯，	寬緩自得啊，
猗⑰重較⑱兮。	斜靠在重較上啊！
善戲謔⑲兮，	喜歡幽默風趣啊，
不為虐⑳兮。	但不刻薄有分寸啊！

【注釋】❶奧　通「澳」。河流彎曲之處。❷猗猗　美盛貌。❸有匪　猶斐然，有文采貌。❹如切如磋二句　切磋琢磨四者皆為治骨、象、玉、石之方法，此喻進修學問德行精益求精。切，通「齺」。鋸也。

磋，猶磨也。琢，雕刻。❺瑟　儀容莊重貌。❻僩　威武貌。❼赫　光明也。❽咺　通「愃」。心胸寬廣。❾諼　忘也。❿充耳　古代貴族冠冕兩側懸於耳旁之玉飾，因象徵塞耳避聽讒言，故稱。⓫琇瑩　寶石。⓬會　指皮弁縫合處，此處多鑲嵌五彩之玉為飾。⓭弁　皮製之冠，古代天子、諸侯、大夫所服。⓮簀　通「積」。一說，床席也。⓯如金如錫二句　比喻學問德行修養之純粹。圭，古代天子、諸侯所用玉製禮器，上尖下方。璧，亦玉製禮器，平圓而正中有小孔。⓰寬兮綽兮　寬緩自得之貌。⓱猗　通「倚」。依靠也。⓲重較　古代卿所乘立車車箱兩側輢上之銅質扶手，亦為顯示身份之標識。⓳戲謔　猶今語開玩笑。⓴虐　刻薄傷人。

【研　析】《詩序》曰：「〈淇奧〉，美武公之德也。有文章，又能聽其規諫，以禮自防，故能入相于周，美而作是詩也。」傳說衛武公年過九十猶能夙夜不怠，思聞訓道。然詩中未見明證。今觀詩文，詩中主人公為衛國貴族之傑出人物當無疑。

詩共三章。首章以綠竹興斐然君子，讚美其道德文章如切磋琢磨，力求完美。二章讚其服飾風度，端莊華美，英武光明。末章讚其修養有成，幽默瀟灑。詩人圍繞君子之德行抒寫其內美外盛，筆法自然，不露痕跡。詩中雖然賦比興並用，但其設喻之巧妙，尤見功力。如以切磋琢磨，喻修養不輟，精益求精；以金錫圭璧喻修養有成，爐火純青，皆貼切微妙，能將抽象枯燥的道理說得如此形象生動。末章結尾「寬兮綽兮」四句，描摹君子乘車姿態及善於戲謔之個性，使人物形象更豐滿有神。故方玉潤曰：「此詩道學極矣。試問篇中有半點塵腐氣否？使宋人為此，又不知作何妝點，乃能成篇。」（《詩經原始》）

【韻　讀】一章：猗、磋、磨，歌部。僩、咺、諼，元部。二章：青、瑩、星，耕部。僩、咺、諼，元部。三章：簀、錫、璧，錫部。綽、較、謔、虐，藥部。

二 考槃

考槃❶在澗❷，
碩人❸之寬❹。
獨寐寤言❺，
永矢❻弗諼❼。

考槃在阿❽，
碩人之薖❾。
獨寐寤歌，
永矢弗過❿。

敲盤作樂在山溪旁，
賢士心胸多寬廣。
獨睡獨醒獨言語，
此樂發誓永不忘。

敲盤作樂在山坳，
賢士胸懷多開闊。
獨睡獨醒獨唱歌，
發誓永不和人來往。

考槃在陸⑪，
碩人之軸⑫。
獨寐寤宿，
永矢弗告。

敲盤作樂在高地，
賢士從容又悠閑。
獨睡獨醒獨自過，
此樂發誓永不相告。

【注釋】❶考槃　敲擊盤子以伴歌。考，叩也。槃，同「盤」。銅製器具。❷澗　兩山間的溪水。❸碩人　高大的人。此指隱居的賢士。❹寬　指心胸寬廣。❺獨寐寤言　即獨寐獨寤獨言。下二「獨」字句同。❻矢　通「誓」。❼諼　遺忘。❽阿　山之拐彎處；山坳也。❾薖　寬大。❿過　過從；來往。⓫陸　高而平坦之地。⓬軸　通「迪」。從容行走，自得之貌。

【研析】《詩序》云：「〈考槃〉，刺莊公也。不能繼先公之業，使賢者退而窮處。」「刺莊公」固無據可證，但謂賢者退隱卻與詩辭密合，故本詩《詩序》不可全廢。

詩共三章，三章一意。詩人採用白描手法，抓住考槃、獨居等細節，描寫賢士隱居山林、自得其樂、超塵脫俗之情懷。本詩重章疊句，一唱三嘆。「在澗」、「在阿」、「在陸」；「寬」、「薖」、「軸」；「言」、「歌」、「宿」，皆為避免重複而換字，別無深意。詩中三章三詠「永矢」，以見賢士隱逸絕世之志之堅決。本詩當為中國隱逸詩之祖。

【韻讀】一章：澗、寬、言、諼，元部。二章：阿、薖、歌、過，歌部。三章：陸、軸、宿、告，覺部。

三 碩人

碩人❶其頎❷，
衣錦❸褧衣❹。
齊侯❺之子，
衛侯❻之妻。
東宮❼之妹，
邢侯❽之姨❾，
譚公❿維私⓫。

手如柔荑⓬，
膚如凝脂⓭。

美人身材那樣修長，
錦服外罩麻紗單衣。
她是齊侯的愛女，
衛侯的嬌妻。
她是太子的胞妹，
邢侯的姨子，
譚公夫人的姊妹。

兩手白嫩如茅芽，
皮膚潤滑像凍脂。

領[14]如蝤蠐[15]，
齒如瓠犀[16]，
螓[17]首蛾[18]眉。
巧笑[19]倩[20]兮，
美目盼[21]兮。

碩人敖敖[22]，
說[23]于農郊[24]。
四牡[25]有驕[26]，
朱幩[27]鑣鑣[28]。
翟茀[29]以朝[30]，
大夫夙退，
無使君[31]勞。

脖頸柔白似蝤蠐，
牙齒整齊如瓠籽，
額頭方正像螓頭，眉毛彎彎似蛾鬚。
甜甜一笑，酒窩就嵌在嘴邊呀，
美麗的眼睛烏黑明亮呀。

美人身材多高䠷，
停車歇腳在近郊。
四匹雄馬健又壯，
馬銜上纏的紅綢帶迎風飄。
乘著五彩翟車來朝，
請上朝的大夫早點退，
別讓國君太操勞。

河水洋洋㉜，
北流㉝活活㉞。
施㉟罛㊱濊濊㊲，
鱣㊳鮪㊴發發㊵，
葭㊶菼㊷揭揭㊸。
庶姜㊹孽孽㊺，
庶士㊻有朅㊼。

黃河之水浩浩蕩蕩，
嘩嘩奔流向北方。
魚網入水呼呼響，
潑刺刺鱣鮪盡入網。
岸邊蘆荻長得高高，
陪嫁的姑娘個個盛裝，
隨從的武士威武雄壯。

【注釋】❶碩人　見〈簡兮〉、〈考槃〉注。此指莊姜。❷頎　身材修長。❸錦　有彩色花紋之絲織品。此指錦衣。❹褧衣　用麻布製成之單罩衣。古代女子出嫁時所穿，用以遮蔽塵土。❺齊侯　指齊莊公。❻衛侯　指衛莊公。❼東宮　太子居東宮，因稱太子為東宮。此指齊太子得臣。❽邢侯　未詳所指。邢，國名，在今河北邢臺。❾姨　指妻之姊妹。❿譚公　未詳所指。譚，國名，在今山東歷城。⓫私　女子對姊妹之夫的稱呼。⓬荑　白茅之嫩芽。⓭凝脂　凝結之油脂。⓮領　頭頸。⓯蝤蠐　天牛之幼蟲，體白而長。⓰瓠犀　葫蘆之籽，潔白而整齊。⓱螓　蟲名。似蟬而小，額廣而方正。⓲蛾　蠶蛾，觸鬚細長而彎曲。⓳巧笑　甜美的笑容。⓴倩　美麗的酒窩。㉑盼　眼睛黑白分明。㉒敖敖　猶頎頎，身材修長貌。㉓說　通「稅」。停車休息。㉔農郊　近郊。㉕牡　指駕車的雄馬。㉖驕　健壯貌。㉗幩　馬飾之一，即纏結在馬銜上之綢布條，可以憑風扇汗，故又稱扇汗，亦稱排沫。國君之幩朱色。㉘鑣鑣　美盛貌。《說文》引《韓詩》作儦儦。儦，行貌。㉙翟茀　用彩色野雞羽毛裝飾之車蔽。此指莊姜所乘之翟車。翟，長尾野雞。茀，車蔽，古代婦女所乘之車有車蔽遮容。㉚朝　指入朝朝見莊公也。㉛君　指莊公。㉜洋洋　水大貌。㉝北流　向北流。按，黃河在齊西衛東，北流入海。㉞活活　水流聲。㉟施　設置。㊱罛　魚網。㊲濊濊　魚網入水之聲。㊳鱣　大鯉魚。㊴鮪　魚名。似鱣而小。一說，似鱣而大。㊵發發　起網時魚尾拍打之聲。㊶葭　蘆葦。㊷菼　荻草。似蘆葦，莖細而中實。㊸揭揭　長貌。㊹庶姜　指陪嫁之眾姜姓女子。庶，眾也。㊺孽孽　服飾美盛貌。一說，修長也。㊻庶士　指隨從莊姜至衛之眾齊國武士。㊼朅　威武貌。

【研　析】此是讚美衛莊公夫人莊姜初嫁之詩。《詩序》曰「閔莊姜」，未見於詩。

全詩四章。首章讚莊姜出身之高貴。二章讚其體貌之嬌美。三章讚其婚車之華美。四章讚齊地之廣饒、莊姜隨從之盛美。

運用鋪張手法刻劃人物形象是本詩藝術表現一大特色。如首章，詩人連用六個排比句，鋪陳莊姜父親、丈夫、兄長、姻親顯赫的地位，以顯示其不同尋常的尊貴身份。二章是全詩重心，詩人連用形象貼切的比喻，著力描繪莊姜手、膚、頸、齒、額、眉之美。尤其是章末「巧笑」二句，詩人以傳神妙筆，動靜結合，將莊姜的嫵媚寫得出神入化。通過濃墨重彩、淋漓盡致的烘托渲染，描摹莊姜的雍容華貴，其出眾美貌及嫵媚動人，無不栩栩如生。故姚際恆曰：「千古頌美人者無出其右，是為絕唱。」（《詩經通論》）本詩語言也頗具特色。如末章共七句，竟有六句用疊音詞，為三百篇之最。「洋洋」、「活活」、「濊濊」、「發發」、「揭揭」、「孽孽」，狀物、寫貌、摹聲各得其妙，使人如見其景、如聞其聲。同時，鏗鏘的節奏，也增強了詩歌的音樂之美。

【韻讀】一章：頎、衣，微部。妻、姨、私，脂部。二章：荑、脂、蠐、犀、眉，脂部。倩，真部；盼，文部。真文合韻。三章：敖、郊、驕、鑣、朝、勞，宵部。四章：活、濊、發、揭、孽、朅，月部。

四 氓

氓❶之蚩蚩❷，
抱布貿絲。
匪❸來貿絲，
來即❹我謀❺。
送子涉淇，
至于頓丘❻。
匪我愆期❼，

憨厚的小伙子，
抱著布帛來換絲。
並非真的來換絲，
是來同我商量婚事。
送你渡過淇水，
一直送到頓丘。
並非我拖延婚期，

子無良媒。
將❽子無怒，
秋以為期。

乘❾彼垝垣❿，
以望復關⓫。
不見復關，
泣涕漣漣⓬。
既見復關，
載⓭笑載言。
爾卜⓮爾筮⓯，
體⓰無咎言⓱。
以爾車來，

而是你沒有良媒。
請你不要生我氣，
定下秋天為婚期。

登上那斷牆牆頭，
眺望那遠方的復關。
不見你來，
我眼淚如線流不斷。
見到你來，
我又說又笑。
你占卜，你問卦，
卦體沒有凶言。
把你的車子駕來，

以我賄[18]遷。

桑之未落，

其葉沃若[19]。

于嗟[20]鳩[21]兮，

無食桑葚[22]。

于嗟女兮，

無與士耽[23]。

士之耽兮，

猶可說[24]也。

女之耽兮，

不可說也。

把我的嫁妝送去。

桑樹還沒凋落，

它的葉子油亮鮮潤。

哎呀，斑鳩喲，

不要貪吃桑椹。

哎呀，姑娘喲，

不要和小伙子熱戀。

小伙子沉湎於熱戀啊，

還可以擺脫呀。

姑娘沉湎於熱戀啊，

就不能擺脫啦。

桑之落矣，
其黃而隕㉕。
自我徂㉖爾，
三歲食貧㉗。
淇水湯湯㉘，
漸㉙車帷裳㉚。
女也不爽㉛，
士貳其行㉜。
士也罔極㉝，
二三其德。
三歲為婦，
靡室勞㉞矣。

桑樹凋落了，
它的黃葉紛紛落地。
自從我嫁給了你，
三年來吃苦受窮。
淇水浩浩蕩蕩，
濺濕了回車的帷裳。
女的並沒有過錯，
男的卻變了心腸。
男的反覆無常心不正，
三心二意不忠誠。
做你三年媳婦，
不辭家務的辛苦呀。

夙興㉟夜寐，
靡有朝㊱矣。
言既遂矣，
至于暴矣㊲。
兄弟不知，
咥其㊳笑矣。
靜言思之，
躬㊴自悼㊵矣。

及爾偕老，
老使我怨㊶。
淇則有岸，
隰則有泮㊷。

早起晚睡，
不知有白天黑夜呀。
小日子剛剛順心呀，
你卻變得兇狠粗暴呀。
兄弟們不知我的苦，
還來嘻嘻嘲笑我呀。
靜來默默思量，
獨自痛苦悲傷呀。

和你一起白頭到老，
這誓言使我更加怨惱。
淇水還有岸，
澤地也有邊。

總角43之宴44，
言笑晏晏45。
信誓46旦旦47，
不思其反48。
反是不思49，
亦已焉哉50。

孩提時的歡樂，
說說笑笑多和悅。
真誠的誓言情意懇切，
不要再去回憶往事。
往事不要再去回憶，
一切都算了吧！

【注釋】❶氓 民；農民。❷蚩蚩 敦厚貌。❸匪 通「非」。❹即 就；接近。❺謀 指商量婚事。❻頓丘 地名。在今河南清豐。❼愆期 延期。❽將 願也；請也。❾乘 登上。❿垝垣 毀壞的土牆。⓫復關 男子所居之地，此代指男子。一說，猶重關，設近郊，以譏（稽查）出入，禦非常。（王先謙《集疏》）⓬漣漣 淚流貌。⓭載 則；就也。⓮卜 占卜。用火灼龜甲，觀察裂紋以測吉凶。⓯筮 用蓍草莖占卦。⓰體 卦體，即卜筮所顯現的兆象。⓱咎言 不吉利之言。⓲賄 財物，此指嫁妝。⓳沃若 猶沃然，潤澤貌。若，語助詞。⓴于嗟 嘆詞。于，通「吁」。㉑鳩 鳥名。即斑鳩。㉒桑葚 桑樹之果實。色紫，味甜，鳩食多則致醉。㉓耽 沉溺於歡樂，猶云熱戀。㉔說 通「脫」。解脫。㉕隕 落也。㉖徂 往，此指往嫁。㉗食貧 過苦日子。㉘湯湯 水盛貌。㉙漸 沾濕。㉚帷裳 車帷。古代婦人之車上的布圍子，用以遮蔽也。㉛爽 差錯。㉜貳其行 言改變行為。㉝罔極 無常。罔，無也。極，定準。㉞靡室

勞　言不辭家務之辛勞。靡，不。㉟夙興　早起。㊱靡有朝　言不分朝夕。㊲言既遂矣二句　言家道順遂了，丈夫卻變得十分兇暴。此與〈邶風・谷風〉「既生既育，比予于毒」句意相似。言，語助詞。㊳咥其猶咥然，譏笑貌。其，語助詞。㊴躬　自己。㊵悼　傷心。㊶老使我怨　此句與上句蟬聯，即修辭學之頂針格。「老」為「及爾偕老」之省略。故姚際恆《詩經通論》云：「『老』字即承『偕老』字來，言汝曾言『及爾偕老』，今偕老之說徒使我怨而已。詩人之詞多是如此。」㊷隰則有泮　言低濕之地也有邊緣。泮，通「畔」。邊也。淇則有岸，隰則有泮，反襯苦海無邊。㊸總角　古代未成年男女束髮如兩角，稱總角。總，束也。此謂幼時。㊹宴　安樂。㊺晏晏　和悅溫柔貌。㊻信誓　真誠的誓言。㊼旦旦　誠懇貌。旦，通「怛」。㊽反　通「返」。此指舊事。㊾反是不思　即上文「不思其反」之倒文。是，猶其也。㊿已焉哉　算了吧。已，止也。焉、哉，語助詞連用。

【研　析】此詩與〈邶風・谷風〉為姊妹篇，皆為棄婦詩。〈谷風〉傷夫得新忘舊，此詩怨夫始愛終棄，雖同寫婚變，然而本篇更為真切感人。

全詩共六章，情節並不複雜。一、二兩章追憶婚戀之經過，情意纏綿。三、四、五章，述因色衰而遭棄，如訴如泣。六章述從蒙騙中覺醒，表示要徹底忘卻不堪回首的生活，意志堅決。

詩以二章「不見復關」四句，寫盡女子的癡情。又以四章「三歲為婦」四句渲染女子賢惠、善良、忠貞。然而女子的一片真心，換來的卻是「士貳其行」、「二三其德」，以及「言既遂矣，至于暴矣」，乃至最終被遺棄。詩人以善與惡、美與醜之鮮明對照，激起人們對癡情女的深切同情和對負心郎的強烈義憤。

詩人還善於用比興手法，揭示人物的內心活動。三章以「于嗟鳩兮，無食桑葚」，與「于嗟女兮，無與士耽」。看似偏激的言辭，卻將經受了重大感情創傷之女子憤世嫉俗的心態，表現得淋漓盡致。

本詩雖是敘事詩，但詩人在敘事中巧妙地穿插了抒情和議論。敘事、抒情、議論三者交融，為充分展現人物複雜的感情世界創造了條件。詩歌在結構上並未按時間順序鋪敘，而是回憶與現實互相交錯，一任人物思緒自然變化跳躍發展。此種表現方法，不僅符合人物起伏不平的心理特點，而且使詩歌錯落有致、妙有波瀾。

【韻　讀】一章：蚩、絲、絲、謀、淇、丘、期、媒、期，之部。二章：垣、關、關、漣、關、言、言、遷，元部。三章：落、沃，鐸部。甚、耽，侵部。說、說，月部。四章：隕、貧，文部。湯、裳、爽、行，陽部。極、德，職部。五章：勞、朝、笑，宵部；暴、悼，藥部。宵藥通韻。六章：怨、岸、泮、宴、晏、旦、反，元部。思、哉，之部。

五　竹　竿

籊(ㄉㄧˊ)籊(ㄉㄧˊ)❶竹(ㄓㄨˊ)竿(ㄍㄢ)，
以(ㄧˇ)釣(ㄉㄧㄠˋ)于(ㄩˊ)淇(ㄑㄧˊ)。

竹竿細又長，
用它垂釣在淇水上。

豈不爾❷思？
遠莫致❸之。
泉源❹在左，
淇水在右。
女子有行，
遠父母兄弟❺。
淇水在右，
泉源在左。
巧笑❻之瑳❼，
佩玉之儺❽。

怎能不想你？
只因太遠不能到你身旁。
泉源在左邊，
淇水在右方。
姑娘出嫁了，
遠離父母兄弟去他鄉。
淇水在右邊，
泉源在左方。
甜甜一笑齒如玉，
佩玉鏘鏘美又亮。

淇水滺滺❾，
檜❿楫松舟。
駕言出遊，
以寫我憂⓫。

淇水悠悠緩緩流，
檜木槳兒松木舟。
駕車外出去漫遊，
借以消除我憂愁。

【注　釋】❶籊籊　長而漸細貌。❷爾　你。此指所思之女。❸致　到也。❹泉源　水名。即〈邶風·泉水〉之泉水。陳奐《傳疏》云：「水以北為左，南為右。泉源在朝歌北，故曰在左。淇水則屈轉于朝歌之南，故曰在右。」❺女子有行二句　參見〈邶風·泉水〉注。❻巧笑　參見〈衛風·碩人〉注。❼瑳　玉色鮮白貌。此形容露齒之美。❽儺　美盛貌。（從余培林《詩經正詁》）一說，形容步態婀娜有節奏。❾滺滺　水流貌。❿檜　木名。身如松，葉如柏。⓫駕言出遊二句　見〈邶風·泉水〉注。

【研　析】此是抒懷之詩。衛之男子因所愛之女遠嫁他鄉而感到失落與憂傷，因作此詩抒發情愫。

詩共四章。首章述對所愛女子的遠思。二章述女子已遠嫁他鄉。三章回憶女子芳姿倩影。四章發為浩嘆，言欲以遠遊解愁。

本詩圍繞一個「思」字展開。首章「豈不爾思」，詩人以獨白形式表露心跡，是全詩總提。二章「女子有行，遠父母兄弟」與首章「遠莫致之」呼應，交代了思之緣由。三章寫其所愛之倩影在心中拂之不去，以見思之深切。末章抒發思之不得的愁苦。詩人從幾個不同的側面寫出了埋藏在心底的思戀，感情深沈、執著、苦澀，動人心魄。全詩四章皆以淇水起興，淇水悠悠，思亦悠悠，詩人借景抒情，情景交融，為詩歌營造出沈鬱的意境，增強了藝術魅力。

【韻讀】一章：淇、思、之，之部。二章：右、母，之部。三章：左、瑳、儺，歌部。四章：滺、舟、遊、憂，幽部。

六　芄蘭

芄蘭❶之支❷，
童子佩觿❸。
雖則佩觿，
能❹不我知❺。
容兮遂兮❻，
垂帶❼悸❽兮。

芄蘭草的細枝，
童子佩上了解結的錐。
雖然佩上了解結的錐，
卻會不再把我愛。
從容啊，悠閑啊，
衣帶下垂有風度啊。

芄蘭之葉，
童子佩韘❾。
雖則佩韘，
能不我甲❿。
容兮遂兮，
垂帶悸兮。

芄蘭草的嫩葉，
童子佩上了鉤弦的韘。
雖然佩上了韘，
卻會不再和我親暱。
從容啊，悠閑啊，
衣帶下垂有風度啊。

【注釋】❶芄蘭　草名。亦名蘿藦，蔓生，結莢形尖，有如佩觿，故以起興。❷支　古「枝」字。❸觿　解結之具。如錐，以獸角、骨或金屬為之，亦用作成人之佩飾。❹能　通「乃」。而也。(從王引之《述聞》)❺知　猶愛也。(從馬瑞辰《通釋》)❻容兮遂兮　從容閑適貌。容、遂義同。兮，語助詞。❼帶　束衣之腰帶，結在前，兩頭垂下。❽悸　衣帶下垂貌。❾韘　射箭時鉤弓弦之環狀骨器，套在右手大拇指上，內襯皮革防滑，亦作成人佩飾。❿甲　古「狎」字。親近也。

【研析】此蓋少女之情詩。男友突然換上成人服飾，少女驚喜之餘，又耽心是否還能如往日親密無間。此詩即抒寫少女愛慕與疑慮交織之複雜心情。《詩序》以為刺衛惠公「驕而無禮」，詩中未見其證。

詩共二章，形式複疊。兩章皆以芄蘭之枝葉起興，以協調韻律。「童子佩觿」、「童子佩韘」，簡練而形象地描摹出少男摹倣成人之得意神態。中間「能不我知」、「能不我甲」，又微妙地寫出少女忐忑不安之心情。兩章章末皆以「容兮遂兮，垂帶悸兮」結句，抒寫少男翩翩風度，反復詠唱，流露出少女深深愛意。

【韻讀】一章：支、觿、觿、知，支部。遂，物部；悸，質部。物質合韻。二章：葉、韘、韘、甲，盍部。遂，物部；悸，質部。物質合韻。

七　河廣

誰謂河廣？
一葦杭❶之。
誰謂宋遠？
跂❷予望之。
誰謂河廣？
曾❸不容刀❹。

誰說黃河寬廣？
一根蘆葦便可渡航。
誰說宋國遙遠？
踮起腳跟我便可眺望。
誰說黃河寬廣？
竟然容不下一條小船。

誰謂宋遠？　　誰說宋國遙遠？
曾不崇朝❺。　　回家還不消半天。

【注釋】❶杭 通「航」。渡也。❷跂 踮起腳跟。❸曾 竟然；簡直。❹刀 古「舠」字。小船。❺崇朝 一上午。崇，通「終」。朝，早，此指上午。

【研析】此是僑居衛國之宋人思鄉之詩。《詩序》曰：「宋襄公母歸于衛，思而不止，故作是詩也。」於詩無證。

詩共二章，形式複疊。每章四句，皆以兩問兩答組成。前二句以「一葦杭之」、「曾不容刀」極言黃河之狹；後二句以「跂予望之」、「曾不崇朝」極言離宋之近。詩中雖未著一「思」字、一「歸」字，但抒發出遊子思歸不得之強烈感情。此詩採用誇張手法，意在言外，筆法奇特。方玉潤《詩經原始》曰：「飄忽而來，起最得勢，語亦奇秀可歌。」

【韻讀】一章：廣、杭、望，陽部。二章：刀、朝，宵部。

八　伯兮

伯❶兮朅❷兮，　　我的哥啊英武威風，

邦之桀❸兮。
伯也執殳❹，
為王前驅❺。

自伯之❻東，
首如飛蓬❼。
豈無膏沐❽，
誰適❾為容❿？

其雨⓫其雨，
杲杲⓬出日。
願⓭言⓮思伯，

他是國中傑出的英雄。
我的哥啊手握長殳，
擔任君王的開路先鋒。

自從他出征往東，
我的頭髮就像吹散的亂蓬。
並非沒有潤髮的油膏，
但我為誰去打扮美容？

該下雨了吧，該下雨了吧，
偏偏出了太陽紅彤彤。
心中思念他呀，

甘心⑮首疾⑯！　　心甘情願，哪怕想得頭痛！
焉⑰得諼草⑱？　　哪裡可以弄到忘憂的萱草？
言樹⑲之背⑳。　　把它種在北堂。
願言思伯，　　心中思念他呀，
使我心痗㉑！　　他使我想得心中憂傷！

【注　釋】❶伯　兄弟姐妹排行中之老大。此為婦女對丈夫之暱稱。❷朅　勇武貌。❸桀　通「傑」。❹殳　古代兵器。長一丈二尺，竹木所製，頭呈錐狀，有稜無刃。❺前驅　先驅；前鋒。此指帝王或諸侯出巡時之護衛與前導，由高級武官擔任。❻之　往也。❼飛蓬　被風吹亂之蓬草。比喻頭髮散亂不整。❽膏沐　指婦女潤髮所用之油脂及甘漿。一說：沐，洗髮去垢。❾適　專主也。❿為容　修飾容貌。⓫其雨　該下雨了吧。其，語助詞，表示揣測。「其雨」蓋殷人遺語，卜辭中常見。參見陳夢家《卜辭綜述》第三章。⓬杲杲　光明貌。⓭願　思也。一說：每也。⓮言　語助詞。⓯甘心　情願。⓰首疾　頭痛。⓱焉　何處。⓲諼草　草名。即萱草，今名黃花菜、金針菜，古人以為食之可忘憂，故又名忘憂草。⓳樹　動詞，栽種。⓴背　通「北」。指北堂。㉑痗　病也。

【研　析】此詩寫一位貴族婦女空守閨房、極度思念遠行的丈夫。《詩序》曰：「〈伯兮〉，刺時也。言君子行役，為王前驅，過時而不反焉。」大旨不誤，但詩中未見刺意。

詩共四章。首章寫伯之英武，寄托思念之情。二章寫獨守閨房，無心梳妝，暗示對丈夫思念之深。三章以「願言思伯，甘心首疾」，直言思念之苦。四章以欲覓萱草療憂之奇想，抒寫思夫之切。

本詩採用托物寄情之藝術表現手法，並借助「自伯之東，首如飛蓬」、「其雨其雨，杲杲出日」、「焉得諼草，言樹之背」等細節描寫，用形象的語言傳達出隱藏在人物內心的憂思，使讀者產生共鳴。在詩歌結構上，詩人採用層層推進的手法，始則「首如飛蓬」，繼之「甘心首疾」，終而「使我心痗」，由表及裡，步步深入，揭示了主人公與日俱增的憂苦。

【韻　讀】一章：朅、桀，月部。殳、驅，侯部。二章：東、蓬、容，東部。三章：日、疾，質部。四章：背，職部；痗，之部。之職通韻。

九　有狐

有狐綏綏❶，
在彼淇梁❷。
心之憂矣，

狐狸慢慢吞吞，
走在那淇水的橋上。
我心裡憂愁啊，

之子無裳❸。　　因為這人還沒有衣裳。

有狐綏綏，　　狐狸慢慢吞吞，
在彼淇厲❹。　　走在那淇水的河灘。
心之憂矣，　　我心裡憂愁啊，
之子無帶❺。　　因為這人還沒有衣帶。

有狐綏綏，　　狐狸慢慢吞吞，
在彼淇側。　　走在那淇水的岸邊。
心之憂矣，　　我心裡憂愁啊，
之子無服。　　因為這人還沒有衣服。

【注釋】❶綏綏　通「夊夊」。徐行貌。❷梁　橋也。❸裳　下衣。似裙，古代男女皆服。❹厲　通「瀨」。水淺之處。（從《後箋》）❺帶　衣帶。

【研析】《詩序》以此詩為「刺時」之作，謂「衛之男女失時，喪其妃耦焉」，憑空譔言，今信從者寡；《詩集傳》以為「寡婦見鰥夫而欲嫁之」，說亦無據。本詩詩旨並不難明，當為思婦憂夫行役在外無衣禦寒而作。

全詩三章，一章四句，形式複疊，章旨略同。各章起首二句皆以狐狸躑躅淇水之上起興，暗示寒冬將至，引起主人公憂思不安。後二句為詩意重心所在，詩人直言心中之憂，以及所憂之由。「無裳」、「無帶」、「無服」；「在梁」、「在厲」、「在側」，既為避重複而換字，亦為《詩經》表現結構層次之常例，並無深意可求。

本詩語直情濃，辭淺意深。「心之憂矣，之子無裳（帶、服）」，一唱三嘆，抒發了主人公對行役在外的丈夫深切思念與關愛，感情深沉纏綿。

【韻讀】一章：梁、裳，陽部。二章：厲、帶，月部。三章：側、服，職部。

一〇 木瓜

投我以木瓜❶，
報之以瓊琚❷。
匪報也，

你拋給我一個木瓜，
我就拿瓊琚來回報。
不是為了回報啊，

永以為好❸也。
投我以木桃❹，
報之以瓊瑤❺。
匪報也，
永以為好也。
投我以木李❻，
報之以瓊玖❼。
匪報也，
永以為好也。

是想永結情好。
你拋給我一個甜桃，
我就拿瓊瑤來回報。
不是為了回報啊，
是想永結情好。
你拋給我一個甜李，
我就拿瓊玖來回報。
不是為了回報啊，
是想永結情好。

【注釋】❶木瓜　一種落葉灌木，又名楙木。果實色黃，橢圓形，似檸檬，香氣濃郁。味澀，可入藥，或蜜漬後食用。此指其果實。❷瓊琚　皆為美玉名。古代貴族男女多以美玉佩身，亦為定情的信物。❸好指友情、愛情。❹木桃　即桃子。胡承珙《後箋》曰：「《爾雅》以瓜不木生，故獨釋楙為木瓜。若桃李皆木，自不必復稱為『木』。詩言木桃、木李，因上章『木』字以成文耳。」❺瑤　美玉。❻木李　即李子。❼玖　比玉略次的黑色美石。

【研　析】《詩序》以為此詩乃衛人欲厚報齊桓公救國之恩而作，然詩中無明據可證。《詩集傳》云：「疑亦男女相贈答之詞，如〈靜女〉之類。」此說近是。

全詩三章，每章四句。重章疊句。各章前二句皆以贈瓜果而報以美玉起興，以喻主人公薄施厚報赤誠之心，比喻形象貼切。後二句皆為「匪報也，永以為好也」，一唱三嘆，顯然是詩之重心。詩人採用翻跌手法，用「匪報也」作一頓挫，然後才說出正意「永以為好也」。不僅突出了正意，也平添了詩歌錯落有致之美。

【韻　讀】一章：瓜、琚，魚部。報、好，幽部。二章：桃、瑤，宵部。報、好，幽部。三章：李、玖，之部。報、好，幽部。

王風

王指王都，即周平王東遷之都洛邑（今河南洛陽）也。〈王風〉乃洛邑及其周圍地區之詩歌，共十篇，多為離亂之詩。東周王室衰微，地位等同列國，故稱〈風〉而不稱〈雅〉。

一　黍離

彼黍❶離離❷，
彼稷❸之苗。
行邁❹靡靡❺，
中心搖搖❻。
知我者謂我心憂，

那黍子的苗兒沉甸甸，
那小米的苗兒沉甸甸。
我走路步子邁不開，
我心中恍惚憂煩。
了解的人說我心裏有憂愁，

不知我者謂我何求。
悠悠[7]蒼天，
此[8]何人哉！

彼黍離離，
彼稷之穗。
行邁靡靡，
中心如醉[9]。
知我者謂我心憂，
不知我者謂我何求。
悠悠蒼天，
此何人哉！

不了解的說我有什麼要尋求。
高高在上的老天爺，
這究竟是什麼人喲！

那黍子的穗兒沉甸甸，
那小米的穗兒沉甸甸。
我走路步子邁不開，
我心中苦悶如同酒醉。
了解的人說我心裏有憂愁，
不了解的說我有什麼要尋求。
高高在上的老天爺，
這究竟是什麼人喲！

彼黍離離，
彼稷之實。
行邁靡靡，
中心如噎❿。
知我者謂我心憂，
不知我者謂我何求。
悠悠蒼天，
此何人哉！

那黍子的粒兒沉甸甸，
那小米的粒兒沉甸甸。
我走路步子邁不開，
我心中苦悶如同哽噎。
了解的人說我心裏有憂愁，
不了解的說我有什麼要尋求。
高高在上的老天爺，
這究竟是什麼人喲！

【注釋】❶黍　穀類植物名。今北方謂之黍子，或謂之黃米。❷離離　下垂貌。❸稷　穀類植物名。即小米，亦稱穈子。稷與黍相似，但黏性不及黍。按，「彼黍離離」與「彼稷之苗」為互文，言彼黍稷之苗離離也。二章「彼黍離離，彼稷之穗」、三章「彼黍離離，彼稷之實」並同。此以黍稷之苗、穗、實離離，表示情節之演進，乃《詩經》章法常例，不可深求。舊說多誤。❹行邁　行走。邁，行也。行、邁同義連用，猶古詩云「行行重行行」也。（從馬瑞辰《通釋》）❺靡靡　猶遲遲，遲緩貌。❻搖搖　通「愮愮」。心神不安貌。❼悠悠　遠貌。❽此　指使我憂傷者。❾醉　神志不清，恍惚不定。❿噎　咽喉堵塞也。

【研析】《詩序》曰：「〈黍離〉，閔宗周也。周大夫行役，至于宗周，過故宗廟宮室，盡為禾黍。閔周室之顛覆，彷徨不忍離去，而作是詩也。」然詩中未見一宗周宗廟宮室字，故《序》說難從。今觀詩文，此詩蓋為滿懷憂憤而無可告訴者自訴之辭。

全詩三章，形式複疊，章旨並同，皆為抒發滿腹憂憤之情。各章首二句皆以「黍稷離離」起興，象徵詩人沉重的心情。次二句則描摹躑躅於道路之神情：首章以「搖搖」狀心神不寧；二章以「如醉」狀心智迷亂；末章以「如噎」狀憂思鬱結。一層深似一層，將情節逐步推向高潮。各章之末皆以「悠悠蒼天，此何人哉」向天呼告作結，一呼不已，再三反復，欷歔欲絕，令人動容。方玉潤《詩經原始》曰：「三章只換六字，而一往情深，低徊無限。此專以描摹虛神擅長。」

【韻讀】一章：離、靡，歌部。苗、搖，宵部。憂、求，幽部。天、人，真部。二章：離、靡，歌部。穗，質部；醉，物部。質物合韻。憂、求，幽部。天、人，真部。三章：離、靡，歌部。實、噎，質部。憂、求，幽部。天、人，真部。

二　君子于役

君子❶于役❷，
不知其期。

夫君在外服勞役，
不知哪天是他的歸期。

曷❸至哉？
雞棲于塒❹，
日之夕矣❺，
羊牛下來❻。
君子于役，
如之何勿思？

君子于役，
不日不月❼。
曷其有佸❽？
雞棲于桀❾，
日之夕矣，
羊牛下括❿。

他什麼時候才能回來呢？
雞宿進了窩裏，
天色已經昏暗，
牛羊下坡回到圈裏。
夫君在外服勞役，
怎能叫我不惦記？

夫君在外服勞役，
歸期無日無月。
什麼時候我們再能團聚？
雞已在樹樁上棲息，
天色已經昏暗，
牛羊下坡聚在了一起。

君子于役，　　夫君在外服勞役，
苟⑪無飢渴！　　該不會挨餓忍飢！

【注釋】❶君子　此指丈夫。❷于役　服勞役或兵役。于，語助詞。❸曷　何時也。❹塒　鑿牆而成之雞窩。❺日之夕矣　天色已晚。之，語助詞，置於主謂結構之間，無義。夕，傍晚。❻下來　從高地走下返回。與今語「下來」不盡相同。❼不日不月　言其歸無日月之期也。（從《後箋》）❽曷其有佸　何時再能相會。其，語助詞。有，通「又」。佸，聚會。❾桀　樹樁也。❿括　通「佸」。聚也。⑪苟　或許。

【研析】《詩序》曰：「〈君子于役〉，刺平王也。君子行役無度，大夫思其危難以風焉。」刺詩之說固曲，然云「君子行役無度」，亦非空穴來風。《詩集傳》云：「大夫久役于外，其室家思而賦之。」其說較允，然「大夫」當改「丈夫」為宜，因此詩「君子」是婦人目其夫之辭。

全詩共二章，二章複疊一意，皆抒寫思婦懷夫之情結。

借景抒情是本詩主要藝術特點。詩人以白描手法，寥寥數筆，繪出了一幅鄉村晚景圖：雞棲日夕，牛羊下來。靜謐的薄暮景色，映襯出思婦起伏湧動的思緒，兩者水乳交融，創造出感人雋永的意境。方玉潤評曰：「此詩言情寫景，可謂真實樸至。」「傍晚懷人，真情真境，描寫如畫。晉、唐人田家諸詩，恐無此真實自然。」（《詩經原始》）

【韻讀】一章：期、哉、塒、來、思，之部。二章：月、佸、桀、括、渴，月部。

三　君子陽陽

君子陽陽❶，
左執簧❷，
右招我由房❸。
其樂只且❹！
君子陶陶❺，
左執翿❻，
右招我由敖❼。
其樂只且！

君子喜洋洋，
左手拿著笙，
右手招我奏房樂。
真是快樂喲！
君子樂陶陶，
左手舉起翿，
右手招我去遊遨。
真是快樂喲！

【注釋】❶陽陽　通「揚揚」、「洋洋」。快樂自得貌。❷簧　笙中之發聲薄片，因以代笙。一說：笙之大者，見馬瑞辰《通釋》。❸由房　用房中樂。由，用也。房，房中樂，即人君燕息時所奏之樂，因與廟朝之樂相對，故稱房中。按：「由房」與下章「由敖」互文，說見本篇【研析】。❹只且　猶「也哉」，皆為語助詞。❺陶陶　和樂貌。❻翿　古代舞具，飾以羽毛。❼由敖　以遨遊。由，通「以」。敖，通「遨」。

【研　析】此詩《詩序》據一「招」字為說，謂「君子遭亂，相招為祿仕」；《詩集傳》又據一「房」字為說，謂「疑前篇婦人所作」。姚際恆斥之皆為鄙稚之臆說，是矣。按之詩文，此詩當為上層貴族寫其歌舞遊樂之作，詩中有「君子」、「執簧」、「執翿」、「由房」等語，其證鑿鑿。

本詩共二章，每章四句。二章複疊一意，皆寫主客相邀盡情狂歡作樂。兩章首句分別以疊音詞「陽陽」、「陶陶」，形容君子興奮歡樂之神態。二、三兩句描摹手舞足蹈之狀，結句疊詠「其樂只且」，歡樂之情溢於言表。

二章「右招我由敖」與首章「右招我由房」形式上相對，《鄭箋》遂釋「敖」為「燕舞之位」，以與房（房中樂）相應。殊不知詩詞固有句度相對而辭義不對者，此乃重章互足之例也。「右招我由房」、「右招我由敖」合之則為右招我用房以遨遊也。黃焯先生之發明至為審諦，足以廓清千年沈霾，說見《毛詩鄭箋平議》。

【韻　讀】一章：陽、簧、房，陽部。且，魚部，與下章遙韻。二章：陶、翿，幽部；敖，宵部。幽宵合韻。

四 揚之水

揚之水，
不流束薪❶？
彼其之子❷，
不與我戍申❸？
懷❹哉懷哉！
曷❺月予還歸哉？

揚之水，
不流束楚❻？
彼其之子，

激揚的河水，
為什麼不能漂流一捆乾柴？
那些有權有勢的人，
為什麼不能和我一起守衛申國？
懷念啊！懷念啊！
何年何月我才能回家呢？

激揚的河水，
為什麼不能漂流一捆荊條？
那些有權有勢的人，

不與我戍甫❼？	為什麼不能和我一起守衛甫國？
懷哉懷哉！	懷念啊！懷念啊！
曷月予還歸哉？	何年何月我才能回家呢？
揚之水，	激揚的河水，
不流束蒲❽？	為什麼不能漂流一捆蒲柳？
彼其之子，	那些有權有勢的人，
不與我戍許❾？	為什麼不能和我一起守衛許國？
懷哉懷哉！	懷念啊！懷念啊！
曷月予還歸哉？	何年何月我才能回家呢？

【注釋】❶揚之水二句　此與〈鄭風・揚之水〉首二句全同。彼《傳》云：「揚，激揚也。激揚之水，可謂不能流漂束楚乎？」故此亦應為反詰句。❷彼其之子　那些人。指成周之貴族。其，那，指示代詞，與「彼」複用。（從裴學海《古書虛字集釋》）❸申　諸侯國名。姜姓，為周平王之母家，故城在今河南唐

河境內。❹懷　思也。❺曷　何也。❻楚　荊條。❼甫　亦姜姓諸侯國，在今河南南陽西。平王所戍應是母家中國，言甫、許者，以姜姓諸國變文避複耳。❽蒲　蒲柳。❾許　姜姓諸侯國，在今河南許昌。

【研　析】周平王遷雒之初，因母家中國屢遭楚國侵凌，遂派兵屯戍。戍卒久不得歸，因作此詩抒發怨憤和思歸之情。《詩序》曰：「〈揚之水〉，刺平王也。不撫其民而遠屯戍於母家，周人怨思焉。」得之。

全詩共三章，重章疊句。各章內容、結構相同，皆寫戍卒怨苦情緒。每章六句，可以分層。開頭四句為第一層，詩以反詰句「揚之水，不流束薪（楚、蒲）？」與「彼其之子，不與我戍申（甫、許）？」抒發戍卒之不平與憤慨。末二句為第二層，直抒思歸之情。「懷哉懷哉」，言其思念不一而足也。結句「曷月予還歸哉」，是詩人發自心底之呼喊，對家人之眷念與有家難歸之怨恨交織在一起，反復詠嘆，有強烈的藝術感染力。

【韻　讀】一章：薪、申，真部。懷、懷、歸，微部。二章：楚、甫，魚部。懷、懷、歸，微部。三章：蒲、許，魚部。懷、懷、歸，微部。

五　中谷有蓷

中（ㄓㄨㄥ）谷（ㄍㄨˇ）❶有（ㄧㄡˇ）蓷（ㄊㄨㄟ）❷，　山谷中長著益母草，

暵其❸乾矣！
有女仳離❹，
嘅其❺嘆矣！
嘅其嘆矣，
遇人之艱難❻矣！

中谷有蓷，
暵其脩❼矣！
有女仳離，
條其❽歗❾矣！
條其歗矣，
遇人之不淑❿矣！

已經乾枯了啊！
有個女子被遺棄，
獨自一人嘆息啊！
獨自一人嘆息啊，
嫁個男人生活困難啊！

山谷中長著益母草，
已經焦枯了啊！
有個女子被遺棄，
獨自一人長嘯啊！
獨自一人長嘯啊，
嫁個男人良心不好啊！

中谷有蓷，
暵其濕⑪矣！
有女仳離，
啜其⑫泣矣！
啜其泣矣，
何嗟及矣⑬！

山谷中長著益母草，
已經枯萎了啊！
有個女子被遺棄，
獨自一人抽泣啊！
獨自一人抽泣啊，
唉，後悔莫及啊！

【注釋】❶中谷　谷中之倒文。參見〈周南・葛覃〉注。❷蓷　草名。又名茺蔚、益母草，葉似萑，方莖、白花，花生節間，惡濕。❸暵其　猶暵然，乾燥貌。其，語助詞。❹仳離　別離。此指被遺棄。❺嘅其　猶慨然，感嘆貌。其，語助詞。❻艱難　猶窮厄。❼脩　乾肉，引申為乾枯。❽條其　猶條然，長嘯貌。其，語助詞。❾歗　蹙口而發出之聲音。古人常以此抒憂。字亦作「嘯」。參見〈召南・江有汜〉注。❿淑　善也。⓫濕　通「㬎」。將乾也。⓬啜其　猶啜然，哭泣時抽噎貌。其，語助詞。⓭何嗟及矣　嗟何及矣之倒文。

【研析】此是棄婦之詩。《詩序》曰：「〈中谷有蓷〉，閔周也。夫婦日以衰薄，凶年饑饉，室家相棄爾。」衡之詩文，《序》說唯「夫婦日以衰薄」、「室家相棄」二語可取，其餘皆無明據。又觀詩中有「有女仳離」句，故此詩非棄婦自作可知。

全詩共三章，每章六句。形式複疊，各章結構、章旨大體相同，皆寫棄婦之憂傷與詩人之感慨。各章開頭二句皆以益母草枯萎起興，象徵棄婦面容枯槁，處境窘迫。中間二句皆描摹棄婦遭棄後之憂傷情態。末二句抒發詩人之感慨，對棄婦之不幸遭遇，寄予深切的同情。

本詩描寫棄婦情態，一章曰「嘅其嘆矣」，二章曰「條其歗矣」，三章曰「啜其泣矣」，由嘆而嘯而泣，一節緊似一節。抒發詩人感慨，一章曰「遇人之艱難矣」，二章曰「遇人之不淑矣」，三章曰「何嗟及矣」，由艱難而不淑而嗟何及，一層深似一層。且兩者同步映襯，交相配合，掀起層層波瀾，撞擊讀者心扉。故方玉潤曰：「世之讀〈中谷有蓷〉而無以動其悲憫之懷者，吾亦末如之何也已矣！」（《詩經原始》）

【韻讀】一章：乾、嘆、嘆、難，元部。二章：脩，幽部；歗、歗、淑，覺部。幽覺通韻。三章：濕、泣、泣、及，緝部。

六　兔爰

有兔爰爰❶，　　兔子逍遙自在，
雉離❷于羅❸。　　野雞卻陷進了羅網。
我生之初，　　我幼年時光，

尚無為❹；
我生之後，
逢此百罹❺。
尚❻寐無吪❼！

有兔爰爰，
雉離于罦❽。
我生之初，
尚無造❾；
我生之後，
逢此百憂。
尚寐無覺❿！

還可以無所用心；
我長大成人，
卻遭遇這百般憂傷。
但願熟睡不動彈！

兔子逍遙自在，
野雞卻陷進了羅網。
我幼年時光，
還可以無所用心；
我長大成人，
卻遭遇這百種憂患。
但願熟睡不醒來！

有兔爰爰，　　兔子逍遙自在，
雉離于罿⑪。　　野雞卻陷進了羅網。
我生之初，　　我年幼時光，
尚無庸⑫；　　還可以無所用心；
我生之後，　　我長大成人，
逢此百凶⑬。　　卻遭遇這百樣災難。
尚寐無聰⑭！　　但願熟睡不聽見！

【注釋】❶爰爰　通「緩緩」。舒緩自在貌。❷離　通「罹」。遭遇；觸碰也。❸羅　捕鳥之網。❹尚無為　尚可無所事事。尚，猶也。❺罹　憂也。❻尚　庶幾，表示希望之意。❼吪　動也。❽罦　捕鳥兔之網。施網於兩轅之中，形似車之覆，故又名覆車。❾造　猶作為也。❿覺　醒也。⓫罿　捕鳥兔之網，與罦相類。⓬庸　用也；勞也。亦作為之義。為、造、庸，義相近，變文協韻避複耳。⓭凶　災禍；兇險。⓮聰　聽見。

【研析】此是嘆今不如昔之詩。《詩序》曰：「〈兔爰〉，閔周也。桓王失信，諸侯背叛，構怨連禍，王師傷敗，君子不樂其生焉。」《序》說唯「君子不樂其生」一語尚切詩義，餘則於詩無證。

詩共三章，每章七句，形式複疊。各章首句「有兔爰爰」與「我生之初」二句，言己幼時如兔子逍遙自在，無憂無慮。次句「雉離於羅（罦、罿）」與「我生之後」二句，言己長大之後，如雉之罹網，多歷艱難。結句「尚寐無吪（無覺、無聰）」，言己欲長眠不醒，永無煩惱。

詩人以對比手法寫出「我生之初」及「我生之後」之強烈落差。方玉潤《詩經原始》曰：「詞意悽愴，聲情激越，阮步兵（阮籍）專學此種。」

【韻讀】一章：羅、為、罹、吪，歌部。二章：罦、造、憂，幽部；覺，覺部。幽覺通韻。三章：罿、庸、凶、聰，東部。

七 葛藟

緜緜❶葛藟❷，　連綿不斷的葛藟，
在河之滸❸。　生長在大河的水邊。
終❹遠兄弟，　既已遠離了兄弟，
謂他人父。　只好稱他人為父。

謂他人父，
亦莫我顧❺。

緜緜葛藟，
在河之涘❻。
終遠兄弟，
謂他人母。
謂他人母，
亦莫我有❼。

緜緜葛藟，
在河之漘❽。
終遠兄弟，

即使稱他人為父，
也沒人肯來理睬我。

連綿不斷的葛藟，
生長在大河的水邊。
既已遠離了兄弟，
只好稱他人為母。
即使稱他人為母，
也沒人肯來愛護我。

連綿不斷的葛藟，
生長在大河的水邊。
既已遠離了兄弟，

謂他人昆⑨。　只好稱他人為兄。
謂他人昆，　即使稱他人為兄，
亦莫我聞⑩。　也沒人肯來關心我。

【注釋】❶緜緜　連綿不斷貌。❷葛藟　皆為蔓生植物。參見〈周南・樛木〉注。❸滸　水邊。❹終　既也。❺莫我顧　莫顧我之倒文，否定句代詞賓詞須前置。顧，眷顧。❻涘　水邊。❼有　猶友，親愛也。❽漘　水邊。❾昆　兄也。❿聞　通「問」。恤問也。

【研析】此是寫流離失所者孤立無援之詩。方玉潤《詩經原始》曰：「此詩不必深解，但依《集傳》，謂『世衰民散，有去其鄉里家族而流離失所』之作，斯得之矣。若必謂『刺平王棄其九族』，則不惟『亦』字語氣不協，即詩意亦甚索然，反無謂也。」其說甚是。

詩共三章，每章六句。形式複疊，三章一意，皆抒寫詩人流落他鄉、備受冷落、孤獨無援之淒苦。各章可以分為三層。首二句皆以葛藟生水邊起興，以葛藟之依附水土，反興自己背井離鄉，無所依附。此為第一層。中間二句抒寫遠離親人，稱他人為父母之無奈。此為第二層。末二句抒寫即使忍辱負重，也得不到同情與溫暖。此為第三層。詩先以第二層作襯墊，形成頓勢，然後托出第三層，使淒苦傷心之情感宣洩得淋漓盡致。

本詩語言質樸，情感真實，一唱三嘆，寫盡了人間冷暖。方玉潤曰：「沉痛語，不忍卒讀。」（《詩經原始》）

【韻讀】一章：滸、父、父、顧，魚部。二章：涘、母、母、有，之部。三章：漘、昆、昆、聞，文部。

八 采葛

彼采葛❶兮，
一日不見，
如三月兮！
彼采蕭❷兮，
一日不見，
如三秋❸兮！
彼采艾❹兮，

那個採葛的人兒呀，
一天沒見面，
像是隔了三月呀！
那個採蕭的人兒呀，
一天沒見面，
像是隔了三季呀！
那個採艾的人兒呀，

一日不見，
如三歲兮！

一天不見面，
像是隔了三年呀！

【注釋】❶彼采葛　即彼采葛者之省略。下「彼采蕭」、「彼采艾」同。葛，葛藤。參見〈周南・葛覃〉注。❷蕭　蒿類植物名，有香氣，可供祭祀之用。❸秋　借指季節。姚際恆《通論》曰：「四時而獨言秋，秋風蕭瑟，最易感人，亦見詩人之善言也。」一說：借指年。❹艾　蒿類植物名，可作藥用。

【研析】此是男女相思之詩。《詩序》以為「懼讒」之作，詩無明據，不足為信。

詩共三章，但每章僅三句。三章形式複疊，其意則一，皆抒寫詩人相思迫切之情。各章首句詠所思之人。因採葛、採蕭、採艾多為女子之事，故所思者似應為女子。「葛」、「蕭」、「艾」，因協韻而變文，非一男思三女也。二、三兩句，曰一日不見，如「三月」、「三秋」、「三歲」。詩人用誇張手法，抒寫相思之苦，生動而準確地表達了內心的感受。同時通過「月」、「秋」、「歲」三個詞的更迭，層層遞進，將這種刻骨銘心的思念之情逐級推向極致。

本詩短小雋永，手法高妙。方玉潤贊曰：「雅韻欲流，遂成千秋佳語。」（《詩經原始》）

【韻讀】一章：葛、月，月部。二章：蕭、秋，幽部。三章：艾、歲，月部。

九 大車

大車[1]檻檻[2]，
毳衣[3]如菼[4]。
豈不爾思[5]？
畏子不敢[6]。

大車啍啍[7]，
毳衣如璊[8]。
豈不爾思？
畏子不奔。

大車隆隆碾過，
您穿著淺青色細毛織的官服。
難道不想念您？
怕您不肯，我不敢私奔。

大車轟轟碾過，
您穿著大紅色細毛織的官服。
難道不想念您？
怕您不肯，我不敢私奔。

穀❾則異室，
死則同穴❿。
謂⓫予不信⓬，
有如皦日⓭！

活著雖然不能同住一房，
死後但願能夠合葬。
如果認為我說假話，
有光明的太陽在天上！

【注釋】❶大車　此指大夫所乘之車。❷檻檻　車行聲也。❸毳衣　用獸毛織成之衣服，古代大夫所服。❹菼　初生之蘆荻，青白色。❺豈不爾思　豈不思爾之倒文。爾，你，指大夫。疑問句代詞賓語前置。❻不敢　與下章「不奔」為互文。《詩集傳》曰：「不敢，不敢奔也。」是矣。❼啍啍　亦車行聲也。（從馬瑞辰《通釋》）❽璊　紅色之玉。上章曰「如菼」，此曰「如璊」，蓋因協韻而變文，別無深意。❾穀　生，指活著。❿穴　墓穴。⓫謂　認為。⓬信　誠實也。⓭有如皦日　言有此白日可以為證。有如，古人誓辭中的常用語。皦，同「皎」。明也。

【研析】此蓋癡情女子表露心跡之詩。《詩序》以為此詩刺周大夫失職，「不能聽男女之訟」，以致「禮義陵遲，男女淫奔」。《詩集傳》謂此詩為淫奔者畏周大夫之刑政而作。二說相背戾。今觀詩文，未見《序》說所謂「陳古刺今」之意；若如朱子所說，則詩中「爾」、「子」必分屬二人，於詩義亦有不合。故二說皆不可從。

全詩共三章。一、二兩章形式複疊。兩章首二句皆以「大車」、「毳衣」之特徵，表明所思者之大夫身份，並渲染其可畏聲勢。第二句皆為「豈不爾思」，以反詰句抒寫思念之深。第四句兩章互為補足，言其不奔之原因，抒寫詩人既愛又畏之複雜感情。第三章是全詩高潮。詩人思之不得，遂對天立誓：「穀則異室，死則同穴。」以示生死不渝之志。其情沉鬱深切，動天地而感鬼神！

【韻讀】一章：檻、菼、敢，談部。二章：啍、璊、奔，文部。三章：室、穴、日，質部。

一〇 丘中有麻

丘中有麻，　　山丘之中種著麻，
彼留❶子嗟❷。　　懷念那個劉子嗟。
彼留子嗟，　　懷念那個劉子嗟，
將其來施施❸。　　願他再來送衣食。

丘中有麥，　　山丘之中種著麥，
彼留子國❹。　　懷念子國之子劉子嗟。

彼留子國，　　懷念子國之子劉子嗟，
將其來食。　　願他再來送衣食。
丘中有李，　　山丘之中種著李，
彼留之子。　　懷念子國之子劉子嗟。
彼留之子，　　懷念子國之子劉子嗟，
貽我佩玖❺。　　願他來送我佩玉。

【注釋】❶留　通「劉」。本為邑名，《漢書・地理志》河南郡有劉子邑，因以為姓氏。❷子嗟　賢者之字。❸將其來施施　當作「將其來施」，與下章「將其來食」句法一律。《顏氏家訓・書證》云：「江南舊本悉單為施。」是也。將，願也。施，施與也，與下章「食」字互文。❹子國　子嗟之父。此與下章「之子」互文。「彼留子國」，即彼留子國之子；下章「彼留之子」亦即彼留子國之子，皆為「子嗟」之變文耳。（從黃焯《毛詩鄭箋平議》）❺貽我佩玖　「貽我」前疑省「將其來」三字；貽，贈也。玖，次於玉的寶石。此指珍貴的禮物。

【研析】此蓋思賢之詩。《詩序》曰：「〈丘中有麻〉，思賢也。莊王不明，賢人放逐，國人思之，而作是詩也。」按之詩文，除「莊王不明」一語無確據外，餘皆近是。《詩集傳》斥之為淫奔者之詞，曰：「婦人望其所與私者而不來，故疑丘中有麻之處，復有與之私而留之者，今安得其施施然而來乎？」此說荒謬。姚際恆《通論》駁之曰：「《集傳》謂『婦人望其所與私者』，一婦人望二男子來，不知如何行淫法？言之大污齒。」

詩共三章，每章四句。各章章旨略同，皆抒寫懷念賢者劉子嗟之意。《毛傳》云：「丘中墝角之處盡有麻麥草木，乃彼子嗟之所治。」故各章首句分別以「丘中有麻」、「丘中有麥」、「丘中有李」起興，蓋睹物而思人也。各章二、三兩句複沓，皆點出所思之人，情意綿綿。其實詩人所思唯子嗟一人，為避重複，巧妙地利用互文方法變文，使詩歌整中有變，錯落有致。各章末句皆表達詩人盼望子嗟復來、有以惠己之意。全詩採用重章疊句形式反復詠嘆，情意繾綣，餘音繚繞。

【韻　讀】一章：麻、嗟、嗟、施，歌部。二章：麥、國、國、食，職部。三章：李、子、子、玖，之部。

鄭風

周宣王封其弟友於鄭（今陝西省華縣），是為鄭國，後鄭武公即位，又遷至新鄭（今屬河南），西元前三七五年為韓所滅。〈鄭風〉二十一篇為東周時新鄭及其周圍地區之詩歌，以婚戀詩為主。

一 緇衣

緇衣❶之宜❷兮，　黑色朝服真合身啊，
敝❸，　舊了，
予又改為❹兮。　我又替您重新縫啊。
適❺子之館❻兮，　您去官舍辦公啊，
還❼，　回家，

予授子之粲[8]兮。
緇衣之好[9]兮，
敝，
予又改造兮。
適子之館兮，
還，
予授子之粲兮。
緇衣之蓆[10]兮，
敝，
予又改作兮。
適子之館兮，

我就給您端上美餐啊。
黑色朝服真好看啊，
舊了，
我又替您重新裁啊。
您去官舍辦公啊，
回家，
我就給您端上美餐啊。
黑色朝服真寬舒啊，
舊了，
我又替您重新做啊。
您去官舍辦公啊，

還，　　回家，
予授子之粲兮。　　我就給您端上美餐啊。

【注釋】❶緇衣　古代卿大夫之朝服，因以黑布製作，故稱。緇，黑色。❷宜　適宜；合身。❸敝　破舊。❹改為　再做。下兩章「改造」、「改作」義同。改，更也；再也。❺適　往也。❻館　指卿大夫治事之官舍，在天子之宮。❼還　歸來。❽粲　古「餐」字。❾好　美好。❿蓆　寬大。

【研析】《詩序》謂此詩美鄭武公好賢。然未見於詩，故難信從。綜觀詩文，本詩是寫一位賢內助對其做官之丈夫悉心照料。

全詩共三章。三章重章疊句，各章章旨相同，可以分為前後兩層。前三句為第一層，詩人抒寫替丈夫精心縫製緇衣。「宜兮」、「好兮」、「蓆兮」，皆形容緇衣美盛合身，亦微露自得之意。「為」、「造」、「作」，更換動詞，為求協韻而變文。後三句為第二層，詩人抒寫替丈夫準備嘉肴美餐，以供丈夫退朝後享用。詩人只是擷取了日常生活中的衣食二事，就具體而生動地寫出了自己對丈夫無微不至的關心和照顧，筆法簡練而自然。

本詩句法奇特。詩人大膽採用一字句「敝」、「還」，並且把它們分別鑲嵌在兩個五字句中間。這樣，不但使詩歌跌宕多姿、妙有層次，還烘托出一種急迫的氛圍，使讀者感受到詩人操持家務的忙碌節奏，收到了很好的藝術效果。

【韻讀】一章：宜、為，歌部。館、粲，元部。二章：好、造，幽部。館、粲，元部。三章：

蓆、作，鐸部。館、粲、元部。

二 將仲子

將❶仲子❷兮，
無踰❸我里❹，
無折❺我樹杞❻。
豈敢愛❼之❽？
畏我父母❾。
仲可懷❿也，
父母之言，
亦可畏也。
將仲子兮，

請仲子啊，
不要翻越我家的里門，
不要壓斷我栽的杞樹。
我難道會吝惜這杞樹？
怕的是我的父母。
仲子真叫人想念啊，
父母的訓斥，
也是很可怕的啊。
請仲子啊，

無踰我牆，
無折我樹桑。
豈敢愛之？
畏我諸兄⑪。
仲可懷也，
諸兄之言，
亦可畏也。

將仲子兮，
無踰我園⑫，
無折我樹檀⑬。
豈敢愛之？
畏人之多言。

不要翻越我家的牆頭，
不要壓斷我栽的桑樹。
我難道會吝惜這桑樹？
怕的是我幾個哥哥。
仲子真叫人想念啊，
幾個哥哥的訓斥，
也是很可怕的啊。

請仲子啊，
不要翻越我家的園籬，
不要壓斷我栽的檀樹。
我難道會吝惜這檀樹？
怕的是人們的流言。

仲可懷也，
人之多言，
亦可畏也。

仲子真叫人懷念啊，
人們的流言，
也是很可怕的啊。

【注釋】❶將 願；請也。❷仲子 猶言老二，指所思之男子。❸踰 跨越；翻過。❹里 古人聚居，以二十五家為一里，里有牆有門。❺折 因踰牆而壓折，非攀折也。（從季本《詩說解頤》）❻樹杞 栽種之杞柳。樹，種植也。杞，杞柳，樹如柳，生水傍，葉粗而色白。❼愛 吝惜。❽之 指杞樹。下兩章「豈敢愛之」之「之」，亦各指桑樹、檀樹。❾畏我父母 由下文「父母之言」推知，此句「父母」下省「之言」二字。下章「畏我諸兄」同。❿懷 念；思也。⓫諸 眾也。⓬園 栽種樹木之地，周圍有籬牆。⓭檀 木名。皮青滑澤，材質堅韌，宜造車或器具。

【研析】《詩序》以詩中之「仲」為祭仲，故牽合《左傳・隱公元年》鄭莊公克段史事，謂此詩乃刺莊公「小不忍以致大亂」，附會穿鑿，甚為可噱。今觀詩文，「仲可懷也，父母之言，亦可畏也」，為全詩主眼。故此詩當是寫一位熱戀中女子，面對家庭及社會壓力，內心之徬徨與苦惱。

詩共三章，每章八句。三章形式複疊，章旨與結構相同。各章皆可分為四層。以首章為例，「將仲子兮」三句為第一層，女主人公呼告仲子，望其勿來；「豈敢愛之」二句為第二層，交代拒之之原因，非心有所違，實乃懼父母之言也；「仲可懷也」為第三層，女主人公直抒對所愛之思念；「父母之言」二句為第四層，重申對父母之言的畏懼，表露出女主人公精神壓力之深重。每兩層之間為一轉折，皆先縱而後擒。詩歌跌宕起伏，委婉曲折，凸現女主人公在愛與畏之間徘徊、矛盾、痛苦的心緒。

詩人於各章之間還採用了層遞手法。述仲子之來，一章曰「里」，二章曰「牆」，三章曰「園」，由遠及近，步步進逼，烘托出緊迫氣氛；述人言可畏，一章曰「父母」，二章曰「諸兄」，三章曰「人」，由寡及眾，層層擴大，使人感受到重重壓力。

【韻讀】一章：子、里、杞、母，之部。懷、畏，微部。二章：牆、桑、兄，陽部。懷、畏，微部。三章：園、檀、言，元部。懷、畏，微部。

三　叔于田

叔于田❶，　　小哥到野外去打獵，
巷❷無居人。　巷子裏像是沒有了居住的人。
豈無居人？　　難道真是沒有居住的人？
不如叔也，　　他們都不如小哥啊，

洵❸美且仁。

叔于狩❹，
巷無飲酒。
豈無飲酒？
不如叔也，
洵美且好❺。

叔適❻野，
巷無服馬❼。
豈無服馬？
不如叔也，
洵美且武。

小哥確實英俊又慈仁。

小哥到野外去打獵，
巷子裏像是沒有了豪飲的人。
難道真是沒有豪飲的人？
他們都不如小哥啊，
小哥確實英俊又豪放。

小哥到野外去打獵，
巷子裏像是沒有人能駕馬。
難道真是沒有人能駕馬？
他們都不如小哥啊，
小哥確實英俊又勇武。

【注釋】❶于田 打獵也。于，語助詞。田，古「畋」字。❷巷 里門內、家門外之小道。❸洵 確實。❹狩 打獵。❺好 美也。此蓋指豪放、有風度。❻適 往也。❼服馬 此指駕馬之人。

【研 析】《詩序》曰：「〈叔于田〉，刺莊公也。叔處于京，繕甲治兵，以出于田，國人悅而歸之。」《序》以此詩之「叔」為共叔段，爰將此詩繫於《左傳・隱公元年》事。然《詩經》「叔」字非此一見，如〈邶風・旄丘〉「叔兮伯兮」，泛指兄弟也；〈鄭風・蘀兮〉「叔兮伯兮」，稱呼所愛也。此詩之「叔」，何以必為共叔段？故《詩集傳》曰：「或疑此亦民間男女相說之詞也。」當是。今從之。

詩共三章，每章五句。首章寫叔之儀容，二章寫叔之豪飲，三章寫叔之善御。詩人從三個不同側面，讚美叔的英俊瀟灑的儀容和仁慈、豪放、勇武的品格。

以虛寫實，即用抒寫詩人主觀感受之方式刻劃人物形象，是本詩最大的藝術特色。以首章為例，詩人故撰奇句「巷無居人」，以誇張手法描摹自己獨特的心理感受，並借此折射出「叔」出獵時英姿勃發、超群拔俗的形象。這比正面具體描寫，更能激發讀者想像，不必問「叔」為人何如，翩翩公子已略可想見。三章形式複疊。一章「叔于田」、二章「叔于狩」分別與三章「叔適野」詞意互足，皆謂叔適野外田獵也。用詞錯綜，增強了詩歌形式美。各章結句疊詠，詩人通過換字，從「仁」、「好」、「武」三個方面讚美「叔」，使其形象更豐滿完美。

【韻 讀】一章：田、人、人、仁，真部。二章：狩、酒、酒、好，幽部。三章：野、馬、馬、武，魚部。

四 大叔于田

大叔于田❶，
乘❷乘馬❸。
執轡如組❹，
兩驂如舞❺。
叔在藪❻，
火烈❼具舉❽。
襢裼❾暴❿虎，
獻于公所⓫。
將⓬叔無狃⓭，
戒⓮其傷女⓯。

小伙子出外打獵，
駕著四匹大馬。
他操縱轡繩如同編織絲帶，
兩匹驂馬的步伐像舞蹈有節拍。
他在沼澤地，
綿延的篝火一齊點起。
他赤膊上陣空手鬥虎，
把牠獻到公的住所。
願他不要太大意，
當心老虎傷著您。

叔于田，
乘乘黃⑯。
兩服⑰上襄⑱，
兩驂雁行⑲。
叔在藪，
火烈具揚⑳。
叔善射忌㉑，
又良御㉒忌。
抑㉓磬控㉔忌，
抑縱送㉕忌。

叔于田，
乘乘鴇㉖。

小伙子出外打獵，
駕著四匹黃馬。
中間兩匹服馬走在前方，
兩匹驂馬在旁像大雁列行。
他在沼澤地，
綿延的篝火一齊燒得正旺。
他的箭射得好啊，
駕車的技藝又高啊。
忽而勒緊韁繩啊，
忽而放鬆韁繩啊。

小伙子出外打獵，
駕著四匹雜有白毛的黑馬。

兩服齊首㉗，
兩驂如手㉘。
叔在藪，
火烈具阜㉙。
叔馬慢忌，
叔發㉚罕㉛忌。
抑釋掤㉜忌，
抑鬯㉝弓忌。

中間兩匹服馬齊頭朝前走，
兩匹驂馬在旁如人的雙手。
他在沼澤地，
綿延的篝火一齊燒得正猛。
他駕的馬放慢了腳步啊，
他發的箭逐漸減少了啊。
他放下了箭筒蓋啊，
他把弓藏進了弓袋啊。

【注　釋】❶田　打獵也。參見〈鄭風・叔于田〉注。❷乘　駕也。❸乘馬　四匹馬。古多以四馬駕一車。❹執轡如組　言掌握韁繩之動作如編織絲帶一般靈巧。古之御者雙手御六轡，以操縱四馬徐疾進退。轡，韁繩。組，絲帶，此作動詞。❺兩驂如舞　言兩匹驂馬步伐整齊，如合舞蹈之節拍。驂，驂馬，在車之兩旁，不夾轅。❻藪　指水少而草木茂盛之澤地，為禽獸所居之所。❼火烈　用篝火築起之包圍圈，焚之驅趕禽獸，以便狩獵。烈，通「迾」。列隊遮攔。❽舉　此指點燃。❾襢裼　脫衣裸露上身，俗謂赤膊。❿暴通「搏」。徒手搏鬥。⓫公所　公之住處。⓬將　願；請也。⓭狃　因習以為常而大意。⓮戒　提防。⓯女古「汝」字。指詩中之叔。⑯黃　代指黃馬。⑰服　服馬，在中央，夾轅。⑱上襄　言並駕於車前。上，前也。襄，古「驤」字，駕也。（從王引之《經義述聞》）⑲雁行　雁飛之行列也。兩驂在旁而稍後，如人字形雁行。⑳揚　火盛也。㉑忌　語助詞，用於句尾。㉒良御　言善於駕車。㉓抑　語助詞。㉔磬控　收緊韁繩，言止馬也。磬，控也。（從俞樾《群經平議》）㉕縱送　放鬆韁繩，言騁馬也。㉖鴇　通「駂」。黑馬雜有白毛。㉗齊首　言齊頭並進也。㉘兩驂如手　言兩驂在旁而稍後，如人之垂兩手也。與上章「雁行」同意。㉙阜　亦火盛也。㉚發　射箭。㉛罕　稀也。㉜釋掤　言射事已畢。掤，箭筒蓋。㉝鬯　通「韔」。弓囊。此作動詞，言藏弓於囊也。

【研　析】此詩與〈叔于田〉是姊妹篇，《詩序》亦以為刺莊公縱弟叔段恃勇勝眾，但詩中同樣無確據可證「叔」必為共叔段。《漢書・匡衡傳》記匡衡上疏曰：「鄭伯好勇而國人暴虎。」是西漢習《魯詩》者亦以「叔」為「國人」，而非共叔段。故此詩應為讚美年輕貴族遊獵之作。蘇轍《詩集傳》曰：此與上篇皆曰叔于田，故加「大」以別之。不知者乃以段有大叔之號，而讀曰泰，又加「大」於首章，失之矣。

詩共三章，每章十句。各章結構相似，皆可分為三層。第一層為「叔于田」四句；三章複疊，皆寫叔執轡之靈巧，四馬排列有序、步伐整齊，以表現叔御術之精良。第二層為「叔在藪」二句；亦三章複疊，皆描寫狩獵場景之壯觀。火烈「具舉」、「具揚」、「具阜」，層層遞進，光燄逼人。第三層為最後四句，三章各不相同：首章寫徒手搏虎，表現叔之勇猛；二章直接讚嘆叔「善射」和「良御」；三章寫射獵將畢，借「釋掤」、「鬯弓」等細節描寫，表現叔處事從容有度。

本詩與〈叔于田〉雖同一母題，皆寫叔之遊獵，但表現手法迥然不同。〈叔于田〉以虛寫實，猶如寫意畫；此詩實賦其事，猶如工筆畫。詩人主要通過遊獵過程中生動形象之細節描寫，從不同側面刻劃人物形象，使之有血有肉，呼之欲出。此種鋪陳描寫的藝術手法，對漢賦產生了直接影響。姚際恆《詩經通論》贊曰：「描摹工艷，鋪張亦復淋漓盡致，便為〈長揚〉、〈羽獵〉之祖。」

【韻讀】一章：馬、組、舞、舉、虎、所、女，魚部。二章：黃、襄、行、揚，陽部。射，鐸部；御，魚部。鐸魚通韻。控、送，東部。三章：鴇、首、手、阜，幽部。慢、罕，元部。掤、弓，蒸部。

五 清人

清人❶在彭❷，
駟介❸旁旁❹。
二矛❺重英❻，
河上❼乎翱翔❽。

清邑人駐守在彭，
四馬披上護甲多強壯。
兩支長矛都飾有雙重纓絡，
他們在黃河邊上遊遨。

清人在消❾，駟介麃麃❿。二矛重喬⓫。河上乎逍遙⓬。

清邑人駐守在消，四馬披上護甲多威武。兩支長矛都飾有雙重野雞毛，他們在黃河邊上逍遙。

清人在軸⓭，駟介陶陶⓮。左旋右抽⓯，中軍⓰作好⓱。

清邑人駐守在軸，四馬披上護甲奔騰跳躍。駕著戰車左旋右轉，軍中的人在遊戲玩樂。

【注釋】❶清人　清邑之人，此指高克所率之兵眾。清，鄭邑名，在今河南中牟西。❷彭　鄭地名，在黃河之濱。❸駟介　四馬披甲。駟，駕一輛車之四匹馬。介，甲也。❹旁旁　通「彭彭」。馬強壯有力貌。❺二矛　兩支矛。其中一支備用。❻重英　雙重英飾。英，英飾，即用羽毛做成之纓絡，飾於矛頭下。❼河上　黃河邊上。❽翱翔　此指遊樂。❾消　鄭地名，在黃河之濱。❿麃麃　威武貌。一說，猶「旁旁」。⓫喬　通「鷮」。長尾野雞。此指以鷮羽所做之英飾。⓬逍遙　遊樂。⓭軸　鄭地名，在黃河之濱。⓮陶

陶　馬馳驅之貌。⓯左旋右抽　蓋言戎車回旋演戰之法。⓰中軍　軍中也。⓱作好　猶作樂也。

【研　析】此是刺鄭文公與高克之詩。《詩序》曰：「〈清人〉，刺文公也。」鄭國將領清人高克好利而不顧其君，文公惡而欲遠之。時值狄人侵衛，與衛一河之隔的鄭國懼狄渡河來犯，文公遂命高克率兵駐守黃河之濱，直至狄人退兵，仍不召回。士兵遂自潰而歸，高克也投奔了陳國。因《詩序》與《左傳・閔公二年》所記相合，故說《詩》者皆信之不疑。

全詩三章，每章四句，形式複疊。詩以駟介之「旁旁」、「麃麃」、「陶陶」，二矛之「重英」、「重喬」，形容清人裝備精良；又以「河上乎翱翔」、「河上乎逍遙」、「左旋右抽」、「中軍作好」，表現清人在駐地玩樂無聊。兩相對照，敗徵微露。孫鑛曰：「只貌其閑散無事，而刺意自見。其色態乃在介矛等字面上。」（《批評詩經》）

【韻　讀】一章：彭、旁、英、翔，陽部。二章：消、麃、喬、遙，宵部。三章：軸，覺部；陶、抽、好，幽部。覺幽通韻。

六　羔　裘

羔裘❶如濡❷，　　羔裘柔軟又潤澤，

洵❸直且侯❹。　　衣縫的確直而美。

彼其之子，
舍命不渝❺。

羔裘豹飾❻，
孔❼武有力。
彼其之子，
邦之司直❽。

羔裘晏❾兮，
三英❿粲⓫兮。
彼其之子，
邦之彥⓬兮。

那個人喲，
寧死也不變節。

羔裘袖口飾豹皮，
顯得十分英武有勇力。
那個人喲，
他是國家的司直官。

羔裘真華美啊，
所飾的三英真鮮艷啊。
那個人喲，
是國家的優秀人材啊。

【注　釋】❶羔裘　以羔羊皮縫製之皮袍，古代大夫冬季所服。❷如濡　形容羔裘柔軟有光澤。濡，浸也。❸洵　的確；確實。❹侯　美也。❺渝　變也。❻豹飾　指以豹皮綴飾羔裘之袖口。❼孔　很也。❽司直　古代督察矯正百官過失之官員。❾晏　鮮亮也。❿三英　裘衣上之飾物，形制不詳。⓫粲　鮮明也。⓬彥　美士也。

【研　析】此是讚美一位司直官之詩。《詩序》謂古之君子諷刺當朝無如此賢者，此詩係陳古刺今之作，但無明據。

詩共三章，每章四句。三章形式複疊，章旨相似，皆讚美大夫之德稱其服也。借物抒情，是本詩主要藝術特點。各章前二句看似抒寫服飾之美，實為讚頌人的德行之美。「洵直且侯」、「孔武有力」、「三英粲兮」，烘托出主人公正直、堅強、光明磊落之品格，詩辭形象而委婉。

【韻　讀】一章：濡、侯、渝，侯部。二章：飾、力、直，職部。三章：晏、粲、彥，元部。

七　遵大路

遵❶大路兮，　　沿著大路啊，
摻❷執子之袪❸兮。　　緊緊拽住你的袖啊。

無我惡❹兮，不要因為討厭我啊，
不寁❺故❻也。而不續舊情啊。

遵大路❼兮，沿著大道啊，
摻執子之手兮。牢牢拉住你的手啊。
無我魗❽兮，不要因為厭惡我啊，
不寁好也。而不續舊情啊。

【注釋】❶遵 循；沿也。❷摻 拽；拉也。與「執」同義連用。❸袪 袖口。❹惡 憎惡。❺寁 接續。（從俞樾《群經平議》）❻故 與下章「好」字互文。故好，猶舊情也。❼路 當作「道」，與下文手、魗、好為韻。（從王引之《經義述聞》）❽魗 同「醜」。此亦惡也。

【研 析】本詩詩旨歷來眾說紛紜。《詩序》謂「莊公失道，君子去之，國人思望」之作；《詩集傳》以為「淫婦為人所棄」之詩；姚際恆《詩經通論》云「只是故舊于道左言情、相和好之辭」。以詩辭驗之，《序》說羌無實據，且「無我惡兮」、「無我魗兮」等語與「國人思望」亦絕不相協。朱、姚二氏之說近是，朱氏之說稍勝，然據詩文，此蓋為棄婦向丈夫乞求之辭。

全詩共兩章，每章四句。形式複疊，兩章章旨相同，皆寫棄婦在路邊緊拽丈夫衣袖，乞求他回心轉意情景。詩人善於抓住最能出情之場景，僅以一個動作，一句求辭，便寫出了棄婦的深情與淒苦，讀來令人潸然淚下。吳闓生《詩義會通》引舊評曰：「語重心長。東野『欲別牽郎衣』祖此。」

【韻讀】一章：路，鐸部；袪、惡、故，魚部。鐸魚通韻。二章：手、魗、好，幽部。

八　女曰雞鳴

女曰「雞鳴」，
士曰「昧旦❶」。
「子興❷視夜❸」，
「明星❹有爛❺，
將翱將翔❻，
弋❼鳧❽與雁。」

女的說「雞已叫了」，
男的說「天沒亮呢」。
「你快起身看看夜色」，
「啟明星在東方閃閃發光，
我將出去遊遨，
射幾隻野鴨大雁來嘗嘗。」

「弋言⑨加⑩之，
與子宜⑪之。
宜言飲酒，
與子偕老。
琴瑟⑫在御⑬，
莫不靜好⑭。」

「知子之來⑮之，
雜佩⑯以贈之。
知子之順⑰之，
雜佩以問⑱之。
知子之好⑲之，
雜佩以報之。」

「射中了野鴨大雁，
我就替你烹做菜肴。
做好菜肴舉杯對飲，
願和你相伴白頭到老。
琴瑟正在彈奏，
一切那樣和睦美好。」

「知道你對我很體貼，
我用雜佩來相贈。
知道你對我很溫順，
我用雜佩來相送。
知道你對我很疼愛，
我用雜佩來相報。」

【注釋】❶昧旦 天將明未明之時。昧，暗也。旦，明也。❷興 起身。❸視夜 觀察夜色，以辨時間。❹明星 即金星。天將明時，此星在東方最亮，故稱明星或啟明星。❺有爛 明亮貌。有，語助詞。❻翱翔 指遨遊。參見〈清人〉注。❼弋 以生絲為繩，繫於箭尾射鳥。❽鳧 野鴨。❾言 語助詞，下同。❿加 指射中。⓫宜 菜肴。此作動詞，烹飪也。下句「宜」字同。⓬琴瑟 見〈周南·關雎〉注。⓭御 用。此指彈奏。⓮靜好 和睦美好。靜，安也；和也。⓯來 慰勞；體貼也。（從王引之《經義述聞》）⓰雜佩 連綴各種玉、石而成之佩飾。⓱順 柔順。⓲問 饋贈。⓳好 愛也。

【研 析】此是夫婦房幃之詩，抒寫一對恩愛夫妻美滿幸福的家庭生活。《詩序》曰：「〈女曰雞鳴〉，刺不悅德也。陳古義以刺今，不悅德而好色。」實迂曲而無據。

詩共三章，每章六句。首章為夫妻互言，述妻子催夫早起出外射獵。二章為妻子之言，述其勤操家務，善待丈夫，並祝願白頭偕老，家庭生活和樂美好。末章亦妻子之言，述其以佩玉相贈，以報答丈夫之體貼憐愛。

本詩三章全用對話體寫成，是其藝術表現手法一大特色。一、二兩章，詩人主要通過夫弋婦烹，寫出了夫妻之默契與融洽。末章改用三組疊句，急管繁絃，反覆抒寫妻子對丈夫之不盡情意，使詩歌情節達到高潮。由於詩歌採用了自然質樸的對話，絕無刻意雕鑿之痕跡，因此讀來清新活潑，處處洋溢著夫妻親情與濃郁的生活氣息。吳闓生《詩義會通》引舊評曰：「脫口如生，傳神之筆。」又云：「通篇用代字訣。末章婉轉商榷，娓娓動人。」

【韻 讀】一章：旦、爛、雁，元部。二章：加、宜，歌部。酒、老、好，幽部。三章：來，之部；贈，蒸部。之蒸通韻。順、問，文部。好、報，幽部。

九　有女同車

有女同車，
顏如舜❶華❷。
將翱將翔❸，
佩玉瓊琚❹。
彼美孟姜❺，
洵❻美且都❼。

有女同行，
顏如舜英❽。
將翱將翔，

有個姑娘和我同乘車一輛，
她的臉蛋像木槿花一樣漂亮。
我們將遨遊四方，
腰間的佩玉溫潤有光。
那個美麗的姜家大小姐，
的確又美又文雅。

有個姑娘和我同行，
她的臉蛋像木槿花一樣漂亮。
我們將遨遊四方，

佩玉將將⑨。
彼美孟姜，
德音⑩不忘⑪。

腰間的佩玉鏘鏘作響。
那個美麗的姜家大小姐，
她的美譽傳遍四鄰八鄉。

【注釋】❶舜　木名。即木槿，花朵艷麗，有粉紅、淡紫等色。❷華　同「花」。❸將翱將翔　翱翔，遨遊。參見〈清人〉、〈女曰雞鳴〉注。❹瓊琚　皆所佩之美玉。參見〈衛風・木瓜〉注。❺孟姜　姜姓長女。參見〈鄘風・桑中〉注。❻洵　確實。❼都　閑雅美好。❽英　花也。❾將將　通「鏘鏘」。佩玉之聲。❿德音　猶美譽也。⓫不忘　猶云無已、不盡。

【研　析】《詩序》謂鄭太子忽嘗有功於齊，齊侯請妻之。齊女賢而太子忽不取，卒以無大國之助至於見逐，故國人作此詩刺之。此顯因詩中有「彼美孟姜」句而牽合史實。《詩經》中之「孟姜」，泛指姜姓長女，〈鄘風・桑中〉可證，未必專指齊侯之女。且詩中「有女同車」之「女」與「彼美孟姜」當為一人，因此與《序》所謂「齊女賢而不取」亦自相牴牾。按之詩文，此詩似為新郎讚美新娘之辭。

詩共二章，每章六句。兩章形式複疊，章旨相類，皆嘆羨孟姜之美，唯首章側重貌美，次章側重德美，略有不同。

詩人善於描摹神態。孫鑛云：「狀婦女總不外容飾二字。」(《批評詩經》)詩以「顏如舜華」形容孟姜容貌之妍麗，以「佩玉瓊琚」、「佩玉將將」狀其服飾之美盛、身份之高貴，動靜結合，繪聲繪色。不僅渲染外表美，詩人還由表及裏，全詩以「德音不忘」結句，突出孟姜品德之美，使其形象更加完美。

【韻 讀】一章：車、華、琚、都，魚部。翔、姜，陽部。二章：行、英、翔、將、姜、忘，陽部。

一〇 山有扶蘇

山有扶蘇❶，
隰❷有荷華❸。
不見子都❹，
乃見狂❺且❻。
山有橋❼松，
隰有游龍❽。

山上有繁茂的大樹，
窪地有盛開的荷花。
看不到漂亮的小伙子，
卻見著小無賴一個。
山上有參天的松樹，
窪地有淡紅的游龍草。

不見子充❾，　看不到漂亮的小伙子，
乃見狡童❿。　卻見著小滑頭一個。

【注釋】❶扶蘇　枝葉繁茂之大樹。❷隰　低窪潮濕之地。❸荷華　即荷花。❹子都　古代美男子名，此泛指俊男。❺狂　狂放之人。❻且　語助詞。❼橋　通「喬」。高也。❽游龍　草名。又名馬蓼，葉大而赤白色，生水澤中，高丈餘。❾子充　猶子都。因與下「童」字協韻，故改字。（從姚際恆《詩經通論》）❿狡童　狡獪之小子。

【研　析】此是男女幽會戲謔之詩。《詩序》謂「刺忽」，乃無據曲說。《詩集傳》謂「淫女戲其所私者」，去其陳腐之氣，則與詩義近似。

詩共二章，每章四句。形式複疊，章旨相同。各章前二句為興句，以「山有×」喻男，「隰有×」喻女，乃《詩經》之套式。此詩精神全在各章三、四兩句。女主人公罵所愛為「狂且」、「狡童」，猶《紅樓夢》第十九回黛玉罵寶玉「魔星」，假罵而真愛也。陳子展《詩經直解》謂此詩「疑是巧妻嫁拙夫之歌謠。不見子都，乃見狂且，猶云燕婉之求，得此戚施也」，恐未得詩人運用反語之妙趣。

【韻　讀】一章：蘇、華、都、且，魚部。二章：松、龍、充、童，東部。

一一 蘀兮

蘀❶兮蘀兮，
風其吹女❷。
叔兮伯兮❸，
倡予和女❹。

蘀兮蘀兮，
風其漂❺女。
叔兮伯兮，
倡予要❻女。

樹葉落了，樹葉落了，
風吹起了葉兒。
阿弟啊阿哥，
我來領唱，你們應和。

樹葉落了，樹葉落了，
風飄起了葉兒。
阿弟啊阿哥，
我來領唱，你們應和。

【注釋】❶蘀　草木凋零也。❷女　古「汝」字。此指落葉枯草。❸叔兮伯兮　叔伯，皆泛指男子。❹倡

予和女　予倡女和之倒文。倡，領唱。和，唱和。女，古「汝」字，此指叔伯。❺漂　通「飄」。吹也。❻要　唱和也。（從陳奐《傳疏》）

【研　析】此是男女相邀唱和之詩。但古之學者往往求之過深，於是引出種種臆說，如《詩序》以為「刺忽」，《詩集傳》以為「淫女之詞」，方玉潤《詩經原始》以為「諷朝臣共扶危」，如此等等，雖有思致，但皆為無據之言。

詩共二章，每章四句。兩章形式複疊，次章僅換「漂」、「要」二字，餘皆與首章相同。

本詩結構簡單，兩章開頭二句皆以秋風掃落葉起興，觸景而生情。尤其是詩人用擬人化的手法寫落葉，更融入了自憐自傷之情感。三、四兩句寫女倡男和，共同抒發傷秋情懷。「叔兮伯兮，倡予和女」，男女合唱，場面雖然熱烈，但氣氛更加悲涼。

【韻　讀】一章：蘀、蘀、伯，鐸部。吹、和，歌部。二章：蘀、蘀、伯，鐸部。漂、要，宵部。

一二　狡　童

彼狡童❶兮，　那個小滑頭啊，
不與我言兮。　不和我說話了呀。

維❷子之故，　　只因為你的緣故，
使我不能餐兮。　　害我吃不下飯啊。

彼狡童兮，　　那個小滑頭啊，
不與我食兮。　　不和我一起進餐了呀。
維子之故，　　只因為你的緣故，
使我不能息❸兮。　　害我睡不著覺啊。

【注　釋】❶狡童　狡獪之小子。❷維　只因為。表原因之副詞。❸息　安息也。

【研　析】高亨《詩經今注》謂此詩表現「一對戀人偶而產生矛盾，女方為之寢食不安」，最切詩旨。若以為少女失戀之詩，似嫌稍重。至於《詩序》謂「刺忽」，《詩集傳》謂「此亦淫女見絕而戲其人之詞」，皆穿鑿迂腐之至。

詩共二章，每章四句。兩章形式複疊，且詩義互足，言因狡童不與我言、不與我共食，致我寢食難安也。由詩中謔稱所愛為「狡童」以及「不與我言」、「不與我食」等語觀之，這對戀人並無大矛盾，不過是鬧些小彆扭而已。但即便如此，已使「我」寢食不安、手足無措，產生了強烈的失落感，表明女主人公已深墜愛河幾不能自拔。

全詩樸實無華。詩人憑藉質樸簡練、明白如話的語言，自然逼真地描摹出少女充滿愛意的嬌嗔及焦灼不安的心情，以真情打動讀者，這就是這首小詩傳為千古絕唱之奧秘。

【韻讀】一章：言、餐，元部。二章：食、息，職部。

一三 褰裳

子惠❶思我，　　你要是愛我想我，
褰裳❷涉溱❸。　　就提起裙襬過溱河。
子不我思，　　你如不再想我，
豈無他人？　　難道就沒有別的男人愛我？
狂童❹之狂也且❺！　　你這狂小子太狂囉！

子惠思我，　　你要是愛我想我，

褰裳涉洧❻。
子不我思，
豈無他士❼？
狂童之狂也且！

就提起裙襬過洧河。
你如不再想我，
難道就沒有別的小伙子愛我？
你這狂小子太狂囉！

【注釋】❶惠　愛也。❷褰裳　提起裙襬。褰，古「攐」字，揭也。❸溱　鄭國水名。《說文》作「潧」。源出河南省密縣，東北流至新鄭，與洧水合。其水淺處可涉。❹狂童　狂妄之小子。❺且　語助詞，無義。❻洧　鄭國水名。源出河南登封北陽城山，經密縣，又東流至新鄭，合溱水為雙泊河。❼他士　與上章「他人」義同，避複改字耳。士，青年男子未娶者之稱。

【研　析】《詩序》以《左傳・昭公十六年》鄭六卿餞韓宣子，子大叔賦詩斷章之義，解此詩為「國人思大國之正己也」，朱子已斥其弊。陳子展《詩經直解》謂此詩「疑是採自民間打情罵俏一類之歌謠」，允矣。

詩共二章，每章五句。兩章形式複疊，章旨相同，皆謂子若誠愛我，當涉溱、洧而來。此與〈狡童〉詩雖皆以獨白方式描摹少女微妙心態，但〈狡童〉纏綿而此詩潑辣。「子惠思我」二句，少女之矜持掩飾不住對「狂童」的企盼。「子不我思」二句，是欲擒故縱之辭，活現出少女俏皮潑辣之個性。結句「狂童之狂也且」，戲謔調侃，罵中含愛，嗔中帶嬌。詩人改用六字句收尾，「語勢拖靡，風度絕勝」，使全詩平添生氣。

【韻讀】一章：溱、人，真部。狂，陽部。與下章遙韻。二章：洧、士，之部。

一四 丰

子之丰❶兮，	你長得這樣健壯啊，
俟❷我乎巷兮。	等候我在巷口啊。
悔予不送兮！	我後悔沒有送你啊！
子之昌❸兮，	你長得這樣魁偉啊，
俟我乎堂兮。	等候我在堂前啊。
悔予不將❹兮！	我後悔沒有送你啊！
衣錦褧衣❺，	穿上錦衣加罩衣，

裳錦褧裳❻。
叔兮伯兮❼，
駕予與行！

穿上錦裳加罩裳。
阿弟啊，阿哥啊，
你駕車來，我與你同行！

裳錦褧裳，
衣錦褧衣。
叔兮伯兮，
駕予與歸！

穿著錦裳加罩裳，
穿著錦衣加罩衣。
阿弟啊，阿哥啊，
你駕車來，我與你同歸！

【注釋】❶丰　豐滿。❷俟　等待。❸昌　壯盛。❹將　送也。❺褧衣　防塵之罩衫。參見〈衛風・碩人〉注。❻褧裳　猶云褧衣。古代婦女衣與裳相連，此為協韻而分開。❼叔兮伯兮　叔伯，女子稱其所愛，即上文之「子」。叔、伯因同義而連稱。一說，指隨婿迎親者。

【研析】女子矜持而未從求婚之男，繼而悔之。此詩詠其追悔之情。《詩序》云：「刺亂也。婚姻之道缺，陽倡而陰不和，男行而女不隨。」除「刺亂」外，尚有可取處。

詩共四章，前二章每章三句，後二章每章四句。前二章複疊，述男子之健偉與殷勤，並抒發失之交臂之悔恨。後二章複疊，述己盛裝待嫁，冀此男復來，實為幻想之辭。

全詩以虛實交替的手法寫一個「悔」字，前二章，疊詠「悔予不送」、「悔予不將」，直言其悔，情真意切。後二章，疊詠「駕予與行」、「駕予與歸」，虛寫悔後之望，急切之情，感人至深。詩以望之愈切反襯悔之愈深，故吳闓生《詩義會通》引舊評曰：「後二章悔後之望，特為悔字添腦後紋。」

【韻讀】一章：丰、巷、送，東部。二章：昌、堂、將，陽部。三章：裳、行，陽部。四章：衣、歸，微部。

一五　東門之墠

東門之墠❶，
茹藘❷在阪❸。
其室則邇❹，
其人則遠！

東門外有塊大平地，
蒨草長滿了旁邊的土坡。
他家雖近在咫尺，
他人若遠在天涯！

東門之栗，
有踐家室❺。
豈不爾思？
子不我即❻！

東門外有片栗樹林，
那裏有戶好好人家。
我難道不想念你？
可你不到我家來呀！

【注釋】❶墠　已平整之場地。❷茹藘　草名。又名茅蒐、牛蔓、蒨草，其汁可以染絳色。❸阪　坡地。❹邇　近也。❺有踐家室　猶云好好人家。有，語助詞。踐，通「靖」。善也。（從王先謙《詩三家義集疏》）❻即　到……來。

【研析】《詩序》以此為「男女有不待禮而相奔者」之詩，然詩中並無奔意，其為臆說明矣。按之詩辭，此詩當詠女子思相鄰之男而不得見之怨也。

詩共二章，每章四句，兩章詩意互足。首章「東門之墠」二句及次章「東門之栗」二句，蓋點明男子所居之地也。首章「其室則邇，其人則遠」，為全詩詩眼。室邇是實寫，人遠則是一種感受、一種錯覺。一近一遠，真實、傳神地描摹出痴情女子思慕近在咫尺的情人、可望而不可即之心理。姚際恒《詩經通論》評曰：「八字中不露一『思』字，乃覺無非思」，真「靈心妙手」也。篇末以「豈不爾思？子不我即」結句，與上章呼應，交代女主人公感慨咫尺天涯之原因。至此方露「思」字，有水落石出之妙趣。「子不我即」，嬌嗔中蘊含無限深情。

【韻讀】一章：墠、阪、遠，元部。二章：栗、室、即，質部。

一六 風雨

風雨淒淒❶，
雞鳴喈喈❷。
既見君子❸，
云❹胡不夷❺？

風雨瀟瀟❻，
雞鳴膠膠❼。
既見君子，
云胡不瘳❽？

風吹雨潑有寒意，
雄雞喔喔聲聲啼。
終於盼見了夫君，
怎能叫我不開心？

風吹雨潑沙沙響，
雄雞喔喔叫不停。
終於盼見了夫君，
怎能不治癒我的心病？

風雨如晦❾，
雞鳴不已❿。
既見君子，
云胡不喜？

風吹雨潑昏如夜，
雞鳴聲聲啼不住。
終於盼見了夫君，
怎能叫我不欣喜？

【注釋】❶淒淒　寒涼貌。❷喈喈　雞鳴聲。❸君子　指丈夫。❹云　語助詞。用於句首，無義。❺夷　平也，引申為愉悅。❻瀟瀟　風雨聲。❼膠膠　猶喈喈。姚際恆曰：「同聲而高大也。」（《詩經通論》）❽瘳　病癒。❾如晦　指天色昏暗，如同夜晚。❿已　止也。

【研析】此詩抒寫妻子突然見到闊別的丈夫時激動欣喜之心情。《詩序》曰：「思君子也。亂世則思君子不改其度焉。」謂之引申之義尚可，謂之本義似非。

詩共三章，每章四句。三章形式複疊，章旨相似。各章首二句皆以「風雨」、「雞鳴」起興，詩人借淒風苦雨、雞猶守時而鳴之景，暗喻女主人公雖身處孤寂惡劣之環境，不改忠貞不渝之心志。後二句，皆寫突然見到久別重逢的丈夫時難以自抑之興奮。

即景抒情，情景交融，是本詩主要藝術特色。風雨雞鳴，本是常見之自然景觀，但是，一旦觸發詩人靈感，融入詩人感情，就化成含蓄深婉、聯想豐富的意境，並且產生強烈的藝術震撼力。詩中寫景抒情，亦匠心獨運。如描寫風雨，曰「淒淒」、曰「瀟瀟」、曰「如晦」，分別從感覺、聽覺、視覺三個不同角度描摹，使人有身臨其境之感覺。抒發「既見君子」之激動心情，詩人巧妙地採用反詰句，筆墨經濟，又有意在言外之情趣。

方玉潤《詩經原始》評曰：「詩人善于言情，又善于即景以抒懷，故為千秋絕調也。」

【韻讀】一章：淒、喈、夷，脂部。二章：瀟、膠、瘳，幽部。三章：晦、已、子、喜，之部。

一七 子衿

青青子衿❶，
悠悠❷我心。
縱❸我不往，
子寧❹不嗣音❺？

青青子佩❻，
悠悠我思。

你的衣領青又青，
我心中的憂思長又長。
縱然我沒有去找你，
你為何不能給我捎個音訊？

你的佩帶青又青，
我的憂思長又長。

縱我不往，　縱然我沒有去找你，
子寧不來？　你為何不能來一趟？

挑兮達兮❼，　走過去呀又踱過來，
在城闕❽兮。　在那城門兩旁的樓臺間。

一日不見，　一天沒有見到你，
如三月兮！　就像三個月沒照面啊！

【注　釋】❶衿　衣領，字亦作「襟」。古代衣領相交於胸前。男子如父母親健在，所穿之衣，以青色作滾邊。❷悠悠　憂思不絕貌。❸縱　縱然；即使。❹寧　何也。❺嗣音　捎音訊。嗣，通「貽」。給予。❻佩　此指貫穿佩玉之絲帶。❼挑兮達兮　挑達，獨自往來貌。❽城闕　城門兩旁之樓臺。

【研　析】《詩序》蓋以青衿為學子之服，故曰「刺學校廢也」。然《禮記・深衣》云：「具父母，衣純以青。」青衿非學子所專服明矣，故姚際恆《詩經通論》謂《序》說無據。按之詩辭，此當為女子相思之辭。《詩集傳》雖斥之為「淫奔之詩」，實已洞察其中消息。

詩共三章，每章四句。一、二兩章形式複疊，章旨相似，皆抒寫女子對所愛之渴念。唯次章「子寧不來」較首章「子寧不嗣音」更進一層，嬌嗔掩飾下之情思更為迫切。末章變調，抒寫女子不見所愛之焦灼不安。「挑兮達兮」二句寫不安之態；「一日不見」二句，以誇張手法寫不安之心。

此詩採用自白形式直抒胸臆，大膽吐露少女衷情。前二章迴環入妙，纏綿婉曲，末章急迫之情狀展露無遺，將少女表面矜持、內心熾熱之神情心態刻劃得維妙維肖，呼之欲出。詩中語言頗有特點，有很強的表現力。如不曰「子衿青青」，而曰「青青子衿」，雖僅顛倒詞序，但「青」字凸現，形象鮮明，韻味迥異。又如首章「子寧不嗣音」突破四字格式，末章「挑兮達兮」於連綿字中嵌入虛詞，皆使詩歌節奏明快，富有變化，平添躍動之感。

【韻讀】一章：衿、心、音，侵部。二章：佩、思、來，之部。三章：達、闕、月，月部。

一八　揚之水

揚之水，
不流束楚❶？
終❷鮮❸兄弟，
維❹予與女❺。

激盪的河水，
難道不能漂流一捆荊條？
我們兄弟，已經勢單人少，
只有我和你兩個。

無信人之言，　不要輕信別人的話，
人實迋❻女！　別人是在欺騙你啊！

揚之水，　激盪的河水，
不流束薪？　難道不能漂流一捆乾柴？
終鮮兄弟，　我們兄弟，已經勢單人少，
維予二人。　只有我們兩個人。
無信人之言，　不要輕信別人的話，
人實不信❼！　別人的話不可信！

【注釋】❶揚之水二句　參見〈王風・揚之水〉注。❷終　既也。❸鮮　少也。❹維　僅也。副詞。❺女　古「汝」字。❻迋　通「誑」。欺騙也。❼不信　即「不可信」之省略。

【研析】陳子展《詩經直解》曰：「〈揚之水〉，蓋詩人見有間於其兄弟二人者，作此詩以自儆，並期兄弟共儆之。」其說甚允。《詩序》於〈鄭風〉各詩，多指為刺忽，此亦未免。據《左傳・莊公十四年》所載推測，忽之兄弟有十二人，顯與此詩「終鮮兄弟，維予二人」不合，故《序》說之誤明矣。

詩共二章，每章六句。二章形式複疊，章旨則一。各章皆以反詰句「揚之水，不流束楚（薪）」起興，蓋喻兄弟手足情深，絕無不可化解之矛盾。中間「終鮮兄弟」二句，突出兄弟維予與汝二人，故更應精誠團結，以禦外侮。章末「無信人之言」二句，勸誡之辭語氣誠懇感人。詩人動之以情，曉之以理，故詩短而意長，辭淺而情深。

【韻讀】一章：楚、女，魚部。二章：薪、人、信，真部。

一九　出其東門

出其東門，
有女如雲❶。
雖則❷如雲，
匪我思存❸。
縞衣❹綦巾❺，

出了那個東門外，
遊女之多，有如彩雲。
雖然多如彩雲，
卻不是我心之所愛。
素絹衣，綠佩巾，

聊❻樂我員❼。　倒是她能讓我歡心。

出其闉闍❽，　出了那個甕城外，

有女如荼❾。　遊女之多，有如白茅花。

雖則如荼，　雖然多如白茅花，

匪我思且❿。　卻不是我心之所愛。

縞衣茹藘⓫，　素絹衣，紅佩巾，

聊可與娛⓬。　倒是可同她娛樂盡興。

【注釋】❶如雲　形容眾多。❷雖則　雖然。❸思存　思之所在；思念也。存，在也。❹縞衣　素色絹衣也。❺綦巾　暗綠色之佩巾。按：縞衣、綦巾，蓋為普通婦女之服飾，此借以代作者之妻。❻聊　姑且。❼員　語助詞。本亦作「云」。❽闉闍　即甕城。城門外之曲城，環牆以障城門。❾如荼　亦形容眾多。荼，白茅花，成片密集開放，望之如雲。❿匪我思且　猶匪我思存也。且，通「徂」。存也；在也。⓫茹藘　即蒨草。參見〈東門之墠〉注。此借代佩巾。⓬娛　樂也。

【研析】此是男子表白對愛情忠貞不二之詩。《詩序》曰：「閔亂也。公子五爭，兵革不息，男女相棄，民人思保其室家焉。」《序》說既無實據，離題又遠，置之可也。

詩共二章，每章六句。兩章形式複疊，章旨則一，皆謂城外女子如雲，然非己之所思也。

全詩採用第一人稱獨白形式，抒寫主人公的情感世界。情節起伏曲折，以首章為例，可以分作三層。第一層，「出其東門」二句，述主人公出東門之所見。「有女如雲」一句，以誇張手法極力渲染美女之眾，先作襯墊。第二層，「雖則如雲」二句，緊承上文，急轉直下。「匪我思存」一句，以斬釘截鐵的語氣，表明不為女色所動的堅定態度。因為有「有女如雲」作反襯，所以更顯難能可貴。第三層，「縞衣綦巾」二句，點出主人公情之所繫。出人意料的是，並非羞花閉月之女，乃一尋常素樸之婦，反襯出主人公情操之美。「縞衣」、「綦巾」，以服飾代人，筆墨經濟，形象鮮明。

此詩雖以鋪陳手法寫就，但因詩人善用襯墊、翻駁、借代等技巧，將一首小詩寫得波瀾起伏、跌宕多姿，真拙中藏巧也！

【韻讀】一章：門、雲、雲、存、巾、員，文部。二章：闍、荼、荼、且、藘、娛，魚部。

二〇 野有蔓草

野有蔓[1]草，　　田野裏長滿蔓生的青草，

零[2]露漙[3]兮。　　露珠兒晶瑩圓潤啊。

有美一人，
清揚❹婉❺兮。
邂逅❻相遇，
適❼我願兮。

野有蔓草，
零露瀼瀼❽。
有美一人，
婉如❾清揚。
邂逅相遇，
與子偕臧❿。

有一個嬌美的姑娘，
眉目清麗，嫵媚動人啊。
我們偶然相遇，
她很合我的心意啊。

田野裏長滿蔓生的青草，
露珠兒濃濃密密。
有一個嬌美的姑娘，
嫵媚動人，眉目清麗。
我們偶然相遇，
我和你都一樣甜蜜。

【注　釋】❶蔓　蔓延。❷零　降也，落也。❸漙　露珠圓潤貌。亦作「團」。一說，盛多貌。❹清揚　眉清目秀。參見〈鄘風・君子偕老〉注。❺婉　美也。❻邂逅　沒有約定而相遇。❼適　適合。❽瀼瀼露多貌。❾婉如　婉然;美好貌。❿臧　善也;好也。

【研析】此是男女野田草露結合之詩,與〈召南‧野有死麕〉略似。《詩序》曰:「思遇時也。君之澤不下流,民窮於兵革,男女失時,思不期而會也。」於詩義近之。

詩共二章,每章六句。形式複疊,兩章一意,皆以男子獨白口吻,寫其與美女邂逅相遇、自由結合之事。「野有蔓草」二句,《詩集傳》曰:「男女相遇於野田草露之間,故賦其所在以起興。」「有美一人」二句,描摹女子美貌神態。「清揚」,貌也;「婉如」,神也。動靜相融,虛實相成。兩章皆以「邂逅相遇」二句結尾,寫不期而遇之欣喜以及情慾滿足之愉悅。委婉含蓄的語言,傳達出青春浪漫之激情。此詩雖寫男女浪漫情愛,但意境優美、格調清新健康,絕無忸怩穢濁之氣。

【韻讀】一章:漙、婉、願,元部。二章:瀼、揚、臧,陽部。

二一　溱洧

溱與洧❶,　　溱水和洧水,
方渙渙❷兮。　　正嘩嘩地流淌啊。
士與女❸,　　少男和少女們,

方秉蕑❹兮。
女曰：「觀乎？」
士曰：「既且❺。」
「且❻往觀乎！
洧之外，
洵❼訏❽且樂。」
維❾士與女，
伊其❿相謔⓫，
贈之以勺藥⓬。

溱與洧，
瀏其⓭清矣。
士與女，

手裏正捧著香蘭草啊。
少女說：「去不去看看？」
少男說：「已經去過啦。」
「不妨再去看看！
洧水外面，
實在開闊又好玩。」
少男和少女，
互相逗樂戲鬧，
臨別時互贈勺藥。

溱水和洧水，
河水多麼清澈啊。
少男和少女們，

殷其⑭盈矣。
女曰：「觀乎？」
士曰：「既且。」
「且往觀乎！
洧之外，
洵訏且樂。」
維士與女，
伊其將⑮謔，
贈之以勺藥。

到處擠滿人啊。
少女說：「去不去看看？」
少男說：「已經去過啦。」
「不妨再去看看！
洧水外面，
實在開闊又好玩。」
少男和少女，
互相逗樂戲鬧，
臨別時互贈勺藥。

【注釋】❶溱與洧　溱洧，鄭國二水名。參見〈鄭風・褰裳〉注。❷渙渙　水流盛大貌。❸士與女　此泛指眾男女遊客。下文「女曰」、「士曰」之「女」、「士」，則專指某一對青年男女。❹蕑　香草名。又名蘭，莖葉似藥草澤蘭，廣而長節，節中赤，高四五尺，古人取以祓除不祥。❺既且　已經去過。且，通「徂」。往也。一說：語助詞。❻且　姑且。❼洵　的確；實在。❽訏　廣大。❾維　語助詞，無義。❿伊其　皆語助詞，無義。⓫謔　猶今語開玩笑。⓬勺藥　香草名。與今芍藥花不同，古人將離別贈此草，故又名離草。⑬瀏其　猶瀏然，水流清澈貌。其，語助詞。⑭殷其　猶殷然，眾多貌。其，語助詞。⑮將　通「相」。（從馬瑞辰《毛詩傳箋通釋》）

【研　析】鄭國風俗，於三月上巳之日，在溱洧二水畔，招魂續魄，祓除不祥。此即上巳日男女相邀遊溱洧之風俗詩。《詩序》云「刺亂」，附會之辭，未可遵信。

詩共二章，每章十二句。兩章形式複疊，章旨則一，皆詠溱洧春色也。

詩人採用白描手法，筆墨簡潔明快。「溱與洧」二句，暗示春回大地。「士與女」二句，抒寫春之風俗。「女曰觀乎」五句，以虛寫實，烘托春色之美。結尾「維士與女」三句，抒寫少男少女青春朝氣。全詩著力寫一個「春」字，將自然界春色之美與人間青春之美自然融合，交相輝映，畫出一幅散發泥土芳香、意蘊深長之春俗圖。詩人在鋪敘中插入男女對白，錯雜成文，構思新奇，活潑靈動，是本詩寫作上之一道亮色。方玉潤《詩經原始》稱本詩「在三百篇中別為一種，開後世冶遊艷詩之祖」。

【韻　讀】一章：渙、蕑，元部。乎、且、乎，魚部。樂、謔、藥，藥部。二章：清、盈，耕部。乎、且、乎，魚部。樂、謔、藥，藥部。

齊風

齊為西周初年呂尚所封之國，其地在今山東北部，建都營丘（後稱臨淄，今山東淄博）。春秋初期，稱霸諸侯，疆土擴大到山東東部，戰國後期國力衰弱，西元前二二一年為秦所滅。〈齊風〉十一篇，多為春秋時期齊地之詩，內容比較複雜，有刺詩、婚戀詩、狩獵詩等。

一 雞鳴

「雞既鳴矣，
朝❶既盈❷矣。」
「匪雞則❸鳴，
蒼蠅之聲。」

「雄雞已經喔喔啼叫，
朝廷裏已經站滿人了。」
「那不是雞在啼叫，
而是蒼蠅的聲音在鬧。」

「東方明矣，
朝既昌❹矣。」
「匪東方則明，
月出之光。」

「蟲飛薨薨❺，
甘❻與子同夢；
會❼且歸矣，
無庶予子憎❽。」

「東方已經天亮，
朝廷裏已經熙熙攘攘。」
「那不是東方天亮，
而是月亮灑下的光。」

「飛蟲轟轟作響，
我願和你同入夢鄉；
可上早朝的即將回家，
別為了我讓你被人家討厭。」

【注　釋】❶朝　朝廷。❷盈　滿。❸則　猶「之」也。下「則」字同。❹昌　指人多。❺薨薨　成群昆蟲飛舞聲。參見〈周南・螽斯〉注。此句謂天已大明。❻甘　甘心；情願。❼會　朝會。❽無庶予子憎　庶無予憎子之倒文，言希望不要因我之故使別人憎惡你。庶，庶幾；希望。

【研　析】此是妻子催夫早起上朝之詩。詩義自明。《詩序》曰：「思賢妃也。哀公荒淫怠慢，故陳賢妃貞女，夙夜警戒相成之道焉。」方玉潤《詩經原始》駁之曰：「賢妃進御於君，有夜漏以警心，有太師以奏誠，豈煩乍寐乍覺，誤以蠅聲為雞聲，以月光為東方明哉？此正士夫之家雞鳴待旦，賢婦關心，時存警畏，不敢留於逸欲也。」此說除「蒼蠅之聲」、「月出之光」誤屬婦人之語外，餘皆言之成理。

詩共三章，每章四句，前二章形式複疊。三章寫婦三催其夫也。首章「雞既鳴矣」，未明之時，一催也；次章「東方明矣」，二催也；末章「蟲飛薨薨」，天已大明，三催也。三次催起，一節緊似一節，此亦婦人乍寐乍覺、夙夜警戒之生動寫照。末章云「會且歸矣」，婦之情急可知，然無責怨之色。此章表現婦人感情與理智之衝突：「甘與子同夢」一語，寫其似水柔情；結句「無庶予子憎」，寫其深明大義，理智戰勝感情，乃全詩重心之所在。

此詩從頭至尾皆為夫婦對話，形式特殊，亦莊亦諧，富於生活情趣。方玉潤《詩經原始》曰：「全詩純用虛寫，極回環摩盪之致，古今絕作也。」

【韻讀】一章：鳴、盈、鳴、聲，耕部。二章：明、昌、明、光，陽部。三章：薨、夢、憎，蒸部。

二　還

子之還[1]兮，　　你這樣健美啊，

遭❷我乎峱❸之間兮。
並驅❹從❺兩肩❻兮，
揖❼我謂我儇❽兮。

子之茂❾兮，
遭我乎峱之道兮。
並驅從兩牡❿兮，
揖我謂我好⓫兮。

子之昌⓬兮，
遭我乎峱之陽⓭兮。
並驅從兩狼兮，
揖我謂我臧⓮兮。

和我相遇在峱山之間啊。
一齊趕馬追逐兩頭大獸啊，
你作揖，誇我靈活俐落啊。

你這樣健壯啊，
和我相遇在峱山的路上啊。
一齊趕馬追逐兩頭雄獸啊，
你作揖，誇我姿勢漂亮啊。

你這樣英姿勃勃啊，
和我相遇在峱山南坡啊。
一齊趕馬追逐兩條狼啊，
你作揖，誇我本領強啊。

【注 釋】❶還 通「嫙」。美好貌。（從王引之《經義述聞》）❷遭 相遇。❸峱 齊國山名。在今山東臨淄南。❹並驅 一齊趕馬。古代貴族車獵，故須趕馬。❺從 追逐。❻肩 通「豜」。大野獸。❼揖 作揖。❽儇 輕捷；俐落。❾茂 美也。❿牡 雄獸也。⓫好 美也。⓬昌 壯盛也。⓭陽 山之南曰陽。⓮臧 善也。

【研 析】此是兩位貴族相遇峱山、同獵互讚之詩。《詩序》曰：「刺荒也。哀公好田獵，從禽獸而無厭，國人化之，遂成風俗……」以國人畋獵歸罪於哀公，未免冤枉，此不信從。

詩共三章，每章四句，形式複疊，章旨相同。以首章為例，首句「子之還兮」，為譽人之辭；次「遭我乎峱山之間兮」二句，並驅從獸，飛揚豪駿，有控弦鳴鏑之氣，譽人兼己也；結句「揖我謂我儇兮」，謂人之譽己，流露自得之意。詩人不斷變換角度，「寥寥數語，自具分合變化之妙。獵固便捷，詩亦輕利，神乎技矣！」（方玉潤《詩經原始》引章潢評語）本詩不唯內容錯綜，句式亦頗參差，一章四句，但四、六、七言相雜，形成一種歡快奔放的格調。

【韻 讀】一章：還、間、肩、儇，元部。二章：茂、道、牡、好，幽部。三章：昌、陽、狼、臧，陽部。

三 著

俟（ㄙˋ）我（ㄜˇ）於（ㄩˊ）著（ㄓㄨˋ）❶乎（ㄏㄨ）而（ㄦˊ）❷，　　他等我在大門內喲，

充耳❸以素❹乎而，
尚❺之以瓊華❻乎而。

懸掛充耳的是白絲線喲，
如花的紅玉掛在絲線上喲。

俟我於庭❼乎而，
充耳以青乎而，
尚之以瓊瑩❽乎而。

他等我在庭院中喲，
懸掛充耳的是青絲線喲，
如花的紅玉掛在絲線上喲。

俟我於堂乎而，
充耳以黃乎而，
尚之以瓊英❾乎而。

他等我在堂前喲，
懸掛充耳的是黃絲線喲，
如花的紅玉掛在絲線上喲。

【注釋】❶著　通「宁」。大門與屏風之間。❷乎而　皆語助詞。❸充耳　又稱瑱，古代貴族懸於冠冕兩旁、下垂至耳之飾物，以玉或象牙製成。參見〈衛風・淇奧〉注。❹素　指懸掛充耳的白色絲線。下文「青」、「黃」類推。❺尚　通「上」。加也。❻瓊華　色澤如花之赤玉。❼庭　堂前之院也。❽瓊瑩　猶瓊華。瑩，通「榮」。花也。❾瓊英　猶瓊華。英，花也。

【研　析】此是女子想像嫁至貴族家庭並受到夫婿親迎之詩。古有親迎之禮俗。《詩序》謂刺不親迎，不知何據？若美者皆可為刺，則美刺何以為異？三百篇豈非皆為刺詩乎？

詩共三章，形式複疊，三章一意。各章首句寫夫婿出屋親迎，二、三兩句以服飾表示夫婿貴族身份。反復詠唱，以表達女子心中之憧憬。「著」、「庭」、「堂」；「素」、「青」、「黃」；「華」、「瑩」、「英」，皆詩人為協韻避複而換字，並體現三章之層次，此乃三百篇之常例，別無深意。《毛傳》據此將三章分屬士、卿大夫、人君，其說迂曲。陳奐《傳疏》援引《春秋繁露》以證此為三代親迎之禮，亦求之過深。

本詩句法奇峭。每章三句，以六、六、七言相次，各句句尾皆著「乎而」兩虛字，「餘音搖曳，別具神態，有一種優游不迫之美。」（陳子展《詩經直解》）此或齊人「舒緩之體」歟？

【韻　讀】一章：著、素、華，魚部。二章：庭、青、瑩，耕部。三章：堂、黃、英，陽部。

四　東方之日

東方之日兮，　　東方的太陽啊，

彼姝者子❶，　　那個漂亮的姑娘，

在我室兮。　在我的臥房啊。
在我室兮，　在我的臥房啊，
履我即❷兮。　她踩在我的膝上啊。

東方之月兮，　東方的月亮啊，
彼姝者子，　那個漂亮的姑娘，
在我闥❸兮。　在我的門內啊。
在我闥兮，　在我的門內啊，
履我發❹兮。　她踩在我的席上啊。

【注釋】❶姝者子　猶云美人也。當指女子。姝，美也。❷即　通「膝」。（從楊樹達《積微居小學述林‧詩履我即兮履我發兮解》）❸闥　門內也。與首章之「室」義近，變文協韻耳。❹發　通「⿱竹發」。葦席。古代席地而坐。（從高亨《詩經今注》）

【研　析】此詩詩旨舊說紛紜，姚際恆《詩經通論》批評曰：「《小序》謂『刺衰』，孔氏謂『刺哀公』，《偽傳》、《說》謂『刺莊公』，何玄子謂『刺襄公』，說詩者果可以群逞臆見如是乎！」按之詩辭，此為男女室內幽會之詩明矣，以上舊說，置之可也。

全詩二章，形式複疊，章旨則一，皆以男子口吻抒寫情人入室幽會之親熱與激動。此詩風格質樸，筆法簡練。兩章首二句，分別以「東方之日」、「東方之月」起興，以喻「彼姝者子」如日月光彩照人，並作兩章韻頭。兩章末二句為詩之重心所在。詩人善於擷取生活細節，以「在我室兮，履我即兮」、「在我闥兮，履我發兮」，寥寥數筆，便將女子大方俏皮、男子激動得意寫得活靈活現。

【韻讀】一章：日、室、即，脂部。二章：月、闥、發，祭部。

五　東方未明

東方未明，
顛倒衣裳。
顛之倒之，
自[1]公召之。

東方天未明，
衣裳顛倒穿。
顛顛倒倒，
只因公爺有急召。

東方未晞❷，
顛倒裳衣。
倒之顛之，
自公令之。

折柳樊圃，
狂夫瞿瞿❸。
不能辰夜❹，
不夙則莫❺。

東方天未亮，
顛倒穿衣裳。
倒倒顛顛，
只因公爺有急令。

攀折柳條圍菜園，
狂夫也驚得睜大眼。
司夜不能守好夜，
報時不是早就是晚。

【注釋】❶自　由也；因也。❷晞　旭日初升也。❸折柳樊圃二句　言柳乃柔脆之木，非籓圃之材，若以籓圃，雖中心無守之狂夫，亦慮其不固、為之驚愕。喻不能伺夜之人而居司夜之官，其失必矣。樊，籬笆，此作動詞。圃，菜圃。狂夫，瘋漢。瞿瞿，瞪目驚顧貌。❹辰夜　伺夜。古有司夜之官掌時。❺莫　古「暮」字。

【研析】此是刺君令無節之詩。《詩序》曰：「〈東方未明〉，刺無節也。朝廷興居無節、號令不時，挈壺氏不能掌其職焉。」得之。

詩共三章，每章四句。一、二兩章複疊，皆述因號令無時，致使主人公不得安寢。末章歸咎於司夜不能辰夜。

首章曰「顛倒衣裳，顛之倒之」，二章故意錯倒其文，曰「顛倒裳衣，倒之顛之」，非僅為趁韻，亦將主人公匆遽狼狽之狀寫得維妙維肖。末章明咎司夜失職，暗斥「公」之號令無節，此亦詩人委婉之法也。

【韻讀】一章：明、裳，陽部。倒、召，宵部。二章：晞、衣，微部。顛、令，真部。三章：圃、瞿，魚部。夜、莫，鐸部。

六　南山

南(ㄋㄢˊ)山(ㄕㄢ)❶崔(ㄘㄨㄟ)崔(ㄘㄨㄟ)❷，
雄(ㄒㄩㄥˊ)狐(ㄏㄨˊ)綏(ㄙㄨㄟ)綏(ㄙㄨㄟ)❸。
魯(ㄌㄨˇ)道(ㄉㄠˋ)❹有(ㄧㄡˇ)蕩(ㄉㄤˋ)❺，
齊(ㄑㄧˊ)子(ㄗˇ)❻由(ㄧㄡˊ)歸(ㄍㄨㄟ)❼。

南山高又險，
雄狐徘徊不前。
通魯的大道平坦寬廣，
文姜從這條大道出嫁。

既曰歸止❽，
曷又懷❾止？

葛屨❿五兩⓫，
冠緌⓬雙止。
魯道有蕩，
齊子庸⓭止。
既曰庸止，
曷又從⓮止？

蓺⓯麻如之何？
衡從其畝⓰。
取⓱妻如之何？

既然已經出嫁，
為何還要想念她？

草鞋成對，
冠緌成雙。
通魯的大道平坦寬廣，
文姜從這條大道出嫁。
既然已經出嫁，
為何還要跟隨她？

種麻該怎麼做？
先要縱横耕田畝。
娶妻該怎麼做？

必告父母。
既曰告止，
曷又鞠[18]止？

必須先告訴父母。
既然已經告訴了父母，
為何還要為難她？

析薪如之何？
匪斧不克[19]。
取妻如之何？
匪媒不得。
既曰得止，
曷又極[20]止？

劈柴該怎麼做？
沒有斧頭便不能。
娶妻該怎麼做？
沒有媒人就不成。
既然婚姻已成，
為何還要死纏她？

【注釋】❶南山　齊國山名。亦名牛山，在今山東臨淄以南。❷崔崔　山勢高峻貌。❸綏綏　通「夊夊」。行走緩慢貌。❹魯道　通往魯國之大道。❺有蕩　猶蕩蕩，平坦貌。❻齊子　指文姜。❼由歸　從此大道出嫁。歸，出嫁。❽止　語助詞。下同。❾懷　思念。❿葛屨　用葛藤的纖維編織之草鞋。⓫五兩　猶云成雙成對。五，通「伍」。偶也。兩，猶雙也。⓬緌　冠纓結於頷下，其餘散而下垂，謂之緌。纓必雙，故緌亦雙垂。⓭庸　通「由」。下省「歸」字。⓮從　跟隨。⓯蓺　古「藝」字。種植也。⓰衡從其畝　言縱橫治其田畝。衡，橫也。從，古「縱」字。⓱取　古「娶」字。⓲鞠　窮；困阨。⓳克　能也。⓴極　猶鞠也，窮極也。

【研　析】此是刺齊襄公淫其妹之詩。《詩序》曰：「〈南山〉，刺襄公也。鳥獸之行，淫乎其妹，大夫遇是惡，作詩而去之。」《鄭箋》曰：「襄公之妹，魯桓公夫人文姜也。襄公素與淫通。及嫁，公謫之。公與夫人如齊，夫人愬之襄公。襄公使公子彭生乘公，而搚殺之。」事載《左傳‧桓公十八年》等。

詩共四章，每章六句。一、二兩章形式複疊，三、四兩章形式複疊，分別從嫁娶兩方面說，角度雖不同，然皆責問齊襄公，文姜既已成婚，為何還要死纏不放？詩之重心，在各章末句。「懷」、「從」、「鞠」、「極」四字，刺意盡在其中。朱公遷曰：「通詩全以詰問法，令其難以置對。」（見《傳說彙纂》）

【韻　讀】一章：崔、綏、歸、歸、懷，微部。二章：兩、蕩，陽部。雙、庸、庸、從，東部。三章：何、何，歌部。畝、母，之部。告、鞠，覺部。四章：何、何，歌部。克、得、得、極，職部。

七 甫田

無田❶甫田❷，
維莠❸驕驕❹。
無思遠人❺，
勞心❻忉忉❼。

無田甫田，
維莠桀桀❽。
無思遠人，
勞心怛怛❾。

不要去耕種大田，
因為莠草長得太盛。
不要去思念遠方的人，
因為他使我心憂如焚。

不要去耕種大田，
因為莠草長得太高。
不要去思念遠方的人，
因為他使我心憂如擣。

婉兮孌兮❿，　　他年少而英俊啊，
總角⓫丱⓬兮。　羊角辮兒向上翹啊。
未幾⓭見兮，　　沒過多久重見他啊，
突而⓮弁⓯兮！　竟突然戴上冠啦！

【注　釋】❶田　古「佃」字。耕種。❷甫田　大田。甫，大也。❸莠　田間害草。其穗形似狗尾，俗名狗尾草。❹驕驕　揚生挺起貌。❺遠人　遠方之人。❻勞心　憂心。❼忉忉　憂思貌。❽桀桀　猶驕驕。❾怛怛　猶忉忉。❿婉兮孌兮　婉孌，年少而俊美貌。⓫總角　古代兒童髮式，束髮成兩角狀。⓬丱　象形字，像總角上聳之狀。⓭未幾　不多時。⓮突而　突然。而，猶然。⓯弁　冠也。此作動詞，謂男子成年而加冠也。

【研　析】此是思遠方戀人之詩。《詩序》曰：「〈甫田〉，大夫刺襄公也。無禮義而求大功，不脩德而求諸侯。志大心勞，所以求者，非其道也。」方玉潤斥之曰：「率皆擬議之詞，非實據也。」誠如方氏所言：「此詩詞義極淺，盡人能識。」（《詩經原始》）

詩共三章。一、二兩章形式複疊，皆以因草盛而無治甫田，興因心憂而無思遠人。三章寫所思之遠人突然來到，總角之童已為戴冠之青年。

詩人以「無思」寫「思」，正意反說，越見其思之深切。末章以「總角丱兮」與「突而冠兮」相對照，突出遠人變化之大，詩人驚喜之情溢於言表。

【韻　讀】一章：田、人，真部。驕、忉，宵部。二章：田、人，真部。桀、怛，月部。三章：變、丱、見、弁，元部。

八　盧令

盧❶令令❷，
其人❸美且仁。
盧重環❹，
其人美且鬈❺。
盧重鋂❻，
其人美且偲❼。

獵犬頸環令令響，
那個獵人俊美又和藹。
獵犬頸上套雙環，
那個獵人俊美又卷髮。
獵犬頸上套三環，
那個獵人俊美又勇武。

【注　釋】❶盧　良種獵犬也。❷令令　狗頸上套環之碰擊聲。❸其人　那人。指獵者。❹重環　子母環。即大環套一小環。❺鬈　頭髮卷曲。❻重鋂　大環套兩小環。此與上章「重環」義同，換字協韻耳。❼偲　強有力。

【研　析】此是讚美獵者之詩，與〈還〉題旨略同。《詩序》云刺「襄公好田獵畢弋，而不修民事」，亦無據之辭。

詩共三章，每章二句。全詩僅六句二十四字，為三百篇中最短者。

各章首句皆以犬飾寫獵犬之駿美：一章寫頸環之聲，二、三章狀頸環之精緻。各章次句皆寫獵者之駿美：一章寫「仁」，二章寫「鬈」，三章寫「偲」，重章互足也。三章形式複疊，回環往復。

此詩雖然短小，但由於詩人採用了互足與回環相結合的手法，從儀容、性情、犬飾等不同側面，生動地描摹出獵者出獵的風采。節短音長，別有風致。

【韻　讀】一章：令、仁，真部。二章：環、鬈，元部。三章：鋂、偲，之部。

九　敝　笱

敝笱❶在梁❷，　　破魚簍架在魚梁上，
其魚魴鰥❸。　　那魚兒多是鯿魚和草鯶。

齊子❹歸❺止，
其從❻如雲❼。

敝笱在梁，
其魚魴鱮❽。
齊子歸止，
其從如雨。

敝笱在梁，
其魚唯唯❾。
齊子歸止，
其從如水。

文姜嫁往魯國時，
她的隨從多如雲。

破魚簍架在魚梁上，
那魚兒多是鯿魚和鰱魚。
文姜嫁往魯國時，
她的隨從多如雨。

破魚簍架在魚梁上，
那魚兒自由進出無阻攔。
文姜嫁往魯國時，
她的隨從多如水。

【注釋】❶敝笱　壞魚簍。笱，捕魚的竹簍。參見〈邶風・谷風〉注。❷梁　魚梁。參見〈邶風・谷風〉注。❸魴鰥　鯿魚與鯶子魚。❹齊子　指文姜。❺歸　指嫁往魯國。❻從　隨從。❼如雲　形容隨從之眾盛。下「如雨」、「如水」同。❽鱮　魚名。即鰱魚，頭大，鱗細。❾唯唯　魚相隨游行貌。唯，通「遺」。

【研析】此詩刺文姜淫亂而魯桓公不能防閑也。可與〈南山〉、〈載驅〉對讀。《詩序》曰：「〈敝笱〉，刺文姜也。齊人惡魯桓公微弱，不能防閑文姜，使至淫亂，為二國患焉。」大旨不誤。

詩共三章，形式複疊，章旨相同。各章首二句皆以笱敝不可制魚，喻桓公微弱，不能防閑其妻。首章「其魚魴鰥」、次章「其魚魴鱮」與末章「其魚唯唯」重章互足，言笱敝則魚逸，不可割裂讀之。各章後二句皆追述文姜嫁魯時隨從之盛，以見文姜驕伉難制由來已久。本篇用旁敲側擊之法，含而不露，綿中藏針。

【韻讀】一章：鰥、雲，文部。二章：鱮、雨，魚部。三章：唯、水，微部。

一〇　載驅

載(ㄗㄞˋ)❶驅(ㄑㄩ)薄(ㄅㄛˊ)薄(ㄅㄛˊ)❷，
簟(ㄉㄧㄢˋ)茀(ㄈㄨˊ)❸朱(ㄓㄨ)鞹(ㄎㄨㄛˋ)❹。

揚鞭趕馬，車輪薄薄響，
竹篾擋板，紅革車箱。

魯道有蕩，
齊子❺發夕❻。

四驪❼濟濟❽，
垂轡❾濔濔❿。
魯道有蕩，
齊子豈弟⓫。

汶水⓬湯湯⓭，
行人彭彭⓮。
魯道有蕩，
齊子翱翔⓯。

魯國的大道多麼平坦寬廣，
文姜連夜出發。

四匹黑馬多麼健壯，
垂下的轡繩多麼柔韌。
魯國的大道多麼平坦寬廣，
文姜的心情多麼歡暢。

汶水嘩嘩流淌，
路上行人熙熙攘攘。
魯國的大道多麼平坦寬廣，
文姜多麼自在逍遙。

汶水滔滔⑯，
行人儦儦⑰。
魯道有蕩，
齊子遊敖⑱。

汶水滔滔不絕，
路上行人來來往往。
魯國的大道多麼寬廣，
文姜盡情尋歡遊逛。

【注釋】❶載　語助詞，無義。❷薄薄　車疾馳之聲。❸簟茀　竹編車蔽，置於車箱前後，用以擋風蔽塵。❹鞹　去毛之獸皮，即革也。諸侯之路車用皮革蒙在車箱外，染紅漆。❺齊子　指文姜。❻發夕　在晚上出發。❼驪　黑馬。❽濟濟　美盛貌。❾轡　韁繩。❿濔濔　通「䩓䩓」。轡垂貌。（從陳奐《傳疏》）⓫豈弟　和樂。⓬汶水　水名。源出今山東萊蕪東北原山，西南流經泰安，至汶上西入運河。春秋時汶水穿越齊魯二國之邊境。汶上夾水有文姜臺，傳為襄公與文姜相會之地。⓭湯湯　水盛貌。⓮彭彭　行人眾多貌。⓯翱翔　猶逍遙。參見〈鄭風·清人〉注。⓰滔滔　水勢盛大貌。⓱儦儦　猶彭彭，人眾貌。⓲遊敖　即遨遊。敖，通「遨」。

【研　析】本詩刺文姜肆無忌憚與襄公淫亂。《詩序》蓋以前二章上二句指襄公，故曰「刺襄公」，然而詩中四章並言「齊子」（文姜），而無一處明言襄公，故朱子《詩集傳》以為「刺文姜」，如是，則文意貫通無礙。方玉潤《詩經原始》曰：「此詩以專刺文姜為主，不必牽涉襄公，而襄公之惡自不可掩。」其說是也。

詩共四章，形式基本複疊。一章述文姜迫不及待，星夜趕路赴會。其餘三章，皆述文姜既會之情態。

本詩與〈南山〉、〈敝笱〉題旨相類，表現手法亦頗相似，含蓄隱約是其共同特點。本篇詩人構思巧妙，借狀物寫景，暗斥文姜。前二章，詳寫文姜所乘之路車豪華氣派，實則以其高貴身份與卑劣醜行作鮮明對照。後二章，寫通衢大道、行人熙熙攘攘，實則反襯文姜之放肆與無恥，於光天化日下宣淫而無所忌憚。

吳闓生《詩義會通》引宋人謝枋得云：「詩人鋪序之詳，形容之巧，刺之深，疾之甚也。」

【韻讀】一章：薄、鞹、夕，鐸部。二章：濟、瀰、弟，脂部。三章：湯、彭、蕩、翔，陽部。四章：滔，幽部；儦、敖，宵部。幽宵合韻。

一一 猗嗟

猗嗟❶昌❷兮，
頎而❸長兮，
抑若❹揚❺兮，
美目揚兮，

嗨！好健壯喲，
個子高又長喲，
多麼瀟灑漂亮喲，
他的眼睛多有神喲，

巧趨❻蹌❼兮，
射則臧❽兮。

猗嗟名❾兮，
美目清兮，
儀❿既成兮，
終日射侯⓫，
不出正⓬兮，
展⓭我甥兮。

猗嗟孌⓮兮，
清揚⓯婉兮，
舞則選⓰兮，

他走路輕快從容喲，
他的射藝高超喲。

嗨！好健美喲，
他的眼睛多明亮喲，
射箭的儀式齊備了喲，
他從早到晚對著箭靶射喲，
從不偏離靶心喲，
他真是我的好外甥喲。

嗨！長得好帥喲，
他眉清目秀好漂亮喲，
跳起舞來節拍踩得準喲，

射則貫⑰兮，　射起箭來百發百中喲，
四矢反⑱兮，　四箭連射都穿透一點喲，
以禦亂兮。　他可以抵禦禍亂喲。

【注釋】❶猗嗟　嘆詞，表示讚美。❷昌　壯盛也。❸頎而　身材高大貌。而，通「然」。❹抑若　通「懿然」。美好貌。❺揚　眉目清秀，引申為美。參見〈鄘風・君子偕老〉注。❻巧趨　步履輕捷。❼蹌　行走從容有節貌。❽臧　善也。❾名　通「明」。美盛貌。（從胡承珙《後箋》）❿儀　指射箭之儀式。⓫侯　猶今之箭靶，古代張布或皮為之。⓬正　箭靶之中心。⓭展　誠也。⓮孌　壯美。⓯清揚　眉清目秀。⓰選　齊也。指舞位正，並與樂節相協。《儀禮・大射》：「王射，令奏〈騶虞〉，詔諸侯以弓矢舞，樂師燕射，帥射夫以弓箭舞。」此古代射時有舞之證。⓱貫　猶中的也。⓲四矢反　言連續發射四箭，皆重疊一處。反，復也，重也。

【研析】此是讚美魯莊公才藝出眾之詩。莊公是文姜之子。詩中有「展我甥兮」句，故應為齊襄公所詠，或齊人擬其口吻而作。《詩序》謂刺莊公徒有威儀技藝，不能防閑其母，似覺牽強。方玉潤曰：「意本贊美，以其母不賢，故自後人觀之而以為刺耳。」（《詩經原始》）

詩共三章。首章側重抒寫莊公英俊容貌，章末「巧趨蹌兮，射則臧兮」二句先著一筆，虛寫射藝。二、三兩章則側重抒寫射藝。

全詩採用賦法，筆法老到。通篇以習射為中心刻劃人物形象。「終日射侯，不出正兮」，

「舞則選兮，射則貫兮」，寫習射之刻苦、射藝之精湛，以見莊公非凡氣質及超群才幹。全詩結句「四矢反兮，以禦亂兮」，以小見大，從射藝聯想到「禦亂」，揭示詩人寫「射」之目的，深化了詩歌主題。本詩章法嚴整，寫「射」，先虛寫，後實寫，層層遞進，從容不迫。

【韻 讀】一章：昌、長、揚、揚、蹌、臧，陽部。二章：名、清、成、正、甥，耕部。三章：孌、婉、選、貫、反、亂，元部。

魏風

魏為西周分封之諸侯國，故地在今山西芮城，春秋中期（西元前六六一年）被晉獻公攻滅，並封與大夫畢萬，至戰國後期為秦所滅。〈魏風〉七篇，蓋為春秋時期魏地詩歌，多刺詩和憂憤之詩。

一　葛屨

糾糾❶葛屨，
可以履霜？
摻摻❷女手，
可以縫裳？
要❸之襋❹之，

纏纏結結的草鞋，
怎麼可以踩寒霜？
纖纖細細的女子手，
怎麼可以縫衣裳？
縫好腰身做好領，

好人❺服之。　　好讓美人穿新裝。

好人提提❻，　　美人安逸又舒適，
宛然❼左辟❽，　　向左轉身姿勢美，
佩其象揥❾。　　象牙簪子頭上戴。
維是褊心❿，　　只是這心胸太狹窄，
是以為刺。　　因此作詩諷刺她。

【注釋】❶糾糾　繩索編織纏繞貌。❷摻摻　纖細貌。❸要　古「䙅」字。衣裳近腰之部位。此作動詞。❹襋　衣領。此亦作動詞。❺好人　美人。此指詩中之貴婦。❻提提　安舒貌。提，通「媞」。❼宛然　柔順貌。❽左辟　向左轉身。此言儀容得體。辟，旋也。❾象揥　象牙做的簪子，貴婦所佩戴。參見〈鄘風·君子偕老〉注。❿褊心　心胸狹隘。

【研析】此是刺貴婦心胸狹窄之詩。詩中有「維是褊心，是以為刺」句，詩人作詩之旨自明。作詩者疑即縫衣之女，《詩集傳》說是也。

詩共二章。首章寫縫衣者之辛苦與無奈，二章寫穿衣者之閑適與華貴。一章開頭，詩人以葛屨不可以履霜，與摻摻女手不可以縫裳，纖弱之女怨忿之情微露，亦暗示「好人」無體恤之心，為刺褊伏筆。二章「好人提提」三句，表面寫「好人」儀態得體，雍容華貴，實則暗斥其做作虛偽。鍾惺云：「褊心之人作此情態，更自可厭。」本篇主要採用對照手法。一、二兩章以「好人」與縫衣女作鮮明對照，揭示其華貴外表掩飾下之「褊心」，雖不露痕跡，已刺意自現。

【韻讀】一章：霜、裳，陽部。襋、服，職部。二章：提，支部；辟、揥、刺，錫部。支錫通韻。

二　汾沮洳

彼汾❶沮洳❷，
言采其莫❸。
彼其❹之子，
美無度❺；
美無度，

在那汾水邊上的濕地，
有人在採摘莫菜。
那一個人呀，
美得沒法比；
美得沒法比，

殊異乎公路❻。
彼汾一方❼，
言采其桑。
彼其之子，
美如英❽；
美如英，
殊異乎公行❾。
彼汾一曲❿，
言采其藚⓫。
彼其之子，
美如玉；

他比公路官更優異。
在那汾水一旁，
有人在採摘桑葉。
那一個人呀，
美得像朵花；
美得像朵花，
他比公行官更優異。
在那汾水水灣，
有人在採摘藚菜。
那一個人呀，
美得像塊玉；

美如玉，　　美得像塊玉，
殊異乎公族⑫。　　他比公族官更優異。

【注釋】❶汾　水名，即汾河。在今山西中部，西南流入黃河。❷沮洳　水邊低濕之地。❸莫　菜名。莖大如箸，赤節，節一葉，似柳葉厚而長，有毛刺，味酸，始生可以為羹，又可生食。❹彼其　彼；那也。指示代詞連用。參見〈王風・揚之水〉注。❺無度　無限；無比也。❻公路　官名。掌國君之路車，由貴族子弟充任。❼一方　一旁。❽英　花也。古代以花形容美貌，不分男女。❾公行　猶公路。「路」、「行」同義，變文協韻也。❿曲　河流彎曲處。⓫藚　草名。即澤瀉，春生苗，多在淺水中，葉似牛舌，可食，亦可入藥。⓬公族　官名。掌公之宗族。

【研　析】此是讚美位卑而德高者之詩。《詩序》曰：「刺儉也。其君子儉以能勤，刺不得禮也。」「儉以能勤」豈非美德，何「刺」之有？其說牽強。魏源《詩古微》云：「蓋歎沮澤之間有賢者隱居在下，采蔬自給，然其才德實出乎在位公行、公路之上，故曰雖在下位而自尊，超乎其有以殊於世。蓋春秋時晉官皆貴游子弟，無材世祿，賢者不得用，用者不必賢也。」甚得詩旨。

詩共三章，每章六句。形式複疊，三章一意，皆讚美「彼其之子」也。詩以采莫、采桑、采藚暗示主人公出身卑微，又以「殊異乎公路」、「公行」、「公族」，讚其德才超群蓋世。詩人善用兩極映襯之法，使人物形象鮮明突出。詩中著重寫一個「美」字，首章「美無度」，以誇張之筆虛寫，二、三兩章則用比喻之法實寫。「美如英」，狀其貌也；「美如玉」，喻其質也。層次分明，章法井然。「美無度」、「美如英」、「美如玉」三句蟬聯加疊唱，不僅韻律優美，同時也突出了「美」字，筆法奇巧。

【韻讀】一章：洳，魚部；莫、度、度、路，鐸部。魚鐸通韻。二章：方、桑、英、英、行，陽部。三章：曲、藚、玉、玉、族，屋部。

三　園有桃

園有桃，　　果園裏栽有桃樹，
其實之❶殽❷。　　就能吃到它結的桃。
心之憂矣，　　心裏真憂傷啊，
我歌且謠❸。　　我只能唱歌哼小調。
不知我者，　　不了解我的人，
謂我士❹也驕。　　說我這人太狂傲。
「彼人是哉，　　「那些人做得對呀，

子曰何其❺？」
心之憂矣，
其❻誰知之？
其誰知之？
蓋❼亦勿思！

園有棘❽，
其實之食。
心之憂矣，
聊❾以行國❿。
不知我者，
謂我士也罔極⓫。
「彼人是哉，

你還嘮叨什麼？」
心裏真憂傷啊，
究竟有誰知道？
究竟有誰知道？
何不也不去自尋煩惱！

果園中栽有棗樹，
就能吃到它結的棗。
心裏真憂傷啊，
只能姑且到國中遊一遭。
不了解我的人，
說我這人反反覆覆。
「那些人做得對呀，

子曰何其？」　　你還嘮叨什麼？」
心之憂矣，　　心裏真憂傷啊，
其誰知之？　　究竟有誰知道？
其誰知之？　　究竟有誰知道？
蓋亦勿思！　　何不也不去自尋煩惱！

【注釋】❶之　猶代詞「是」，複指前置賓語「其實」。❷殽　吃。❸謠　徒歌曰謠，合樂曰歌。此泛指歌謠。❹我士　詩人自謂。❺彼人是哉二句　此是不知我者所言，意謂那些執政者做得對，你想要做什麼呢？彼人，指執政者。子，指詩人。其，語助詞。❻其　語助詞，加強反問語氣。❼蓋　通「盍」。何不。❽棘　棗也。❾聊　姑且。❿行國　出遊國中。⓫罔極　無常。參見〈衛風・氓〉注。

【研　析】此是賢士憂時之作。《詩序》曰：「刺時也。大夫憂其君，國小而迫，而儉以嗇，不能用其民，而無德教，日以侵削，故作是詩也。」唯詩中只見憂情，未睹刺意，故「刺時」之說不取，餘則可參。

詩共二章，形式複疊，章旨則一。各章開頭「園有桃（棘）」二句，歷來說解分歧，或以為興，或以為比，或以為賦。雖主興者居多，亦見仁見智，揣測紛紛。筆者以為，既然此「興」無明顯之暗示作用，姑看作「先言他物，以引起所詠之詞」便可，無須深求，《詩集傳》是也。

此詩只寫一個「憂」字，卻收放自如，如訴如泣，「極縱橫排宕之致」（姚際恆語）。以首章為例。詩人先以「園有桃」二句興「心之憂矣」二句，「我歌且謠」，正抒發憂思難排之苦；次「不知我者」四句，寫橫遭非議，猶雪上加霜，欲哭無淚，滿腹委曲憤懣不可自抑；次「心之憂矣」四句，較前之「心之憂矣」又進一層，詩人疊詠「其誰知之」，翹首問天，感情宣洩達到高潮。章末以「蓋亦勿思」作結，如大河截流，戛然而止，以「勿思」寫「思」，愈見其憂之深切。吳闓生《詩義會通》引舊評曰：「吞吐含蘊，長歌當哭。沈鬱頓挫，與〈黍離〉異曲同工。」

【韻讀】一章：桃、殽、謠、驕，宵部。哉、其、之、之、思，之部。二章：棘、食、國、極，職部。哉、其、之、之、思，之部。

四 陟岵

陟彼岵❶兮，
瞻望父兮。
父曰：「嗟予子，
行役夙夜無已❷，

登上那沒有草木的山頂啊，
遙望我的父親啊。
父親在說：「唉！我的兒子，
你早晚服役忙個不歇，

上❸慎旃❹哉！
猶來無止❺！」
陟彼屺❻兮，
瞻望母兮。
母曰：「嗟予季❼，
行役夙夜無寐，
上慎旃哉！
猶來無棄❽！」
陟彼岡兮，
瞻望兄兮。
兄曰：「嗟予弟，

還要多加小心呀！
還是早點回來不要在外久停！」
登上那草木蔥蘢的山頂啊，
遙望我的母親啊。
母親在說：「唉！我的小兒子，
你早晚服役睡不安寧，
還要多加小心呀！
還是早點回來不要流落他鄉！」
登上那山岡啊，
遙望我的大哥啊。
大哥在說：「唉！我的弟弟，

行役夙夜必偕❾，
你早晚服役一定很辛勤，
上慎旃哉！
還要多加小心呀！
猶來無死！」
還是早點回來不要送了命！」

【注釋】❶岵　無草木之山。一說，多草木之山。❷已　停止。❸上　通「尚」。❹旃　之。代詞。❺止　停留。此為「死」之婉語。❻屺　有草木之山。一說，無草木之山。❼季　少子。❽棄　棄身在外。亦「死」之婉語。❾偕　勤勉努力。

【研析】此是行役者思親之詩。《詩序》曰：「〈陟岵〉，孝子行役，思念父母也。國迫而數侵削，役乎大國，父母兄弟離散，而作是詩也。」尚切詩義。

詩共三章，形式複疊。一、二、三章分別寫父、母、兄念己，為己祝禱。此詩妙處，不從正面直寫役卒如何思念親人，而是從對面設想，寫父母兄長如何牽掛自己、如何反復叮嚀。方玉潤曰：「筆以曲而愈達，情以婉而愈深。」（《詩經原始》）其筆法與〈周南・卷耳〉相似，兩篇可以同觀。

【韻讀】一章：岵、父，魚部。已、止，之部。二章：屺、母，之部。寐，物部；棄，質部。物質合韻。三章：岡、兄，陽部。偕、死，脂部。

五　十畝之間

十畝❶之間兮，
桑者❷閑閑❸兮，
行❹與子❺還❻兮。

十畝之外兮，
桑者泄泄❼兮，
行與子逝❽兮。

十畝地之間啊，
採桑女們好悠閑啊，
我將和你一起回啊。

十畝地之外啊，
採桑女們好自在啊，
我將和你一起去啊。

【注　釋】❶十畝　古代一夫百畝，十畝蓋言土地之少，非確數也。此指詩人之故鄉。❷桑者　指採桑之女。❸閑閑　從容不迫貌。❹行　將也。❺子　指與詩人同行之人。❻還　歸也。❼泄泄　猶閑閑。（從《詩集傳》）❽逝　往也。

【研　析】此是賢者思歸農圃之詩。《詩集傳》曰：「政亂國危，賢者不樂仕於其朝，而思與其友歸於農圃，故其詞如此。」尚合詩旨。《詩序》曰：「刺時也。言其國削小，民無所居焉。」顯為曲解「十畝之間」而生之義，不足辨也。

詩共二章，形式複疊。一、二兩章互足，謂十畝內外皆安適自得也，詩人思歸之心溢於言表，其不樂仕之意俱在言外。本詩簡樸淡雅，意境超然脫俗，乃陶淵明〈歸去來辭〉之鼻祖也。

【韻讀】一章：間、閑、還，元部。二章：外、泄、逝，月部。

六 伐檀

坎坎❶伐檀❷兮，
寘❸之河之干❹兮，
河水清且漣❺猗❻。
不稼❼不穡❽，
胡❾取禾三百廛❿兮？
不狩⓫不獵，

坎坎作響砍伐黃檀啊，
把它堆放在黃河堤岸啊，
河水清清揚起波瀾啊。
你不耕種，又不收割，
為啥要收取三百戶的糧啊？
你不出外打獵，

胡瞻爾庭有縣⑫貆⑬兮？
彼君子⑭兮，
不素餐⑮兮！

坎坎伐輻⑯兮，
寘之河之側兮，
河水清且直⑰猗。
不稼不穡，
胡取禾三百億兮？
不狩不獵，
胡瞻爾庭有縣特⑱兮？
彼君子兮，
不素食兮！

為啥望見你庭院裏掛著貛啊？
那些君子啊，
他們不會白吃飯啊！

坎坎作響伐檀做車輻啊，
把它堆放在黃河邊啊，
河水清清波紋直啊，
你不耕種，又不收割，
為啥要收取三百戶的糧啊？
你不出外打獵，
為啥望見你庭院裏掛著大獵物啊？
那些君子啊，
他們不會吃白食啊！

坎坎伐輪兮，
寘之河之漘⑲兮，
河水清且淪⑳猗。
不稼不穡，
胡取禾三百囷㉑兮？
不狩不獵，
胡瞻爾庭有縣鶉㉒兮？
彼君子兮，
不素飧㉓兮！

坎坎作響伐檀做車輪啊，
把它堆放在黃河灘頭啊，
河水清清揚起圈圈波紋啊。
你不耕種，又不收割，
為啥要收取三百戶糧食進你糧倉啊？
你不出外打獵，
為啥望見你庭院裏掛著鵪鶉啊？
那些君子啊，
他們不會白吃別人啊！

【注釋】❶坎坎　伐檀聲。❷檀　木名。製車之材。參見〈鄭風・將仲子〉注。❸寘　同「置」。放也。❹干　堤岸。❺漣　風吹水面所起之波瀾。❻猗　猶兮也。語助詞。❼稼　栽種。❽穡　收割。❾胡　何也。❿三百廛　三百，言農作物收穫之多，非確數也。屈萬里曰：「一夫之居曰廛，其田百畝。此謂取三百家之田賦也。鄭玄注《周易・訟卦・九二爻辭》云：『下大夫采地方一成，其稅三百家。』」馬瑞辰云：「二章三百億，三章三百囷，皆承上章三百廛而言，謂三百家所取之億，三百家所取之囷，變文以協韻耳。」

⓫狩　猶獵也。冬獵曰狩，夜獵曰獵，泛稱則不別。⓬縣　古「懸」字。⓭貆　獸名。即豬獾。⓮彼君子　指不勞而食者。⓯素餐　猶今語白吃。⓰伐輻　與上章「伐檀」互文，即伐檀為輻也。輻，車輪之輻條。下章「伐輪」同。⓱直　指直波。⓲特　三歲之獸。⓳漘　水邊。⓴淪　轉輪狀之波瀾。㉑囷　圓形糧倉。㉒鶉　鵪鶉。㉓飧　熟食。此猶餐也。

【研　析】此是刺不勞而食者之詩。《詩序》曰：「〈伐檀〉，刺貪也。在位貪鄙，無功而食祿。君子不得進仕爾。」除末句「君子不得進仕」外，甚切詩旨。

詩共三章，形式複疊。三章一意，皆斥「彼君子」實乃不勞而獲「素餐」之徒。各章開頭「坎坎伐檀」三句，抒寫伐木場景，似與正題無關，實為與無功受祿者作鮮明對照，為下文作鋪墊。中間「不稼不穡」四句，詩人以兩組反詰句相排比，發出聲勢凌厲之詰難，表示對不勞而食者強烈憤慨。章末突然變調，「彼君子兮」二句，以揶揄筆調，反意正說，對不勞而食者冷嘲熱諷。全詩大起大落，跌宕多姿。

【韻　讀】一章：檀、干、漣、廛、貆、餐，元部。二章：輻、側、直、億、特、食，職部。三章：輪、漘、淪、囷、鶉、飧，文部。

七　碩　鼠

碩鼠❶碩鼠，　　大老鼠，大老鼠，

無食我黍！
三歲❷貫❸女❹，
莫我肯顧❺。
逝❻將去女，
適彼樂土❼。
樂土樂土，
爰❽得我所❾。

碩鼠碩鼠，
無食我麥！
三歲貫女，
莫我肯德❿。
逝將去女，

不要來吃我種的黍！
侍奉你三年，
卻不肯給我一點照顧。
我發誓要離開你，
到那幸福的樂土。
樂土，樂土，
在這裏才能得到我安身的處所。

大老鼠，大老鼠，
不要來吃我種的麥！
侍奉你三年，
卻不肯給我一點恩惠。
我發誓要離開你，

適彼樂國。
樂國樂國，
爰得我直⓫。

碩鼠碩鼠，
無食我苗！
三歲貫女，
莫我肯勞⓬。
逝將去女，
適彼樂郊。
樂郊樂郊，
誰之⓭永號⓮？

到那幸福的樂國。
樂國，樂國，
在這裏才能得到我安身的角落。

大老鼠，大老鼠，
不要來吃我種的苗！
侍奉你三年，
卻不肯給我一點慰勞。
我發誓要離開你，
到那幸福的樂郊。
樂郊，樂郊，
誰去了還會哀歎長號？

【注　釋】❶碩鼠　大老鼠。比喻貪殘者。❷三歲　三年。此言時間長，非確指。❸貫　通「宦」。侍奉。❹女　古「汝」字。❺莫我肯顧　莫肯顧我之倒文。顧，顧念；照顧。❻逝　通「誓」。（從朱駿聲《說文通訓定聲》）❼樂土　安居樂業之地。下「樂國」、「樂郊」同。❽爰　於是；在此。❾所　處所。此指理想之地。❿德　加惠也。⓫直　猶「爰得我所」之「所」。（從王引之《述聞》）⓬勞　慰勞。⓭之　往也。⓮永號　長歎。

【研　析】此為奴僕怒斥其貪殘之主之詩。《詩序》曰「刺重斂」，未必貼切。

詩共三章，形式複疊。各章起句突兀峻峭，詩人連呼「碩鼠」，禁其無食我黍、我麥、我苗，語氣嚴厲，情緒激烈，抒發了主人公切齒痛恨，並為全詩定下基調。中間「三歲貫女」二句，暴露其主冷漠無情，貪殘成性，點出痛恨的原因。章末「逝將去女」四句，表達了主人公嚮往新生活之強烈願望。一個「逝（誓）」字，寫出主人公脫離苦海決心之堅。所謂「適彼樂土」云云，未必真得樂土，反襯其在此不得其所耳。

此詩用呼告、比擬等手法直抒胸臆，語言犀利，痛快淋漓。三章分別寫「無食我黍」、「我麥」、「我苗」；「莫我肯顧」、「肯德」、「肯勞」，不只換字協韻，亦有層層推進之意。

【韻　讀】一章：鼠、鼠、黍、女、顧、女、十、土、土、所，魚部。二章：鼠、鼠、女、女，魚部。麥、德、國、國、國、直，職部。三章：鼠、鼠、女、女，魚部。苗、勞、郊、郊、郊、號，宵部。

唐風

唐相傳為唐堯後裔之國，故地在今山西翼城西。後為周成王所滅，其弟叔虞受封於唐地，建立晉國，亦都於翼。至晉景公時遷都新田（今山西曲沃西南），疆域逐步擴大，有今山西大部、河北西南部、河南北部及陝西一角。〈唐風〉十二篇，實為晉地之詩歌，不稱「晉」而言「唐」者，蓋仰慕唐堯而從其舊也。

一　蟋蟀

蟋蟀在堂❶，
歲聿❷其莫❸。
今我不樂❹，

蟋蟀已進了堂屋，
一年又快到年末。
今天我再不行樂，

日月其除❺。
無已❻大康❼，
職❽思其居❾。
好樂無荒❿，
良士⓫瞿瞿⓬。

蟋蟀在堂，
歲聿其逝⓭。
今我不樂，
日月其邁⓮。
無已大康，
職思其外。
好樂無荒，

光陰將一去不復。
不要過度縱樂，
應當想想內憂外辱。
享樂不能過度，
賢士要警惕四顧。

蟋蟀已進了堂屋，
一年已經快過。
今天我再不行樂，
光陰將悄悄流失。
不要過度縱樂，
應當想想內憂外辱。
享樂不能過度，

良士蹶蹶⑮。　賢士要勤奮刻苦。

蟋蟀在堂，　蟋蟀已進入堂屋，
役車⑯其休。　役車也將停步。
今我不樂，　今天我再不行樂，
日月其慆⑰。　光陰將白白溜掉。
無已大康，　不要過度縱樂，
職思其憂。　應當想想內憂外辱。
好樂無荒，　享樂不能過度，
良士休休⑱。　賢士要把握好尺度。

【注釋】❶堂　前室；堂屋也。蟋蟀由野入堂蓋在農曆九月，周代以農曆十月為歲暮。❷聿　語助詞，無義。❸其莫　將至歲末。莫，「暮」之古字。❹樂　娛樂。❺其除　將消逝也。❻已　甚也。❼大康　太樂也。康，樂也。❽職　當也。（從楊樹達《詞詮》）❾居　猶內也。與下章「職思其外」之外相對。此句與二章「職思其外」、三章「職思其憂」重章互足，合之猶云當思內外之憂也。❿荒 過度；荒廢也。⓫良士 賢士。⓬瞿瞿 驚顧貌。⓭逝 去也。⓮邁 亦去也。⓯蹶蹶 勤勉敏捷貌。⓰役車 服勞役之車，多用牛拉。⓱慆 過去也。⓲休休 樂而有節貌。

【研析】此是歲暮述懷之詩。詩中有「良士」二字，故當為士大夫所作也。《詩序》曰「刺晉僖公」「儉不中禮」，離題萬里，不知所出。

詩共三章，形式複疊。各章起首「蟋蟀在堂」二句，詩人感物傷時，見蟋蟀入室，傷歲之將逝。由此觸發萬千思緒，故為全詩樞紐。「今我不樂」二句，抒發人生苦短，及時行樂之意。「無已大康」二句，隨用戒語收轉。「好樂無荒」二句，自警自勵之辭。各章以此作結，乃全詩重心所在也。詩人極擒縱開合之妙，將複雜的心理層次刻畫得細緻入微、委婉曲折。姚際恆《詩經通論》曰：「感時惜物詩肇端于此。」

【韻讀】一章：堂、康、荒，陽部。莫，鐸部；除、居、瞿，魚部。鐸魚通韻。二章：堂、康、荒，陽部。逝、邁、外、蹶，月部。三章：堂、康、荒，陽部。休、慆、憂、休，幽部。

二 山有樞

山有樞❶，　山上有刺榆，
隰有榆。　窪地有白榆。

子有衣裳，
弗曳弗婁❷。
子有車馬，
弗馳弗驅❸。
宛其❹死矣，
他人是愉❺。

山有栲❻，
隰有杻❼。
子有廷內❽，
弗洒弗埽❾。
子有鐘鼓，
弗鼓弗考❿。

你有衣裳，
卻捨不得穿著。
你有車馬，
卻捨不得乘坐。
一旦死去啦，
別人就來享受它。

山上有栲樹，
窪地有杻樹。
你有房屋，
卻不灑不掃。
你有鐘鼓，
卻不打不敲。

宛其死矣，
他人是保⑪。

山有漆⑫，
隰有栗。
子有酒食，
何不日鼓瑟？
且⑬以喜樂，
且以永日⑭。
宛其死矣，
他人入室。

一旦死去啦，
別人就來佔有它。

山上有漆樹，
窪地有栗樹。
你有酒有菜，
為啥不天天奏瑟？
姑且用它取樂，
姑且用它歡度終日。
一旦死去啦，
別人就跨進你的居室。

【注釋】❶樞　木名，即刺榆。❷弗曳弗婁　曳婁，皆拖、引之意，此指穿衣的動作。❸弗馳弗驅　馳驅，縱馬奔跑。此指乘坐。❹宛其　死貌。宛，通「菀」。枯病也。其，語助詞，猶「然」也。❺愉樂也。此作動詞，享受。❻栲　木名。似樗，生山中，故又稱山樗。❼杻　木名。即檍樹。大者可為棺槨，小者可為弓材。❽廷內　泛指居室。廷，通「庭」。指中庭。內，謂堂與室也。❾埽　同「掃」。❿弗鼓弗考　鼓考，皆擊也。⓫保　居也。⓬漆　漆樹。⓭且　姑且。⓮永日　猶終日。此句與上句為互文，言且以喜樂終日也。

【研　析】此是刺守財奴之詩。或以為旨在勸人及時行樂，亦未嘗不可。兩者並不矛盾。至《詩序》謂「刺晉昭公」云云，蓋為附會之辭。

詩共三章，形式複疊。三章首二句皆以「山有某，隰有某」起興。朱熹以為「別無意義，只是興起下面子有衣裳、子有車馬耳」（《朱子語類》），其說是也。故不可深求，徒生滋擾。詩之重心在各章中間四句，詩人用鋪陳手法，列舉有衣不穿、有車不乘、有屋不居、有鐘鼓不奏、有酒食不享等種種表現，極其生動地勾畫出一個酸澀、滑稽的吝嗇鬼形象，讀來令人可憐可悲。各章皆以「宛其死矣」二句結尾，似告誡，又似諷諭，猶醍醐灌頂，催人猛醒。三章章旨雖同，情節卻層層遞進。「他人是愉」、「他人是保」、「他人入室」，預言身後景況，一節悲似一節。

【韻　讀】一章：樞、榆、婁、驅、愉，侯部。二章：栲、杻、埽、考、保，幽部。三章：漆、栗、瑟、日、室，質部。

三　揚之水

揚❶之水，
白石鑿鑿❷。
素衣朱襮❸，
從子❹于沃❺。
既見君子❻，
云❼何不樂？

揚之水，
白石皓皓❽。
素衣朱繡❾，

激揚的河水，
把白石沖刷得鮮明奪目。
白色上衣紅邊衣領，
我追隨您奔向曲沃。
既然見到了堂堂君子，
我還有什麼不快樂？

激揚的河水，
把白石沖刷得雪白光潔。
白色上衣繡紅衣領，

從子于鵠❿。
既見君子，
云何其憂⓫？

揚之水，
白石粼粼⓬。
我聞有命⓭，
不敢以告人。

我追隨您奔向鵠邑。
既然見到了堂堂君子，
我還有什麼可憂慮？

激揚的河水，
把白石沖刷得清澈鮮亮。
我聽到了秘密命令，
不敢洩漏告訴別人。

【注釋】❶揚　激揚也。❷鑿鑿　鮮明貌。❸朱襮　紅線繡邊之衣領。襮，衣領，諸侯繡有白黑相間的圖案。❹子　指桓叔。❺沃　曲沃，在今山西聞喜以東，春秋時為桓叔之封地。❻君子　亦指桓叔。❼云　語助詞，無義。❽皓皓　潔白貌。❾朱繡　猶朱襮。❿鵠　曲沃之旁邑。⓫云何其憂　有何憂愁。云、其，皆語助詞，無義。⓬粼粼　清澈貌。⓭命　命令。

【研　析】此詩蓋為晉國桓叔追隨者所作，詩中抒寫他對桓叔之仰慕以及獲知叛亂密令時之心情。《史記・晉世家》記載：晉昭侯封其叔成師於曲沃，號桓叔。桓叔「好德，晉國之眾皆附焉」，曲沃又大於晉都翼城，實力強盛。昭侯七年，晉大臣潘父弒其君而迎桓叔。桓叔欲入晉，晉人發兵攻桓叔。桓叔敗，還歸曲沃。《詩序》以為此詩反映此一史實，故曰：「刺晉昭公也。昭公分國以封沃，沃盛強，昭公微弱，國人將叛而歸沃焉。」今姑從之。

詩共三章，一、二兩章皆六句，第三章僅四句，段玉裁疑有脫漏。三章皆以「白石」起興，蓋以白石象徵桓公德行清正高潔也。一、二兩章形式複疊，詩旨相同。其中間「素衣朱襮」二句，詩人借服飾代桓叔，表達對其忠誠與嚮往。結尾「既見君子」二句，用反詰句抒寫見到桓公以後之激動與喜悅。末章結尾「我聞有命」二句，以獨白形式寫詩人獲知叛亂密令時之忐忑不安。全詩在緊張神秘氣氛中戛然而止，令人懸念。

【韻讀】一章：鑿、襮、沃、樂，藥部。二章：皓、繡、鵠，覺部；憂，幽部。覺幽通韻。三章：粼、命、人，真部。

四　椒聊

椒聊❶之實，
蕃衍❷盈❸升。
彼其之子，

花椒樹結的子，
叢叢密密裝滿升。
那個人喲，

碩大無朋❹。　　身材高大無雙。
椒聊且❺！　　花椒樹喲！
遠條❻且！　　它的枝條遠揚喲！

椒聊之實，　　花椒樹結的子，
蕃衍盈匊❼。　　叢叢密密兩手捧。
彼其之子，　　那個人喲，
碩大且篤❽。　　身材高大又健壯。
椒聊且！　　花椒樹喲！
遠條且！　　它的枝條高聳喲！

【注釋】❶椒聊　木名。即花椒，結實多，色紅，細如綠豆，芳香濃郁，作調料或入藥。❷蕃衍　繁盛眾多。❸盈　滿也。❹無朋　無比。❺且　語助詞，表示感嘆。❻遠條　謂枝條遠揚也。❼匊　兩手合捧。❽篤　厚實；壯實。

【研析】此是嘆美婦女多子之詩。《詩序》曰：「刺晉昭公。君子見沃之盛彊、能脩其政，知其繁衍盛大，子孫將有晉國焉。」顯係因本篇次〈揚之水〉之後而生之附會之辭。

詩共二章，每章六句，形式複疊。首二句以椒聊繁衍盈升、盈匊起興，喻「彼其之子」多子多孫。次二句寫「彼其之子」身材高大，健壯結實，此乃生育能力強盛之象徵。末二句反復詠嘆椒聊枝條蔓延遠揚，寓意「彼其之子」繁衍生息，人丁興旺。吳闓生曰：「詠嘆淫溢，含意無窮。」（《詩義會通》）

此詩與〈周南・螽斯〉題旨相似，但彼篇出「子孫」字，稍嫌直露，本篇則不出「子孫」字，意在言外。

【韻讀】一章：升、朋，蒸部。聊、條，幽部。二章：匊、篤，覺部。聊、條，幽部。

五　綢繆

綢繆❶束薪，
三星❷在天❸。
今夕何夕？
見此良人❹。

纏纏繞繞把柴禾捆牢，
三星在東方天邊高照。
今夜是什麼良宵？
我見到了這美麗的人兒喲。

子兮❺子兮，
如此良人何❻？

綢繆束芻❼，
三星在隅❽。
今夕何夕？
見此邂逅❾。
子兮子兮，
如此邂逅何？

綢繆束楚❿，
三星在戶⓫。
今夕何夕？

哎喲哎喲，
我該怎樣呵護這美人喲？

纏纏繞繞把乾草捆牢，
三星掛在天的東南角。
今夜是什麼良宵？
見到了和我結合的新婦。
哎喲哎喲，
我該怎樣呵護這新婦喲？

纏纏繞繞把荊條捆牢，
三星對著門口在夜空閃耀。
今夜是什麼良宵？

見此粲者⑫。
子兮子兮，
如此粲者何？

我見到了這艷麗的人兒喲。
哎喲哎喲，
我該怎樣呵護這麗人喲？

【注釋】❶綢繆　纏束也。❷三星　夜空中明亮而緊靠之三顆星。此指參宿三星。❸在天　謂三星始見東方也。三星出現於此，則初昏也。❹良人　此指妻子。（從《毛傳》）《詩經》中的「良人」非專指丈夫，如〈秦風・黃鳥〉、〈秦風・小戎〉、〈大雅・桑柔〉「良人」《毛傳》皆訓善人，可以為證。三章之「粲者」，即首章之「良人」，因知良人必為新娘無疑。❺子兮　猶嗟乎。子，通「嗞」。嗟也。❻如……何　猶奈……何。❼芻　乾草。❽隅　指天之東南角。三星至此，則夜久矣。❾邂逅　會合。此作名詞，指所會之人，即配偶。一說，指所悅之人。❿楚　荊條。⓫戶　門也，在室之南。三星至此，則夜分矣。⓬粲者　美人。

【研析】此蓋新郎於新婚之夜喜見新婦之詩。《詩序》曰：「〈綢繆〉，刺晉亂也。國亂則昏姻不得其時焉。」純屬無稽之談。方玉潤曰：「《詩》咏新昏多矣，皆各有命意所在。唯此詩無甚深義，只描摹男女初遇，神情逼真，自是絕作不可廢也。若必篇篇有為而作，恐自然天籟反難索已。」（《詩經原始》）其說是也。

詩共三章，每章六句，形式複疊。三章首句分別以「束薪」、「束芻」、「束楚」起興，象徵新婚男女之結合。次句以三星高照、星光燦爛抒寫良辰美景，「在天」、「在隅」、「在戶」，以星轉斗移暗示夜愈深、情愈濃。中間「今夕何夕」二句，抒寫新郎初見艷妻之驚羨，尤其

「今夕何夕」之問，看似信手拈來，描摹新郎如癡如醉、神不守舍情狀卻極為傳神。各章皆以「子兮子兮」二句結尾，反復嘆美新婦，詩以「如……何」句描摹新郎手足無措之狀，愛慕喜悅之情溢於言表。

【韻讀】一章：薪、天、人、人，真部。二章：芻、隅、逅、逅，侯部。三章：楚、戶、者、者，魚部。

六 杕杜

有杕❶之杜❷，
其葉湑湑❸。
獨行踽踽❹，
豈無他人？
不如我同父❺。
嗟行之人，
胡不比❻焉？

孤零零直立的棠梨樹，
它的樹葉卻濃濃密密。
我獨自行走，
難道沒有別人可以相依？
別人畢竟不如我親兄弟。
唉！孤獨行走的人喲，
為什麼不去親近他呢？

人無兄弟，
胡不佽❼焉？

有杕之杜，
其葉菁菁❽。
獨行睘睘❾，
豈無他人？
不如我同姓❿。
嗟行之人，
胡不比焉？
人無兄弟，
胡不佽焉？

人家沒有親兄弟，
為什麼不去幫助他呢？

孤零零直立的棠梨樹，
它的樹葉卻濃濃密密。
我獨自行走，
難道沒有別人可以相依？
別人畢竟不如我同姓親戚。
唉！孤獨行走的人喲，
為什麼不去親近他呢？
人家沒有親兄弟，
為什麼不去幫助他呢？

【注　釋】❶有杕　樹木孤獨挺立貌。❷杜　果木名。亦稱赤棠、杜梨、棠梨，果實略圓而色紅，味澀。❸湑湑　樹葉茂盛貌。❹踽踽　獨行貌。❺同父　指兄弟。❻比　親也。❼佽　助也。❽菁菁　猶湑湑。❾睘睘　孤獨無依貌。❿同姓　同族。

【研　析】此孤立無援者自傷之詩。《詩序》曰：「刺時也。君不能親其宗族，骨肉離散，獨居而無兄弟，將為沃所并爾。」乃附會之辭。

詩共二章，形式複疊。各章前五句為一層，詩人以孤立之杜樹尚有枝葉相蔭，反興自己獨行而舉目無親。後四句為又一層，詩人改變角度，摹擬旁觀者口吻，感嘆世人為何不給孤獨者以真心相助。此既是求助，也是怨望。「嗟行之人」即上文「獨行踽踽（睘睘）」之人，單言「行」者，乃承上文而省。「人無兄弟」之人，亦即「嗟行之人」之人（見黃焯《毛詩鄭箋平議》）。黃氏之說發人之未發，確不可易，誠為理解本詩之關鍵。

【韻　讀】一章：杜、湑、踽、父，魚部。比、佽，脂部。二章：菁、睘、姓，耕部。比、佽，脂部。

七　羔裘

羔裘豹袪❶，
自❷我人❸居居❹。

羔皮袍子，豹皮袖口，
他對我們太傲慢。

豈無他人？　難道就沒有別的人可跟？
維子❺之故❻！　只因為你的緣故我心不忍！

羔裘豹褎❼，　羔皮袍子，豹皮袖口，
自我人究究❽。　他對我們太傲慢。
豈無他人？　難道就沒有別的人可跟？
維子之好❾！　只因為愛你我心不忍！

【注釋】❶豹袪　用豹皮飾邊之袖口。此為在位卿大夫之服飾。❷自　對於也。❸我人　我們這些人。❹居居　通「倨倨」。傲慢。❺子　指作者之所愛者。❻故　緣故。❼褎　同「袖」。❽究究　猶居居。❾好　情好。

【研析】此詩詞義隱晦，頗難索解。《詩集傳》曰：「此詩不知所謂，不敢強解。」細味全詩，《詩序》所謂「晉人刺其在位，不恤其民」，尚合詩旨。蓋大夫倨傲無禮，其屬下唯心繫所愛，故欲去而終不忍去也，因作是詩。

詩共二章，形式複疊。各章前二句以服飾代人，述大夫傲慢無禮，不能恤下也。後二句述己欲去而不忍去也。首章「維子之故」與二章「維子之好」互文，意為維子情好之故也，點明未去之原因。

【韻讀】一章：袪、居、故，魚部。二章：褎、究、好，幽部。

八　鴇羽

肅肅❶鴇❷羽，
集于苞❸栩❹。
王事❺靡盬❻，
不能蓺❼稷黍，
父母何怙❽？
悠悠❾蒼天❿，
曷⓫其有所⓬？

野雁拍翅沙沙響，
落在叢生的櫟樹上。
王事繁忙無休止，
不能回家種稷黍，
爹娘靠誰來供養？
遙問茫茫青天，
何時才得安寧？

肅肅鴇翼，
集于苞棘[13]。
王事靡盬，
不能蓺黍稷，
父母何食？
悠悠蒼天，
曷其有極[14]？

肅肅鴇行[15]，
集于苞桑。
王事靡盬，
不能蓺稻粱[16]，
父母何嘗[17]？

野雁拍翅沙沙響，
落在叢生的棗樹上。
王事繁忙無休止，
不能回家種黍稷，
爹娘吃什麼東西？
遙問茫茫青天，
何時才是盡期？

野雁拍翅沙沙響，
落在叢生的桑樹上。
王事繁忙無休止，
不能回家種稻粱，
爹娘活命吃啥糧？

悠悠蒼天，
曷其有常⑱？

遙問茫茫青天，
何時才能正常？

【注釋】❶肅肅　鳥扇動羽翼之聲。❷鴇　野禽名。似雁而大，腳無後趾，故不便在樹上止息。❸苞　叢生。❹栩　櫟樹。❺王事　指君王命令服勞役之事。參見〈邶風・北門〉注。❻盬　息也。（王引之《經義述聞》）❼蓺　種植。❽怙　依靠。❾悠悠　高遠。❿蒼天　猶云老天。⓫曷　指何時。⓬所　處所。此引申為止也。（從馬瑞辰《通釋》）❿棘　酸棗樹。⓮極　盡頭。⓯行　通「翮」。羽莖，此指羽翼。⓰粱　穀物名，粟之良者。⓱嘗　吃。⓲常　指正常生活。

【研　析】農民苦於征役無期，父母不得侍養，因作此詩。《詩序》曰：「〈鴇羽〉，刺時也。昭公之後，大亂五世。君子下從征役，不得養其父母，而作是詩也。」自「君子」以下，皆合詩義，餘則附會之辭。

詩共三章，形式複疊。三章首二句皆以詠鴇起興。鴇無後趾而不能久棲於樹，喻從役者顛沛流離、危苦不安也。中間「王事靡盬」三句，述因王事無度，己不得事農養親。此是全詩重心所在。父母何怙（何食、何嘗），情意淒惋，悲從心底湧出。章末以「悠悠蒼天」二句作結，詩人指問蒼天，何時結束苦難？喊出鬱結內心之痛苦與悲憤，是對「王事靡盬」的強烈控訴。

【韻　讀】一章：羽、栩、盬、黍、怙、所，魚部。二章：翼、棘、稷、食、極，職部。三章：

行、桑、粱、嘗、常，陽部。

九　無衣

豈曰無衣？七兮❶，
不如子❷之衣，
安❸且吉❹兮！

誰說我沒衣？我有七件呢！
但不如你送的衣，
舒適又美麗！

豈曰無衣？六兮，
不如子之衣，
安且燠❺兮！

誰說我沒衣？我有六件呢！
但不如你送的衣，
舒適又暖和！

【注釋】❶豈曰無衣七兮　此為自問自答之辭。七，七件，言衣之多，非確數，下章「六」字同。❷子　指贈衣者。❸安　安適。❹吉　善也；美也。❺燠　暖和。

【研析】《詩序》曰：「美晉武公也。武公始并晉國，其大夫為之請命乎天子之使而作是詩也。」此蓋誤解詩中「七」、「六」二字為命服之章數而生附會之辭。《詩》中「六」、「七」字皆為虛數，言物之多也。如〈召南・摽有梅〉「其實七兮」、〈鄘風・干旄〉「良馬六之」、〈曹風・鳲鳩〉「其子七兮」皆其例，此詩自亦不例外。若撇開成見，此詩詩旨甚明，乃詠冬衣之詩也。冬衣蓋友人所贈，或妻妾所縫。

詩共二章，形式複疊。兩章首句言己衣服之多，詩人用反詰句起筆，兀突飄忽。二、三兩句，言不如「子之衣」美且暖也。首章「安且吉」與次章「安且燠」為互文，意為此衣安、吉、燠兼備也。

此詩採用襯墊手法，以己衣服之多反襯子衣服之美。詩人詠物及人，意在言外。詩雖短小，意蘊卻極雋永。

【韻讀】一章：七、吉，質部。二章：六、燠，覺部。

一〇　有杕之杜

有杕之杜❶，　孤單直立的棠梨樹，
生于道❷左。　生長在道路左邊。
彼君子兮，　那個小伙子喲，

噬❸肯適❹我？
中心好❺之，
曷❻飲食之❼？

有杕之杜，
生于道周❽。
彼君子兮，
噬肯來遊？
中心好之，
曷飲食之？

是否肯來找我？
我心裏喜歡他呀，
何不請他吃喝？

孤單直立的棠梨樹，
生長在道路拐彎處。
那個小伙子喲，
是否肯來看我？
我心裏喜歡他呀，
何不請他吃喝？

【注　釋】❶有杕之杜　見〈唐風・杕杜〉注。❷道　道路。❸噬　通「逝」。語助詞。❹適　往也。❺好　喜愛。❻曷　通「盍」。何不也。❼飲食之　即飲之食之，謂使之飲食也。飲、食，皆使動用法。❽周　彎曲之處。一說，通「右」。

【研析】《詩序》謂此詩旨在「刺晉武公」，亦捕風捉影無據之說。《詩集傳》謂「此人好賢而不足以致之」，於詩義近之。今觀此詩情意纏綿，更似情詩，蓋寫癡情女盼其所愛也。

詩共二章，形式複疊。兩章首二句皆以孤零特立之棠梨樹起興，喻己孤獨寂寞。三、四句則冀所愛來至。然疑之詞中透出一絲隱憂。兩章末二句疊詠「中心好之，曷飲食之」，直抒胸臆，表露愛意。殷勤之情，溢於言表。吳闓生《詩義會通》引舊評曰：「一句一折，情致纏綿。」

【韻讀】一章：左、我，歌部。好，幽部。與下章「好」遙韻。食，職部。與下章「食」遙韻。二章：周、遊，幽部。

一二　葛生

葛生蒙楚❶，
蘞❷蔓于野。
予美❸亡此，
誰與？獨處❹！

葛藤爬滿荊樹，
蘞草在荒野蔓延。
我的丈夫在此長眠，
他和誰同在？獨自一人居住！

葛生蒙棘，
蘞蔓于域❺。
予美亡此，
誰與？獨息！

角枕❻粲兮，
錦衾❼爛兮！
予美亡此，
誰與？獨旦！

夏之日，
冬之夜❽。
百歲之後❾，

葛藤爬滿棗樹，
蘞草在墳地蔓延。
我的丈夫在此長眠，
他和誰同在？獨自一人休息！

角枕真鮮艷啊，
錦被亮晶晶啊！
我的丈夫在此長眠，
他和誰同在？獨自一人到天明！

夏天白晝長，
冬天夜茫茫。
百年之後，

歸于其居❿。　我要葬入他的墓壙！

冬之夜，　冬天夜茫茫，
夏之日。　夏天白晝長。
百歲之後，　百年之後，
歸于其室。　我要葬入他墓室！

【注　釋】❶蒙楚　覆蓋在荊樹上。❷蘞　多年生蔓草名。又名五爪龍，善攀援，夏日開黃綠色小花，結球形漿果，紫黑色，不可食。❸予美　蓋婦人指其夫也。陳奐《傳疏》曰：「婦人稱夫為美，猶稱夫謂良。」❹誰與獨處　獨處與次章「獨息」、三章「獨旦」重章互足，意謂予所美之人今與誰居乎？惟旦夕獨處獨息耳。❺域　墓地。❻角枕　方枕，四有八角，故稱。一說：以角片所飾之枕。❼錦衾　錦被。❽夏之日二句　謂夏之晝及冬之夜最長，令人難熬也。❾百歲之後　猶云死後也。委婉語。❿居　指墳墓。下章「歸于其室」之「室」同。

【研　析】此是悼亡詩之祖。詩中稱亡者為「予美」，然而古時男女皆可稱「美」，故不能據此二字遽定亡者必為妻。總觀全詩，感情極為細膩，似為女性筆墨，所悼者或為亡夫也。《詩序》曰：「〈葛生〉，刺晉獻公也。好攻戰，則國人多喪矣。」何以見得詩中亡者必為戰死？可見亦杜撰之辭也。

詩共五章，可以分為前後兩部分。前三章章句重疊，為第一部分，寫對亡夫的懷念。一、二兩章開頭，描寫葛蒙楚棘，蘞蔓野域，渲染墳地荒蕪淒涼，藉此引出對孤魂之思念。「予美亡此」二句，是主人公在墳前的喃喃自語，三章三嘆，抒發了主人公對亡夫的牽掛與割不斷之綿綿哀思。第三章「角枕粲兮」二句，睹物思人，物猶燦爛，人是孤棲，不禁傷心，發為浩嘆。後二章章句亦復重疊，寫歸骨之願。四章「夏之日，冬之夜」與五章「冬之夜，夏之日」首尾相銜，以見時光流轉，苦日無期。雖不露「思」字，卻寫出了未亡人之刻骨思念。兩章結尾反復詠唱「百歲之後」二句，表達了主人公欲與亡夫生死相伴之強烈願望。情意哀惻之至，讀之使人淚下。

此詩情意纏綣，哀婉深沉，為三百篇之抒情佳作。值得注意的是本詩通篇採用賦體，詩人抓住細緻入微的心理描寫，凸現人物真情，筆法奇峻新峭，極具藝術感染力，充分顯示賦體抒情絕不遜於比興。

【韻　讀】一章：楚、野、處，魚部。二章：棘、域、息，職部。三章：粲、爛、旦，元部。四章：夜，鐸部；居，魚部。鐸魚通韻。五章：日、室，質部。

一二 采苓

采苓❶采苓，
首陽❷之巔❸。
人之為言❹，
苟❺亦❻無信。
舍旃❼舍旃，
苟亦無然❽。
人之為言，
胡得❾焉？

采苦❿采苦，

採甘草，採甘草，
在首陽山的山頂。
別人的讒言，
決不要相信。
不理它，不睬它，
決不要信以為真。
不信別人的讒言，
他還能得到什麼呢？

採苦菜，採苦菜，

首陽之下。
人之為言，
苟亦無與⑪。
舍旃舍旃，
苟亦無然。
人之為言，
胡得焉？

采苓⑫采苓，
首陽之東。
人之為言，
苟亦無從⑬。
舍旃舍旃，

在首陽山的下面。
別人的讒言，
決不要聽信。
不理它，不睬它，
決不要信以為真。
不信別人的讒言，
他還能得到什麼呢？

採蕪菁，採蕪菁，
在首陽山的東邊。
別人的讒言，
決不要聽從。
不理它，不睬它，

苟亦無然。
人之為言，
胡得焉？

決不要信以為真。
不信別人的讒言，
他還能得到什麼呢？

【注釋】❶苓　即甘草。參見〈邶風・簡兮〉注。❷首陽　山名。又名雷首山，在今山西永濟南，與伯夷、叔齊餓死之首陽同名而異地。❸巔　山頂。❹為言　謊話；讒言。為，古「偽」字。❺苟　通「果」。誠也。❻亦　語助詞，無義。❼旃　之。參見〈魏風・陟岵〉注。❽無然　勿以為是。然，是也。❾胡得　何所得。❿苦　苦菜。⓫無與　勿聽信也。與，通「許」。⓬葑　蕪菁也。參見〈邶風・谷風〉注。⓭無從　勿聽從也。

【研析】此是勸誡勿聽讒言之詩。《詩序》曰：「刺晉獻公，獻公好聽讒焉。」雖《左傳》、《國語》、《史記・晉世家》皆記有獻公聽讒殺子事，但詩中未見確指獻公之明證，故《序》說僅能聊備一說耳。

詩共三章，形式複疊。三章首二句，分別以採苓、採苦、採葑於首陽起興。其興義解者甚多，輒逞博辯，但不盡允愜。筆者以為此興未必取義，僅為發端和定韻耳。此詩重心在後六句，陳子展曰：「自人之為言至胡得焉二十三字實為一長句。言苟無信人之偽言，捨去人之偽言而不以為然，則人之偽言何所得乎？」《詩經直解》三章大旨相同，但仍有微別。一章曰「無信」，二章曰「無與」，三章曰「無從」，層層遞進，語氣一節緊一節。

詩人以無信讒而止讒，實為簡單而行之有效的止讒良策，思想深邃，極富哲理。此詩全在說理，但「通篇以疊詞重句纏綿動聽，而姿態亦復搖曳。」（姚際恆《詩經通論》）盡顯作者駕馭文字技巧之高超。

【韻　讀】一章：苓、苓、巔、信，真部。旃、旃、然、言、焉，元部。二章：苦、苦、下、與，魚部。旃、旃、然、言、焉，元部。三章：葑、葑、東、從，東部。旃、旃、然、言、焉，元部。

秦風

秦為周平王封秦襄公之國，春秋時建都於雍（今山西鳳翔），其地在今陝西中部及甘肅東南一帶。〈秦風〉十篇，是春秋時期秦地之詩歌，既有如〈無衣〉慷慨尚勇之詩篇，也有如〈蒹葭〉纏綿之情歌。

一 車鄰

有車鄰鄰❶，
有馬白顛❷。
未見君子，
寺人❸之令❹。

馬車轔轔，
白額馬兒真英俊。
還沒見到君子面，
先讓寺人報個信。

阪❺有漆，
隰❻有栗。
既見君子，
並坐鼓瑟。
今者不樂，
逝者❼其耋❽。

阪有桑，
隰有楊。
既見君子，
並坐鼓簧❾。
今者不樂，
逝者其亡❿。

坡上有漆樹，
窪地有栗樹。
見到君子後，
一起奏瑟並肩坐。
今天不享樂，
往後將老囉。

坡上有桑樹，
窪地有楊樹。
見到君子後，
一起吹笙並肩坐。
今天不享樂，
往後將死囉。

【注釋】❶鄰鄰　車行聲。鄰，通「轔」。❷白顛　指馬額正中有塊白毛之名馬，又稱戴星馬。❸寺人　君王近侍之小臣，即後世之宦官。❹令　使令也。❺阪　山坡。❻隰　低濕之地。❼逝者　過後；往後。❽耋　八十歲。一說，七十歲。此泛指年老。❾簧　指笙。參見〈王風・君子陽陽〉注。❿亡　死亡。

【研　析】此為秦君始有車馬禮樂，秦人盛贊其樂之詩。《詩序》曰「〈車鄰〉，美秦仲也」，詩中雖無明文可證必為秦仲，但由「寺人」二字，足證君子必指秦君無疑。

詩共三章。一章言秦君車馬之盛，侍御之好，此乃求見秦君時所見情景。「寺人之令」一語，既點明「君子」之身份，又暗示自己的地位，可謂一箭雙雕。二、三兩章形式複疊，言秦君禮樂之齊備，而君臣上下歡洽無間也，此乃既見秦君之情景。「並坐」二字，寫出秦國草創時君臣真率之情態。兩章皆以「今者不樂」二句作結，言日月易逝，人生易老，與〈唐風・蟋蟀〉「今我不樂，日月其除」意同，亦古代貴族及時行樂思想之反映也，不必為尊者諱。

【韻　讀】一章：鄰、顛、令，真部。二章：漆、栗、瑟、耋，質部。三章：桑、楊、簧、亡，陽部。

二　駟驖

駟(ㄙˋ)驖(ㄊㄧㄝˇ)❶孔(ㄎㄨㄥˇ)阜(ㄈㄨˋ)❷，　四匹黑馬好高大，
六(ㄌㄨˋ)轡(ㄆㄟˋ)❸在(ㄗㄞˋ)手(ㄕㄡˇ)。　六根韁繩在手裏捏。

公❹之媚子❺，
從公于狩。

奉時辰牡❻，
辰牡孔碩❼。
公曰：「左之❽！」
舍拔❾則獲。

遊于北園❿，
四馬既閑⓫。
輶車⓬鸞鑣⓭，
載獫⓮歇驕⓯。

王公寵愛的小公子，
跟隨王公去打獵。

獸官趕出這些應時獸，
應時野獸好肥大。
王公喊道：「從左邊射牠！」
一箭發出就射中啦。

射畢在北園再遊一圈，
四匹馬動作多熟練。
駕著輕車，鑾鈴掛在馬銜邊，
車上載著長嘴和短嘴獵犬。

【注　釋】❶駟驖　四匹鐵色黑馬。❷阜　高大。❸六轡　六根韁繩。四馬當有八根韁繩，因兩匹驂馬內側韁繩拴於車箱前面軾上，故御者在手者僅六根。❹公　指秦君。❺媚子　愛子。❻奉時辰牡　謂虞人（獸官）驅趕出應時之野獸供秦君射獵。時，通「是」。此也。辰，時也。❼碩　肥大。❽左之　從禽獸的左側射殺。禽獸心臟在左，射其左可使速死。左，用作動詞。❾舍拔　發箭。舍，「捨」之古字，放也。拔，箭尾。❿北園　秦之園囿，蓋即狩獵之地。⓫閑　動作熟練。⓬輶車　輕車。此指獵車。⓭鸞鑣　繫有鸞鈴之馬銜。鸞，鸞鈴，或在衡，或在鑣，響如鸞鳥之聲。鑣，馬口旁的勒具，俗稱馬嚼子。⓮獫　長嘴獵犬。⓯歇驕　通「猲獢」。短嘴獵犬。

【研　析】此詩寫秦君率子遊獵事。《詩序》曰：「美襄公也。始命，有田狩之事，園囿之樂焉。」惟「襄公」於詩中未得其證，餘則可從。

詩共三章，詩意連貫。首章述田獵之始。言車馬盛矣，御者良矣，寵子從矣，烘托田獵之聲勢。次章述田獵之時。一、二句寫虞人驅獸助獵；三、四句寫秦君教子習射，「迅快自喜如見」（姚際恆《詩經通論》）。末章述田獵結束，描摹優遊自得之狀。「輶車鸞鑣」二句，拙樸中頗見情致。

【韻　讀】一章：阜、手、狩，幽部。二章：碩、獲，鐸部。三章：園、閑，元部。鑣、驕，宵部。

三 小戎

小戎❶俴收❷，
五楘❸梁輈❹。
游環❺脅驅❻，
陰❼靷❽鋈續❾。
文茵❿暢轂⓫，
駕我騏⓬馵⓭。
言念君子⓮，
溫其⓯如玉。
在其板屋⓰，
亂我心曲⓱。

輕型兵車車箱淺小，
曲轅上纏著五道皮條。
馬背游環滑動，脅下脅驅帶刺，
揜軓繫著靷繩，續環用白銅澆製。
虎皮坐墊，長長的車轂，
駕著我的騏馬和馵馬。
我懷念夫君，
他性情溫和有如美玉。
他遠在西戎的板房，
想他使我心亂發慌。

四牡孔阜，
六轡在手。
騏駵⑱是中⑲，
騧⑳驪㉑是驂。
龍盾㉒之合㉓，
鋈以觼軜㉔。
言念君子，
溫其在邑㉕。
方㉖何為期？
胡然㉗我念之？

俴駟㉘孔群㉙，
厹矛㉚鋈錞㉛。

四匹公馬雄糾糾，
六根轡繩握在手。
騏馬駵馬在中間，
騧馬驪馬走兩邊。
龍盾相對豎在車旁，
繫軜的觼環用白銅飾裝。
我懷念夫君，
他性情溫和駐在敵邑。
何時將是歸期？
怎麼如此叫我思念？

披著薄甲的四馬步伐協調，
三棱長矛鑲著白銅柄套。

蒙伐㉜有苑㉝，　　盾牌畫著雜色羽毛，
虎韔㉞鏤膺㉟。　　虎皮弓袋上飾有青銅刻雕。
交韔二弓㊱，　　弓袋裏兩張弓交叉安放，
竹閉㊲緄縢㊳。　　弓裏還安上竹柲用繩緊綁。
言念君子，　　我懷念夫君，
載寢載興㊴。　　他的起居讓我掛心。
厭厭㊵良人，　　安詳和順的好丈夫，
秩秩㊶德音㊷。　　他有聰明精幹好名聲。

【注釋】❶小戎　兵車之一，其形制較大戎小，故稱。大戎為將帥所乘，小戎為群臣所乘。❷俴收　謂車箱較淺。俴，淺也。收，指車箱底部四面邊框，因是束輿之木，故稱，此引申為車箱。小戎，輿深四尺四寸。❸五楘　纏束在輈端之皮革，起加固和裝飾作用，因有五道，故稱五楘。❹梁輈　指獨輈。漢以前馬車獨輈，其形制呈乙字狀，似獨木舟，又似屋梁，故稱梁輈。❺游環　又稱靷環。貫穿或接續靷繩之金屬環，置於馬體兩側脅背之間，因可游動，故名。長安張家坡西周第二號車馬坑等處曾有出土，漢畫像磚、石所示之漢車亦屢見此物。❻脅驅　一種置於服馬上防止驂馬內靠之鞁具，形如翹尾展翅之小鳥，尾部呈錐齒狀，秦始皇陵一號、二號銅車馬，在服馬脅下環帶上，外向驂馬繫有此物。❼陰　指軾前之擋板，因高於軌，故又稱揜軌。❽靷　連結車軸與馬胸之革帶，因用以助轅引車，故名。漢畫像磚、石中屢見。陰下之靷謂陰靷。❾鋈續　以白銅製作之續靷扣環。靷從輿下而出於軌前，以繫於衡，其長度不足，必以此環接續。鋈，白銅也。❿文茵　指鋪在車箱底部之褥墊，上等的茵用虎皮製作，有花紋，稱文茵。⓫暢轂　長車轂。轂是車輪中央腰鼓狀圓木，上插車輻，中空貫軸，以使兩輪直立。大車之轂一尺有半，兵車之轂長三尺二寸，故曰暢轂。暢，長也。⓬騏　紋理青黑色圓如棋子之馬。⓭馵　後左足白色之馬。⓮君子　指思婦之夫，即乘小戎者。⓯溫其　猶溫然，溫和貌。⓰板屋　西戎之俗，以板為屋。⓱心曲　心坎；內心深處。⓲駵　同「騮」。毛紅鬃黑之馬。⓳中　指服馬，即中間夾輈之馬。⓴騧　黑嘴之黃馬。㉑驪　黑馬。㉒龍盾　畫龍之盾牌。㉓合　指兩盾相對，合載車上，以為車蔽。㉔鋈以觼軜　即軜觼以鋈之倒文，謂繫軜之觼以白銅為飾也。觼，繫軜之環，其形似玦，故名。多以金屬製成，中有橫，便於繫結，置於軾前。軜，驂馬內側之轡繩。㉕邑　此指西鄙敵方之邑。㉖方　將也。㉗胡然　為何如此。參見〈鄘風・君子偕老〉注。㉘俴駟　四匹著甲之馬。俴，指薄的青銅甲。㉙群　合群。此指四匹馬動作協調。㉚厹矛　有三棱利刃之長矛。㉛錞　矛戟下端之金屬套。㉜蒙伐　畫有雜羽花紋之盾牌。蒙，覆也。伐，通「瞂」。盾也。㉝有苑　猶苑然，有文彩貌。㉞虎韔　虎皮弓袋。㉟鏤膺　指弓袋正面之青銅雕刻飾物。膺，前胸也，此指正面。㊱交韔二弓　謂兩弓顛倒藏於弓袋。必以二弓者，備壞也。㊲竹閉　約束弓弩不使變形之器，以竹製成。閉，通「柲」。㊳緄縢　謂以繩約弓，然後置於弓袋。緄，繩也。縢，約也。㊴載寢載興　蓋言君子起居之勞也。載，語助詞，猶則也。興，起也。㊵厭厭　通「懕懕」。安祥和悅貌。㊶秩秩　聰明多智貌。㊷德音　好聲譽。

【研　析】此是秦將遠征西戎，其妻思夫之詩。《詩序》曰：「〈小戎〉，美襄公也。備其兵甲以討西戎，西戎方彊而征伐不休。國人則矜其車甲，婦人能閔其君子焉。」《序》以一詩而屬兩義，姚際恆已斥其非。

詩共三章，每章十句。三章章旨相同，前六句皆詠君子服用之精良，借讚物以讚人也；後四句則抒發女主人公思念之情。三章反復詠嘆「言念君子」，其為全詩重心明矣。詩人採用鋪陳手法。每章前半章寫車馬兵械，則精雕細刻，典奧瑰麗，雖漢賦亦不能及；後半章寫思婦之情，則平易蘊藉。「一篇之中，氣候不齊，陰晴各異。」（姚際恆語）剛柔相濟，疏密相間，是本詩一大特色。

本詩章法亦頗講究。三章雖同一機軸，但仍各有側重：首章主寫兵車，次章主寫御馬，卒章主寫兵械，井然有序。顧廣譽《學詩詳說》曰：「一章言車，而『駕我騏馵』豫起次章之馬。二章言馬，而『龍盾之合』既以起卒章之兵；『鋈以觼軜』，又以蒙首章之車。三章言兵，而『俴駟孔群』復蒙上章為文。此章法錯綜之妙。」

【韻讀】一章：收、輈，幽部；驅，侯部。幽侯合韻。續、轂、馵、玉、屋、曲，屋部。二章：阜、手，幽部。中、驂，侵部。合、軜、邑，緝部。期、之，之部。三章：群、錞，文部；苑，元部。文元合韻。膺、弓、縢、興，蒸部；音，侵部。蒸侵合韻。

四 蒹葭

蒹葭❶蒼蒼❷，
白露為霜❸。
所謂伊人❹，
在水一方❺。
遡洄❻從❼之，
道阻❽且長。
遡游❾從之，
宛❿在水中央。

蒹葭淒淒⓫，

蘆葦一片蒼茫，
白露已經結成了霜。
我所說的那個人兒，
在河水的另一旁。
我逆著曲水去尋求她，
道路難走又漫長。
我逆著直流去尋求她，
她彷彿立在水中央。

蘆葦叢叢密密，

白露未晞⑫。
所謂伊人，
在水之湄⑬。
遡洄從之，
道阻且躋⑭。
遡游從之，
宛在水中坻⑮。

蒹葭采采⑯，
白露未已⑰。
所謂伊人，
在水之涘⑱。
遡洄從之，

白露還沒被曬乾。
我所說的那個人兒，
在河水的岸邊。
我逆著曲水去尋求她，
道路難走又升高。
我逆著直水去尋求她，
她彷彿立在水中的小島。

蘆葦茂盛密稠，
白露還沒乾透。
我所說的那個人兒，
在河水的灘頭。
我逆著曲水去尋求她，

道阻且右⑲。
遡游從之，
宛在水中沚⑳。

道路難走又彎曲。
我逆著直流去尋求她，
她彷彿立在水中的小洲。

【注釋】❶蒹葭　蘆葦。❷蒼蒼　茂盛貌。❸白露為霜　言時已深秋也。為，變；凝結也。❹伊人　那人。指詩人所尋覓之人。伊，那，指示代詞。❺一方　一邊。❻遡洄　逆流而上。遡，通「溯」。洄，曲水也。❼從　追隨。此猶求也。❽阻　險阻。❾游　通「流」。直流之水道。（從俞樾《群經平議》、聞一多《風詩類鈔》）❿宛　若也。⓫淒淒　猶蒼蒼也。⓬晞　曬乾。⓭湄　河邊水與草交會之處，猶云岸邊。⓮躋　升高也。⓯坻　水中小塊陸地。⓰采采　猶淒淒也。⓱已　止；乾也。⓲涘　水邊。⓳右　言迂迴也。⓴沚　猶坻。

【研析】此為情詩，詩中抒發尋覓意中人可望而不可即之惆悵。《詩序》曰：「〈蒹葭〉，刺襄公也。未能用周禮，將無以固其國焉。」離題甚遠，置之可也。

詩共三章，形式複疊。方玉潤曰：「三章只一意，特換韵耳。其實首章已成絕唱。」（《詩經原始》）三章皆以「蒹葭」起句，描繪煙波萬狀之淒清景色，為全詩烘染渺遠虛惘之意境。「所謂伊人」二句，為詩之重心。「伊人」二字，點出意中之人，但閃爍其辭，難向人說。「在水」一句，非實寫伊人所在，乃想像之辭，象徵人各一方，可望而不可即。詩本至此可了，然詩人重加「遡洄」、「遡游」，四句詩「兩番摹擬，所以寫其深企願見之狀。」（姚際恆《詩經通論》以見執著追求，鍥而不舍。三章皆以「宛在」一句結尾。一個「宛」字，便點染出若隱若現、虛無飄渺之意象，真乃「點睛欲飛，入神之筆」（姚際恆語）。

總觀全詩，以景托情，以情入景，情景相融，蘊藉雋永。本篇從頭至尾，籠罩在朦朧悠遠的情調中，堪稱朦朧詩之祖。

【韻讀】一章：蒼、霜、方、長、央，陽部。二章：淒、湄、躋、坻，脂部；晞，微部。脂微合韻。三章：采、已、涘、右、沚，之部。

五 終南

終南❶何有？
有條❷有梅❸。
君子❹至止❺，
錦衣❻狐裘。
顏如渥丹❼，
其君也哉❽！

終南山上有什麼？
有山楸，有楠木。
君王來到這裏，
狐裘外面罩上彩色錦衣。
他面色紅潤像塗了朱砂，
真是個堂堂國君呀！

終南何有？
有紀❾有堂❿。
君子至止，
黻衣⓫繡裳⓬。
佩玉將將⓭，
壽考不亡⓮！

終南山上有什麼？
有山基，有開闊的平地。
君王來到這裏，
上穿黻衣，下圍繡裳。
身上的佩玉瑲瑲作響，
祝他長壽，永不死亡！

【注釋】❶終南　山名。亦名南山、秦嶺，在今陝西西安之南。❷條　木名。即楸樹。參見〈周南・汝墳〉注。❸梅　木名。亦名枏，即今之楠木。與〈召南・摽有梅〉之梅同名異實。❹君子　蓋指秦襄公。❺止　語助詞。❻錦衣　彩色絲衣，古代諸侯之禮服。❼渥丹　塗以朱砂。此形容面色紅潤。❽其君也哉　謂容貌衣服宜稱君王也。其，語助詞。❾紀　指山基，即山之廉角。❿堂　指山上寬平之處。⓫黻衣　黑色與青色花紋相間之禮服，古代諸侯所服。⓬繡裳　五彩繡成之下衣，亦諸侯之禮服。⓭將將　猶瑲瑲，佩玉聲也。⓮壽考不亡　長壽不死。亡，死也。一說，止也，亦通。

【研析】《詩序》曰：「〈終南〉，戒襄公也。能取周地，始為諸侯受顯服，大夫美之，故作是詩，以戒勸之。」因詩中錦衣狐裘、黻衣繡裳皆為諸侯服飾，故《序》說可信。唯詩中未見戒勸之語，通篇皆頌辭也。

詩共二章，二章詩義互足，故須合看。首章「有條有梅」與次章「有紀有堂」互文，謂有條梅生於基堂之處。詩以終南象徵秦地，言其物產豐饒，建國立業之資備矣。王引之不識互文，遂從三家詩訓「紀堂」為「杞棠」，清人黃以周已駁其誤，詳見《經說略‧詩國風說下》。首章「錦衣狐裘，顏如渥丹」與次章「黻衣繡裳，佩玉將將」互文，總寫襄公服飾容貌，為全詩重心所在。兩章結句皆為稱頌之辭。

本詩雖然短小，但詩人能抓住秦襄公服飾容貌特徵，繪聲繪色，展現一代開國君主之儀容風度，字裏行間充滿自豪之氣。詩人巧妙運用互文手法，章法奇巧，頗耐玩索。

【韻讀】一章：梅、裘、哉，之部。二章：堂、裳、將、亡，陽部。

六　黃鳥

交交❶黃鳥❷，　　啾啾鳴叫的黃雀，
止于棘❸。　　落在棗樹上。
誰從❹穆公❺？　　誰跟穆公去殉葬？
子車奄息❻。　　是子車奄息。

維此奄息，
百夫之特❼。
臨其穴❽，
惴惴❾其慄❿。
彼蒼者天，
殲⓫我良人⓬。
如可贖兮，
人百其身⓭！

交交黃鳥，
止于桑。
誰從穆公？
子車仲行⓮。

只有這位奄息，
才德可與百人匹敵。
他站在墓穴邊上向下看，
恐懼得渾身顫慄。
那高高在上的老天爺，
竟殘殺了我們的大好人。
如果可以贖身，
人人願意死上百次來抵命！

啾啾鳴叫的黃雀，
落在桑樹上。
誰跟穆公去殉葬？
是子車仲行。

維此仲行，
百夫之防⑮。
臨其穴，
惴惴其慄。
彼蒼者天，
殲我良人。
如可贖兮，
人百其身！

交交黃鳥，
止于楚。
誰從穆公？
子車鍼虎⑯。

只有這位仲行，
才德可與百人相當。
他站在墓穴邊上向下看，
恐懼得渾身顫慄。
那高高在上的老天爺，
竟殘殺了我們的大好人。
如果可以贖身，
人人願意死上百次來抵命！

啾啾鳴叫的黃雀，
落在荊樹上。
誰跟穆公去殉葬？
是子車鍼虎。

維此鍼虎，百夫之禦⑰。
臨其穴，惴惴其慄。
彼蒼者天，殲我良人。
如可贖兮，人百其身！

只有這位鍼虎，才德可與百人比美。
他站在墓穴邊上向下看，恐懼得渾身顫慄。
那高高在上的老天爺，竟殘殺了我們的大好人。
如果可以贖身，人人願意死上百次來抵命！

【注釋】❶交交　鳥鳴聲也。❷黃鳥　即黃雀。參見〈周南・葛覃〉注。❸棘　酸棗樹。❹從　從死，即殉葬。❺穆公　春秋時秦國國君也。嬴姓，名任好，當時五霸之一。❻子車奄息　秦臣名。子車，氏。奄息，名。❼特　匹敵。❽穴　墓穴。❾惴惴　懼怕貌。❿慄　戰慄；發抖。⓫殲　消滅。⓬良人　善人。⓭人百其身　謂願死百次。百，百次，此作動詞。身，指替死者之身。⓮子車仲行　子車奄息之弟，名仲行。⓯防　當；比也。⓰子車鍼虎　子車仲行之弟，名鍼虎。⓱禦　抵；當也。

【研析】此是秦人為無辜殉葬之良臣子車氏三兄弟所作之輓歌。《詩序》曰：「〈黃鳥〉，哀三良也。國人刺穆公以人從死，而作是詩。」《左傳·文公六年》、《史記·秦本紀》所記略同，故朱子謂此《序》最為有據。

詩共三章，形式複疊。各章首二句皆以黃鳥起興，其興義所解不一。或以為棘、楚多刺，非黃鳥所宜止，以喻三良死非其宜。然桑木無刺，最宜黃鳥止息，此說未能自圓。或以為「棘」之言「急」，「桑」之言「喪」，「楚」之言「痛楚」。此說雖有思致，然以諧音起興為三百篇所無，恐亦後人求之過深，非詩人本意。筆者以為此興別無深意，無非為三章定韻而已，與〈唐風·采苓〉之興辭略同。中間「誰從穆公」六句，寫三良之才德及殉葬慘狀。「百夫之特」、「之防」、「之禦」，協韻換字，其意則同，言三良皆出類拔萃，為人中英傑，與下「殲我良人」呼應。「臨其穴，惴惴其慄」，真實地描寫三良殉葬時之恐懼。詩人並非以此表現三良之怯懦，而是通過此一細節描寫，控訴滅絕人性的殉葬制度之野蠻與殘忍，同時激發人們對三良不幸遭遇的深切同情。章末「彼蒼者天」四句，詩人借指蒼天，斥責秦君殘害忠良。「如可贖兮，人百其身」，各章皆以此二句結尾，表達出詩人捨身救三良之強烈願望，感人肺腑。本詩純熟地運用了誇飾、呼告、環迴等表現手法。感情真摯強烈，震撼人心，可歌可泣！

【韻　讀】一章：棘、息、息、特，職部。穴、慄，質部。天、人、身，真部。二章：桑、行、行、防，陽部。穴、慄，質部。天、人、身，真部。三章：楚、虎、虎、禦，魚部。穴、慄，質部。天、人、身，真部。

七　晨風

鴥❶彼晨風❷，
鬱❸彼北林❹。
未見君子，
憂心欽欽❺。
如何❻如何？
忘我實多！

山有苞櫟❼，
隰有六駁❽。
未見君子，

那快飛的晨風鳥，
飛回了樹木茂盛的北林。
見不到夫君，
我心裏憂愁煩悶。
怎麼啦？怎麼啦？
他忘記我實在過份！

山上有叢生的櫟樹，
窪地有斑駁的六駁樹。
見不到夫君，

憂心靡樂❾。
如何如何？
忘我實多！

山有苞棣❿，
隰有樹檖⓫。
未見君子，
憂心如醉。
如何如何？
忘我實多！

我心裏憂愁不樂。
怎麼啦？怎麼啦？
他忘記我實在太多！

山上有叢生的唐棣樹，
窪地有栽著的檖樹。
見不到夫君，
我心裏憂愁像被酒灌醉。
怎麼啦？怎麼啦？
他忘記我實在不該！

【注釋】❶鴥　鳥疾飛貌。❷晨風　猛禽名。又名鸇，似鷂，青黃色，燕頷鉤喙，疾擊鳩、鴿、燕、雀食之。晨，通「鷐」。❸鬱　草木茂盛貌。❹北林　樹林名。❺欽欽　憂思貌。❻如何　怎麼。❼苞櫟　叢生之櫟樹。櫟，又名栩，其實橡子。❽六駮　木名，葉似豫章，皮多癬駁。（從崔豹《古今注》）❾靡樂不樂。⑩棣 木名。即唐棣。參見〈召南・何彼襛矣〉注。⑪樹檖 種植之檖樹。檖，一名赤羅，一名山梨，一名楊檖，其實似梨而小。

【研 析】《詩序》謂此詩刺秦康公忘父業、棄賢臣。《詩集傳》以為婦人思夫。今觀詩辭，《序》說無明據可證，而詩中有「山有某某，隰有某某」句，為三百篇男女情詩常見套語，據此知《詩集傳》說較勝。

詩共三章，形式複疊。首章以晨風飛歸北林起興，言倦鳥知歸，夫君何不歸來？猶〈王風・君子于役〉「日之夕矣，羊牛下來」，皆觸景生情之辭。「未見君子」二句，抒寫女主人公思夫之切。「如何如何」二句，乃嗔怪之辭。疊用「如何」，表現女主人公疑慮不安之心態維妙維肖。二、三兩章，詩以山有某某，隰有某某起興，喻陰陽相配，夫婦當和也。餘則與首章大體相同。三章皆寫憂心，首章曰「欽欽」，次章曰「靡樂」，卒章曰「如醉」，層層遞進，寫出女主人公日益加深之憂思。吳闓生《詩義會通》引舊評曰：「末句蘊藉。」

【韻 讀】一章：風、林、欽，侵部。何、何、多，歌部。二章：櫟、駮、樂，藥部。何、何、多，歌部。三章：棣，質部；檖、醉，物部。質物合韻。何、何、多，歌部。

八 無衣

豈曰無衣❶？　　誰說沒有衣服？

與子同袍[2]。
王[3]于興師[4]，
脩我戈矛[5]，
與子同仇[6]！

豈曰無衣？
與子同澤[7]。
王于興師，
脩我矛戟[8]，
與子偕作[9]！

豈曰無衣？
與子同裳[10]。

我和你同穿一件戰袍。
天子下令發兵，
修好我的戈和矛，
我和你有共同的仇要報！

誰說沒有衣服？
我和你同穿一件汗衣。
天子下令發兵，
修好我的矛和戟，
我和你一起出擊！

誰說沒有衣服？
我和你同穿一條裙裳。

王于興師，　天子下令發兵，
脩我甲兵⓫，　修好我的鎧甲和兵器，
與子偕行⓬！　我和你一起上戰場！

【注釋】❶衣　指上衣。❷袍　戰袍。行軍時日為衣，夜當被。❸王　指周天子。❹興師　出兵。❺戈矛　皆長柄兵器。❻同仇　有共同之仇敵。❼澤　通「襗」。汗衣。❽戟　兵器名。與戈相似，單枝為戈，雙枝為戟。❾作　起；行動。❿裳　指下衣。⓫甲兵　鎧甲與兵器。⓬行　往。此指上戰場。

【研析】《詩序》曰：「〈無衣〉，刺用兵也。秦人刺其君好攻戰，亟用兵，而不與民同欲焉。」觀其詩辭，未見刺意，此詩情緒激越高昂，應是秦軍出征前之戰歌。詩中有「王于興師」一語，為解讀此詩之關鍵。秦為諸侯，西周時不得稱王。「王」者，周天子也。據《史記・秦本紀》載：「秦仲立三年，周厲王無道，諸侯或叛之。西戎反王室，滅犬丘大駱之族。周宣王即位，乃以秦仲為大夫，誅西戎。西戎殺秦仲。秦仲立二十三年，死於戎。有子五人，其長者曰莊公。周宣王乃召莊公昆弟五人，與兵七千人，使伐西戎，破之。」或曰此詩即記秦莊公伐西戎事，可備一說。

詩共三章，形式複疊。各章皆以反詰句「豈曰無衣」開頭，起筆突兀矯健。次句「與子同袍」、「同澤」、「同裳」，詩人以誇飾之筆法、擲地有聲之語言，突出一個「同」字，著力表現士兵同心協力戰勝困難的精神。中間「王于興師」二句切入正題。「脩我戈矛」、「矛戟」、

「甲兵」，描寫出征前緊張備戰景象，士兵摩拳擦掌之狀如現眼前。三章分別以「與子同仇」、「偕作」、「偕行」作結，與次句「同」字（「偕」亦「同」也）相呼應，詩人以飽滿之激情、凝煉之語言，表現出士兵們同仇敵愾、共赴沙場之高昂鬥志。詩之主旨在首章實已寫盡，但經過一唱三嘆，其磅礴雄渾氣勢則渲染得更加淋漓盡致。吳闓生《詩義會通》引舊評曰：「英壯邁往，非唐人出塞諸詩所能及。」

【韻讀】一章：衣，微部；師，脂部。微脂合韻。袍、矛、仇，幽部。二章：衣，微部；師，脂部。微脂合韻。澤、戟、作，鐸部。三章：衣，微部；師，脂部。微脂合韻。裳、兵、行，陽部。

九　渭　陽

我送舅氏❶，
曰❷至渭陽❸。
何以贈之？
路車❹乘黃❺。

我送舅父，
一直送到渭水北岸。
我拿什麼送給他？
一輛路車，四匹黃馬。

我送舅氏，
悠悠我思。
何以贈之？
瓊瑰❻玉佩❼。

我送舅父，
他讓我久久懷念。
我拿什麼送給他？
珍貴的寶石，我的佩玉。

【注釋】❶舅氏　舅父。❷曰　語助詞，無義。❸渭陽　渭水之北。渭，水名，流經今陝西西安。陽，指水之北岸。❹路車　古代諸侯所乘之車，其形制較大。❺乘黃　四匹黃馬。乘，四匹馬。❻瓊瑰　寶石美玉。❼玉佩　即佩玉。

【研析】此是外甥送別舅父之詩。《詩序》以為此詩為秦康公所作。康公為太子時送舅氏重耳歸國，因見舅氏而引起思念亡母之情。詩中路車乘黃等物係諸侯所宜有，與康公身份相符，故信《序》者甚眾。但畢竟並無確證，《序》說不能視為定論，存參可也。

詩共二章，重章互足，謂我送舅氏至渭陽，別後所思悠長，臨別則贈以路車乘黃、瓊瑰玉佩也。「悠悠我思」一語，歷來多以為見舅思母之辭，然此語次於「我送舅氏」之後，明為抒寫離情別緒，故《詩集傳》引或曰：「穆姬之卒不可考，此但別其舅而懷思耳。」是矣。

本詩善於截取典型素材，突出送遠、思深、贈厚三事，表達對舅氏之深厚情意，言簡意深，有條不紊。方玉潤《詩經原始》評曰：「詩格老當，情致纏綿，為後世送別之祖，令人想見攜手河梁時也。」

【韻讀】一章：陽、黃，陽部。二章：思、佩，之部。

一〇 權輿

於❶，我乎！
夏屋❷渠渠❸，
今也每食無餘。
于嗟乎！
不承❹權輿❺！

於，我乎！
每食四簋❻，
今也每食不飽。

唉，我呀！
從前住高樓大廈，
如今每頓飯都無飯菜剩下。
唉呀呀！
不能再過當年的好日子啦！

唉，我呀！
從前每餐四簋好菜，
如今每頓飯都吃不飽。

于嗟乎！　唉呀呀！
不承權輿！　不能再過當年的好日子啦！

【注釋】❶於　通「嗚」。嘆詞。❷夏屋　大屋。夏，大也。❸渠渠　高大貌。❹承　繼承；繼續。❺權輿　開始；當初。❻簋　古代食器名。圓口，圈足，有耳，方座，青銅或陶製。

【研析】此是沒落貴族自傷之詩。《詩序》曰：「〈權輿〉，刺康公也。忘先君之舊臣，與賢者有始而無終也。」唯「有始而無終」一語可取，餘皆無足信也。

詩共二章，形式複疊，重章互足。兩章意謂昔者居則夏屋，食則四簋，今也每食無飽。結句「不承權輿」，哀嘆富貴不再，流露出無可奈何花落去之傷感情緒。鄭玄不識此詩重章互足，因疑「夏屋渠渠」與「每食無餘」乖戾，遂訓「夏屋」為食具，誤矣。

詩人採用今昔對照手法，表現前後生活的極大落差，從而反映主人公內心沉重的失落感。方玉潤曰：「起似居食雙題，下乃單承，側重食一面，局法變換不測。於此可悟文法化板為活之妙。」（《詩經原始》）吳闓生引舊評曰：「低徊無限。」（《詩義會通》）

【韻讀】一章：乎、渠、餘、乎、輿，魚部。二章：簋、飽，幽部。乎、輿，魚部。

陳風

陳為周武王滅商後之封國，在今河南東部及安徽北部一帶，建都宛丘（今河南淮陽），巫風盛行，春秋後期（西元前四七八年）為楚所滅。〈陳風〉十篇，即該地之詩歌，其中以婚戀詩居多。

一 宛丘

子之湯❶兮，
宛丘❷之上兮。
洵❸有情兮，
而無望兮。

你扭擺著舞姿呀，
在那宛丘之上呀。
真是一見鍾情呀，
但是不敢指望呀。

坎其❹擊鼓，
宛丘之下。
無冬無夏，
值❺其鷺羽❻。

坎其擊缶❼，
宛丘之道。
無冬無夏，
值其鷺翿❽。

銅鼓敲得咚咚響，
在那宛丘之下。
不分冬，不分夏，
你握著鷺羽狂舞呀。

瓦盆敲得噹噹響，
在那宛丘的大路上。
不分冬，不分夏，
你握著鷺翿狂舞呀。

【注釋】❶湯　通「蕩」。搖蕩，形容舞姿。❷宛丘　四周高中央低之圓形高地。一說：丘名，在陳國都城南三里。❸洵　誠然；確實。❹坎其　猶坎坎。象聲詞。其，語助詞。❺值　持也。❻鷺羽　指用鷺鳥羽毛製成之舞具，亦稱翳，舞時執以掩翳其身。❼缶　瓦盆。古人擊以節樂。❽鷺翿　即鷺羽。

【研析】《漢書・地理志下》曰：「陳國，今淮陽之地……婦人尊貴，好祭祀，用史巫，故其俗巫鬼。〈陳詩〉曰：『坎其擊鼓，宛丘之下。亡冬亡夏，值其鷺羽。』又曰：『東門之枌，宛丘之栩。子仲之子，婆娑其下。』此其風也。」此詩為一位暗戀史巫者所作，其詩旨與〈邶風・簡兮〉相似。詩中之「子」（史巫）是男是女，難以確定。今以〈王風・君子陽陽〉「君子陶陶，左執翿」推之，此執翿之史巫或為男子。《詩序》蓋以「子之湯」之「湯」為遊蕩之義，故曰：「〈宛丘〉，刺幽公也。淫荒昏亂，遊蕩無度焉。」恐與詩旨不切。「刺幽公」云云，尤為無據。

詩共三章。首章描寫史巫優美舞姿，並抒發女主人公一見傾心之情。二、三兩章形式複疊，反復抒寫史巫不分寒暑，熱烈狂舞。看似白描寫實，愛意盡含其中。

【韻讀】一章：湯、上、望，陽部。二章：鼓、下、夏、羽，魚部。三章：缶、道、翿，幽部。

二 東門之枌

東門之枌❶，
宛丘之栩❷。
子仲❸之子❹，

東門有白榆，
宛丘有櫟樹。
子仲家的女兒，

婆娑❺其下。
穀旦于差❻,
南方之原❼。
不績❽其麻,
市也婆娑。
穀旦于逝❾,
越以❿鬷邁⓫。
視爾如荍⓬,
貽我握椒⓭。

在樹下翩翩起舞。
找一個明媚的早晨,
去南方的平原。
撂下那手中搓的麻,
去鬧市呀舞它一圈。
在明媚的早晨出發,
我們相會一道走。
看你美得像朵錦葵花,
你送我花椒一大把。

【注釋】❶枌　木名。即白榆樹。❷栩　櫟樹。參見〈唐風・鴇羽〉注。❸子仲　氏名。❹子　指女兒。❺婆娑　盤旋舞蹈貌。❻穀旦于差　差于穀旦之倒文,謂擇良辰也。(從黃焯《毛詩鄭箋平議》)穀,善也。

于，語助詞。差，擇也。❼原　高而平之地。❽績　緝麻；將麻絲搓成線。❾逝　往也。❿越以　猶於以，語助詞。⓫鬷邁　同行也。鬷，會聚也。⓬荍　植物名，亦名荊葵、錦葵，花大如五銖錢，粉紅色，有紫縷文。⓭椒　花椒。此作表示愛情之信物。

【研　析】此是男女相悅之詩。此詩與上篇〈宛丘〉，皆生動展現了陳地獨特的民俗風情。《詩序》曰：「〈東門之枌〉，疾亂也。幽公淫荒，風化之所行，男女棄其舊業，亟會於道路，歌舞于市井爾。」詩中固有男女會於道路、舞於市井之句，此其民俗之寫照耳，歸咎於幽公淫荒，其迂腐穿鑿，不值一駁。

詩共三章，二、三兩章形式複疊。前二章皆摹寫子仲之女善舞，詩人愛慕之意深藏不露，直至末章結尾二句「視爾如荍，貽我握椒」方始寫出兩情相悅，畫龍點睛，頓覺飛動。

詩人刻畫人物，有血有肉，形神兼備。首章「婆娑其下」一句，以富有動感之詞語，描摹翩躚舞姿；二章「不績其麻」一句，寫女子陶醉於舞蹈、廢寢忘食，極為傳神；三章「貽我握椒」一句，由表及裏，又展現出女子柔情如水之內心世界。似是信手拈來，皆成生花妙筆！

子仲之子是男是女，歷來聚訟紛紜。王先謙《詩三家義集疏》引黃山曰：「『婆娑其下』與『市也婆娑』即是一人。下章言『不績其麻』，則『子仲之子』亦猶『齊侯之子』、『蹶父之子』，明是女子。《箋》因《毛序》云『男女棄其舊業』，遂以『之子』為男子，非也。」此論鞭辟入裏，故錄以存參。

【韻　讀】一章：栩、下，魚部。二章：差、麻、娑，歌部；原，元部。歌元通韻。三章：逝、邁，月部。莪、椒，幽部。

三 衡門

衡門❶之下，
可以棲遲❷。
泌❸之洋洋❹，
可以樂飢❺。

豈其❻食魚，
必河之魴❼？
豈其取妻，
必齊之姜❽？

橫根木頭便當門，
下面一樣可藏身。
清泉嘩嘩地流淌，
可以用它充飢腸。

難道吃魚，
一定要黃河產的鯿魚？
難道娶妻，
一定要齊國姜姓閨女？

豈其食魚，
必河之鯉？
豈其取妻，
必宋之子❾？

難道吃魚，
一定要黃河產的鯉魚？
難道娶妻，
一定要宋國子姓閨女？

【注釋】❶衡門　橫木為門，言淺陋也。衡，同「橫」。❷棲遲　棲身；止息。❸泌　泉水。❹洋洋　水盛貌。參見〈衛風・碩人〉注。❺樂飢　治療飢餓。樂，通「療」。❻其　語助詞。❼魴　即鯿魚。參見〈周南・汝墳〉注。❽姜　齊國貴族之姓。此指姜姓貴族之女。❾子　宋國貴族之姓。此指子姓貴族之女。

【研　析】此詩詩旨甚明。《詩集傳》曰：「此隱居自樂而無求者之詞。」是也。《詩序》曰：「〈衡門〉，誘僖公也。願而無立志。故作是詩以誘掖其君也。」離題過遠，不知所據。方玉潤曰：「夫僖公，君臨萬民者也，縱願而無立志，誘之以政焉而進於道也可，奈何以無求於世之志勸之？豈非所誘反其所望乎？」（《詩經原始》）所駁甚當。

詩共三章，二、三兩章形式複疊。通篇採用比喻手法。一章以「衡門」喻陋室，以「泌」水喻薄飲，言居無求安，飲無求甘。二、三兩章以「魴」、「鯉」喻美食，以「齊姜」、「宋子」喻貴妻，言食不必美、妻不必貴。二章意脈相通，詩人分別以居、飲、食、色四事抒發其超然物外之恬淡心志。本詩意蘊曠達深邃，比喻生動貼切，二、三兩章連用四個反詰句，排比複沓，增強了詩歌的氣勢和節奏。吳闓生《詩義會通》引舊評曰：「此等作非真有胸襟不能貌襲。」

【韻讀】一章：遲、飢，脂部。二章：魴、姜，陽部。三章：鯉、子，之部。

四 東門之池

東門之池❶，　　東門外的護城河，
可以漚❷麻。　　可以浸泡大麻。
彼美淑姬❸，　　那位美麗的好姑娘，
可與晤❹歌。　　可以和她對歌。

東門之池，　　東門外的護城河，
可以漚紵❺。　　可以浸泡紵麻。
彼美淑姬，　　那位美麗的好姑娘，

可與晤語。　　可以和她當面說說話。

東門之池，　　東門外的護城河，
可以漚菅❻。　可以浸泡菅草。
彼美淑姬，　　那位美麗的好姑娘，
可與晤言。　　可以和她面對面聊一聊。

【注　釋】❶池　指護城河。❷漚　久浸。治麻必浸泡之使柔韌。❸淑姬　猶淑女、賢女。姬本黃帝之姓，此代稱美女。❹晤　對也。❺紵　即苧麻，麻之一種。❻菅　草名。似茅而滑澤，柔韌宜為繩索。

【研　析】此是男欲會女之情詩。朱子之說是也。《詩序》曰：「〈東門之池〉，刺時也。疾其君子淫昏，而思賢女以配君子也。」附會之辭，不足為信。

詩共三章，形式複疊。首章「東門之池」二句，《詩集傳》曰：「蓋因其所會之地，所見之物，以起興也。」漚麻須投麻入水，晤歌亦須兩情兩投，聯想自然而微妙。「彼美淑姬」二句，詩之正意所在。一個「晤」字，便寫出男女相會之親昵情態。二、三兩章與首章章旨相同，唯因協韻之故，「麻」字換成「紵」、「菅」，「歌」字換成「語」、「言」。詩人一唱三嘆，盡情抒發愛慕之意。吳闓生《詩義會通》引舊評曰：「愈淡愈妙。」

【韻讀】一章：池、麻、歌，歌部。二章：紵、語，魚部。三章：菅、言，元部。

五　東門之楊

東門之楊，
其葉牂牂❶。
昏❷以為期❸，
明星❹煌煌❺。

東門之楊，
其葉肺肺❻。
昏以為期，

東門外的白楊，
它的樹葉多麼肥壯。
約定相會在黃昏，
現在啟明星已經閃閃發光。

東門外的白楊，
它的樹葉多麼豐茂。
約定相會在黃昏，

明星晢晢❼。　　現在啟明星已在東方照耀。

【注　釋】❶牂牂　茂盛貌。❷昏　黃昏。❸期　指約定之時間。❹明星　指啟明星，天將明時出現於東方。❺煌煌　明亮貌。❻肺肺　通「芾芾」。茂盛貌。❼晢晢　猶煌煌也。

【研　析】《詩集傳》謂「此亦男女期會而有負約不至者」之詩，是也。《詩序》曰：「〈東門之楊〉，刺時也。昏姻失時，男女多違。親迎，女猶有不至者也。」因詩中有「昏以為期」一語，即可據以推定朱氏之說不誤，故知《序》說之非也。

詩共二章，每章四句，形式複疊。此詩短小，且各章四句竟有三句描寫景物，故方玉潤曰：「玩其詞頗奇奧，隱約難詳。」但反復涵詠，發現「昏以為期」一語應為男女相約之辭無疑，則全詩可以豁然貫通。各章起首「東門之楊」二句，述相約之地與景也。「昏以為期」一句，述相約之時也。末句最妙，「明星煌煌」（「明星晢晢」）描寫天色將明之景象，暗示赴約者通宵達旦望穿秋水，其癡情、焦灼、慍怒、無奈……種種情態，任憑想像。

【韻　讀】一章：牂、煌，陽部。二章：肺、晢，祭部。

六　墓　門

墓門❶有棘，　　墓門外面有酸棗樹，

斧以斯❷之。
夫❸也不良，
國人知之。
知而不已❹，
誰昔然矣❺。

墓門有梅，
有鴞❻萃❼止。
夫也不良，
歌❽以訊❾之。
訊予❿不顧，
顛倒⓫思予。

拿把斧頭去砍除。
那個人呀心不好，
全國百姓都知道。
知道他壞仍不改，
還像從前一樣壞。

墓門外面有梅樹，
貓頭鷹在枝頭落。
那個人呀心不好，
作首詩歌相勸告。
勸他他也不理睬，
栽了筋斗，才會想起我來。

【注釋】❶墓門　陳國城門名。一說：墓道之門。❷斯　劈；砍也。❸夫　猶彼也，指作者所刺之人。❹已　止也。❺誰昔然矣　謂像從前一樣。誰昔，猶疇昔，從前。然，這樣。❻鴞　鳥名。即貓頭鷹，古人視為惡鳥。❼萃　集；止息也。❽歌　指詩歌，即此詩也。❾訊　通「誶」。諫；告也。❿訊予　予訊之倒文。訊，勸告也。⓫顛倒　顛覆；破滅也。

【研析】此是刺不良者之詩。《詩序》曰：「〈墓門〉，刺陳佗也。陳佗無良師傅，以至于不義，惡加于萬民焉。」陳佗者，陳桓公庶弟也。桓公病危，殺太子免。桓公死後，自立為君，國遂大亂，終為蔡國所殺。此詩雖未明言陳佗，因有「國人知之」一語，知其所刺乃當權之顯貴，《序》說或有所據。所謂「無良師傅」云云，蓋因誤解「夫也不良」之「夫」為傅相所致，甚無謂也。

詩共二章，形式複疊。首章言國人皆知其惡猶不知悔改。次章言雖作歌以諫亦置之不理。總言其怙惡不悛也。首章以以斧伐棘起興，次章以有鴞止梅起興，棘、鴞皆喻此不良之人，國之有惡人，猶墓門有棘鴞，皆當速除之。各章「夫也不良」四句，一句一折，一折一進。首章「國人知之，知而不已」，次章「歌以訊之，訊予不顧」，皆首尾相啣，前浪逐後浪，為修辭上的頂針格。

【韻讀】一章：斯、知，支部。已、矣，之部。二章：萃、訊（誶），物部。顧、予，魚部。

七 防有鵲巢

防❶有鵲巢？
邛❷有旨苕❸？
誰侜❹予美❺？
心焉忉忉❻。

中唐❼有甓❽？
邛有旨鷊❾？
誰侜予美？
心焉惕惕❿。

堤岸上怎會有鵲巢？
土丘上怎會有美味的苕草？
誰在欺騙我心愛的人？
讓我心裏憂愁煩惱。

中庭的路上怎會有磚瓦？
土丘上怎會有美味的綬草？
誰在欺騙我心愛的人？
讓我心裏憂愁苦惱。

【注釋】❶防　堤防。❷邛　土丘。❸苕　豆科植物名。又名苕饒、紫雲英，蔓生，其莖葉可食。❹侜欺誑。❺予美　我之所愛。❻忉忉　憂愁貌。❼中唐　中庭之道路。中，指中庭，在堂之下，門之內。唐，堂塗，即堂下至門之道路。❽甓　磚。❾鷊　通「虉」。草名，又名綬草、盤龍參，莖直立，夏間開紫紅色穗狀小花。❿惕惕　猶忉忉也。

【研析】此是憂讒人離間所愛之詩。《詩序》曰：「〈防有鵲巢〉，憂讒賊也。宣公多信讒，君子憂懼焉。」除首句「憂讒賊也」以外，餘皆無據之辭也。

詩共二章，形式複疊。鵲築巢於木而不於防；苕、虉生於下濕之地而不於丘；甓於屋而不於中唐。兩章首二句，皆以反常荒謬之事喻讒言之無中生有。後二句詩人譴責離間所愛之讒人，並抒發其憂懼之心，為全詩之重心所在。吳闓生《詩義會通》引舊評曰：「非必真有侜之者，寫柔腸曲盡。」

【韻讀】一章：巢、苕、忉，宵部。二章：甓、鷊、惕，錫部。

八　月出

月(ㄩㄝˋ)出(ㄔㄨ)皎(ㄐㄧㄠˇ)❶兮(ㄒㄧ)，
佼(ㄐㄧㄠˇ)人(ㄖㄣˊ)❷僚(ㄌㄧㄠˊ)❸兮(ㄒㄧ)。
舒(ㄕㄨ)❹窈(ㄧㄠˇ)糾(ㄐㄧㄠˇ)❺兮(ㄒㄧ)，

月兒出來多明亮啊，
月下美人更漂亮啊。
舉止從容身姿輕柔啊，

勞心❻悄❼兮！ 想得我心裏好發愁啊！

月出皓兮， 月兒出來多潔白啊，
佼人懰兮。 月下美人更嫵媚啊。
舒懮受兮， 舉止從容身姿嬌美啊，
勞心慅兮！ 想得我心裏好生煩啊！

月出照兮， 月兒出來四方照啊，
佼人燎❽兮。 月下美人更俊俏啊。
舒夭紹兮， 舉止從容身姿苗條啊，
勞心慘❾兮！ 想得我心裏好煩躁啊！

【注釋】❶皎 潔白光明。二章「皓」字義同。❷佼人 美人。佼，同「姣」。❸僚 通「嫽」。美好貌。二章「懰」字義同。❹舒 緩。指舉止舒緩閒雅。❺窈糾 疊韻連綿詞。形容女子體形苗條、步態柔美貌。

二章「懮受」、三章「夭紹」義並同。❻勞心　憂心。❼悄　憂愁貌。二章「慅」字義同。❽燎　通「嫽」。美好貌。❾慘　當作「懆」。（從朱熹《詩集傳》）懆，憂愁煩躁貌。

【研　析】此是月下懷人之情詩。《詩集傳》謂「此亦男女相悅而相念之辭」，近之。詩中無一字有淫意，《詩序》竟以為「刺好色也」，亦鑿空之言耳。

詩共三章，形式複疊。每章四句，皆以「月出」一句起興，抒寫月光皎潔；「佼人」二句，抒寫月下美人儀容之美；章末「勞心」一句，抒發思而不得之憂思。

此詩通篇虛寫，意境朦朧幽雋。詩人著筆空靈，借朦朧之月色，以朦朧之語言，寫月下情人朦朧之美，於有無之間會其神韻。「但覺其仙姿搖曳，若隱若現，不可端倪。」（陳子展《詩經直解》）詩人於三章中分別採用「窈糾」、「懮受」、「夭紹」三個義同字異連綿詞，抒寫佼人綽約風姿，風格獨特。本詩句句用韻，且第三句上一字單，下二字雙，與前後句上二字雙，下一字單正相錯綜，韻律極為優美。「已開晉唐幽峭一派。」（方玉潤語）

此詩開見月懷人詩之先河。明人焦竑《焦氏筆乘》曰：「〈月出〉，見月懷人，能道意中事。太白〈送祝八〉：若見天涯思故人，浣溪石上窺明月。子美〈夢太白〉：落月滿屋梁，猶疑見顏色。常建〈宿王昌齡隱處〉：松際露微月，清光猶為君。王昌齡〈送馮六元二〉：山月出華陰，開此河渚霧。清光比故人，豁然展心悟。此類甚多，大抵出自〈陳風〉也。」

【韻　讀】一章：皎、僚、悄，宵部；糾，幽部。宵幽合韻。二章：皓、懰、受、慅，幽部。三章：照、燎、紹、慘（懆），宵部。

九 株林

「胡為乎株林❶？」
「從夏南❷兮！」
「匪❸適株林，
從夏南兮！」

駕我❹乘馬❺，
說❻于株野❼。
乘❽我乘駒❾，
朝食❿于株。

「為什麼去株邑郊外？」
「是跟夏南玩呀！」
「不是去株邑郊外，
跟夏南玩呀！」

駕著我的四匹馬，
停在株邑的郊野。
駕著我的四匹駒，
趕到株邑吃早飯。

【注釋】❶胡為乎株林　為何去株邑之郊外。胡，何也。乎，於，介詞。「乎」上省動詞「適」字。株，夏氏之食邑，在今河南西華夏亭鎮北。林，遠郊也。❷夏南　夏姬之子夏徵舒之字。❸匪　通「非」。❹我指陳靈公。二章摹擬靈公口吻，以第一人稱敘述。❺乘馬　四匹馬，古以四馬拉車。乘，四也。參見〈鄭風・大叔于田〉注。❻說　止息。❼株野　猶株林。❽乘　駕也。❾駒　高五尺以上之馬。參見〈周南・漢廣〉注。乘駒猶上章之乘馬，換字協韻耳。❿朝食　吃早飯。朝，早也。

【研　析】此是刺陳靈公與夏姬淫亂之詩。《詩序》曰：「〈株林〉，刺靈公也。淫乎夏姬，驅馳而往，朝夕不休息焉。」夏姬乃陳大夫夏御叔之妻，生子夏徵舒，字子南。夏姬貌美，陳靈公與大夫孔行、儀行父皆與之私通。後因肆意羞辱夏徵舒，靈公被徵舒射殺。事見《左傳》宣公九年、十年、十一年。靈公被殺於魯宣公十年，即西元前五九九年。詩應作於此前。因《詩序》與詩辭、史實皆合，故朱子《辨說》曰：「〈陳風〉獨此篇為有據。」

詩共二章。首章四句，前二句設為國人問，靈公答。「從夏南兮」為靈公掩人耳目之託辭耳。後二句作一句讀，設為國人反駁之辭，言靈公適株，非從夏南遊也。一針見血，揭穿靈公謊言，刺意亦已在言外。次章以靈公自述口吻，寫其「淫乎夏姬，驅馳而往，朝夕不休息焉」。靈公宣淫無忌之情躍然紙上，無可遁形。

詩中多閃爍其辭，描摹陳靈公忸怩作態、欲蓋彌彰極為傳神。姚際恆《詩經通論》曰：「首章詞急迫，次章承以平緩，章法絕妙。曰『株林』、曰『株野』、曰『株』，三處亦不雷同。『說于株野』、『朝食于株』兩句，字法亦參差。短章無多，能曲盡其妙。」

【韻　讀】一章：林、南、林、南，侵部。二章：馬、野，魚部。駒、株，侯部。

一〇 澤陂

彼澤❶之陂❷，
有蒲❸與荷❹。
有美一人，
傷❺如之何？
寤寐❻無為❼，
涕泗❽滂沱❾。

彼澤之陂，
有蒲與蕑❿。
有美一人，

在那池塘的堤岸邊，
長著蒲草和荷葉。
有個俊美的人兒，
我怎能見他一面？
日夜想他，啥都不想做，
眼淚鼻涕，如大雨飄落。

在那池塘的堤岸旁，
長著蒲草和蓮蓬。
有個俊美的人兒，

碩大且卷⓫。　身材高大，相貌堂堂。
寤寐無為，　日夜想他，啥都不想做，
中心悁悁⓬。　心中煩躁，悶悶不樂。

彼澤之陂，　在那池塘的堤岸下，
有蒲菡萏⓭。　長著蒲草和荷花。
有美一人，　有個俊美的人兒，
碩大且儼⓮。　身材高大，儀態端莊。
寤寐無為，　日夜想他，啥都不想做，
輾轉⓯伏枕。　翻來覆去，伏在枕頭上。

【注釋】❶澤　池沼。❷陂　堤岸。❸蒲　水草名。莖可織蓆。❹荷　指荷葉。❺傷　通「陽」、「卬」。我也。一說：思也。❻寤寐　謂醒時或睡著，猶云夢寐也。❼無為　無所作為。❽涕泗　眼淚和鼻涕。涕，淚也。❾滂沱　大雨貌，此形容涕泗之多。❿蕑　指蓮蓬。⓫卷　通「婘」。美好貌。⓬悁悁　憂鬱貌。

⑬菡萏　荷花。⑭儼　莊重。⑮輾轉　翻來覆去。參見〈周南・關雎〉注。

【研　析】《詩經原始》曰：「〈澤陂〉，傷所思之不見也。」是也。三百篇「美人」可稱男，「碩大」可狀女，故詩中「美人」或以為男，或以為女。「涕泗滂沱」一語，蓋為狀女子之辭，故可推測本篇當為女思男之作矣。《詩序》曰：「刺時也。言靈公君臣淫於其國，男女相說，憂思感傷焉。」惟末二語可參，餘皆無據。

詩共三章，形式複疊。三章一意，皆寫女子思之不得之傷感。首章曰「涕泗滂沱」，次章曰「中心悁悁」，末章曰「輾轉伏枕」，真乃「憂愈深而人轉靜」（陳子展語）之生動寫照。《詩集傳》曰：「此詩大旨與〈月出〉相類。」但二詩風格迥異：〈月出〉朦朧而委婉，〈澤陂〉明朗而直截。詩人極善描摹人物情態，「傷如之何」寫初戀少女之激動與羞澀；「涕泗滂沱」，寫無可告訴而悲從心來；「中心悁悁」，寫思而不得之鬱鬱寡歡；「輾轉伏枕」，寫憂思牢愁，固結不解；尤其是「寤寐無為」一語，三章反復詠嘆，將少女寢食不安、百無聊賴之狀，寫得栩栩如生，維妙維肖，呼之欲出！

【韻　讀】一章：陂、荷、何、為、沱，歌部。二章：蕑、卷、悁，元部。三章：萏、枕，侵部；儼，談部。侵談合韻。

檜風

檜為西周分封之諸侯國。妘姓，故地在今河南省密縣東北，春秋初年（西元前七六九年）為鄭所滅。〈檜風〉四篇，即該地之詩歌。〈匪風〉為春秋初年之作，其餘三篇當為西周作品。

一　羔裘

羔裘❶逍遙❷，
狐裘❸以朝。
豈不爾思？
勞心忉忉❹。

你穿著羔裘去遊樂，
你換上狐裘去上朝。
難道不想念你？
你讓我心裏好煩惱。

羔裘翱翔❺，　　你穿著羔裘去遊逛，
狐裘在堂❻。　　你換上狐裘在公堂。
豈不爾思？　　難道不想念你？
我心憂傷。　　你讓我心裏好憂傷。

羔裘如膏❼，　　羔裘像油膏有光澤，
日出有曜❽。　　太陽一照閃銀光。
豈不爾思？　　難道不想念你？
中心是悼❾。　　你讓我心裏好哀傷。

【注釋】❶羔裘　羔羊皮所製之裘衣。古代諸侯、卿、大夫之服，多在退朝休閑時穿著。❷逍遙　遊樂。❸狐裘　狐狸皮所製之裘衣。古代諸侯之朝服。❹忉忉　憂愁貌。參見〈陳風・防有鵲巢〉注。❺翱翔　猶逍遙。❻堂　公堂。❼如膏　如脂膏一般潤澤鮮亮。❽有曜　猶曜然，光明貌。曜，光也。有，語助詞。❾悼　哀傷。

【研析】此是女子向一位貴族訴衷情之詩。詩旨與〈王風・大車〉相類。《詩序》曰：「〈羔裘〉，大夫以道去其君也。國小而迫，君不用道，好絜其衣服，逍遙遊燕，而不能自強于政治，故作是詩。」詩中三複「豈不爾思」，豈「去其君」者所宜詠哉？《序》說之鑿明矣。

詩共三章，形式複疊。三章一意，各章前二句皆寫裘衣之美盛，後二句抒發己之憂思。詩中刻劃人物，唯寫服飾之美盛，不及其他，而風流倜儻之狀已躍然紙上。末章寫羔裘之美，不言狐裘，而狐裘之美亦已可知。詩人用筆精煉，耐人玩味。

【韻讀】一章：遙、朝、忉，宵部。二章：翔、堂、傷，陽部。三章：膏，宵部；曜、悼，藥部。宵藥通韻。

二 素冠

庶❶見素❷冠兮，
棘人❸欒欒❹兮，
勞心慱慱❺兮。

希望見到戴白冠的你啊，
你面容清瘦身體單薄啊，
我心裏憂愁悶悶不樂啊。

庶見素衣兮，
我心傷悲兮，
聊❻與子同歸兮。

庶見素韠❼兮，
我心蘊結❽兮，
聊與子如一❾兮。

希望見到穿白衣的你啊，
你讓我想得好傷心啊，
我願和你一起回去成親啊。

希望見到繫白韠的你啊，
你讓我想得憂思鬱積啊，
我願和你結合為一啊。

【注釋】❶庶　幸也。希冀之詞。❷素　白色。❸棘人　瘦瘠之人。棘，通「瘠」。❹欒欒　瘦瘠貌。欒，通「臠」。❺慱慱　憂愁貌。❻聊　願也。❼韠　即蔽膝。古代官服之飾，以皮革製成，形如圍裙，繫於腰間。❽蘊結　憂思不解。❾如一　謂相結合如一人。

【研析】此亦懷人之作。詩人懷戀一位素衣官員，並願與之結合。《詩序》以素衣冠為喪服，故謂此詩刺服喪不能三年者。其實先秦大夫常服亦服素，故姚際恆《詩經通論》舉十證力駁《序》說，並曰：「此詩本不知指何事何人，但『勞心』、『傷悲』之詞，『同歸』、『如一』之語，或如諸篇以為思君子可，以為婦人思男亦可；何必泥『素』之一字，遂迂其說以為『刺不能三年』乎！」其說甚當。

詩共三章，二、三兩章形式複疊。首章述所懷者之服飾、形體、心情。舊以「棘人欒欒」二句屬詩人，但首章三句文勢直下，似應指素冠者為宜。二、三兩章一意，皆述不見所愛之惆悵憂傷，並表示願與之結合。姚際恆曰：「『素冠』者，指所見其人而言；因素冠而及衣、韠，即承上『素』字，以『衣』、『韠』為換韻：不必泥也。」

【韻讀】一章：冠、欒、慱，元部。二章：衣、悲、歸，微部。三章：韠、結、一，質部。

三　隰有萇楚

隰有萇楚❶，
猗儺❷其枝。
夭❸之沃沃❹，
樂❺子❻之無知❼。

窪地上長著羊桃樹，
枝兒彎彎隨風輕搖。
又嫩又美有光澤，
我真羨慕你沒有知覺。

隰有萇楚，

窪地上長著羊桃樹，

猗儺其華❽。	花兒朵朵迎風招展。
夭之沃沃，	又嫩又美有光澤，
樂子之無家❾。	我真羨慕你沒有妻兒牽絆。
隰有萇楚，	窪地上長著羊桃樹，
猗儺其實。	果兒累累掛滿樹梢。
夭之沃沃，	又嫩又美有光澤，
樂子之無室。	我真羨慕你沒有妻兒煩惱。

【注　釋】❶萇楚　木名。即羊桃、獼猴桃，藤本蔓生植物，果實酸甜。❷猗儺　同「婀娜」。輕盈柔美貌。❸夭　嫩美貌。❹沃沃　光澤貌。❺樂　喜；羨也。❻子　指萇楚。❼知　知覺。一說：知道，與下「家」、「室」互文。❽華　同「花」。❾家　指妻室。下章「室」字同。

【研　析】此是貧窶者不堪家庭重負之詩。《詩序》曰：「〈隰有萇楚〉，疾恣也。國人疾其君之淫恣，而思無情慾者也。」《詩集傳》曰：「政煩賦重，人不堪其苦，嘆其不如草木之無知而無憂也。」二說文辭雖異，大旨則同。

詩共三章，形式複疊。各章四句，皆嘆美萇楚美盛而無憂，詩之重心皆在末一句。鍾惺曰：「此詩更不必說自家苦，只羨萇楚之樂，而意自深矣。凡苦之可言者，非其至也。」或疑「子」指萇楚，則「無家」「無室」語意難通，不知此詩乃採用擬人手法寄情之作也。

「猗儺」一詞，《傳》《箋》皆訓「柔順」，王引之謂「華」、「實」不得言柔順，故訓「猗儺」為「美盛之貌」（說詳《經義述聞》）。其實三百篇固有篇中文辭前後相襲之例，如〈衛風・木瓜〉「木桃」、「木李」之類，不可以文害辭。王氏之說恐非的論。

【韻讀】一章：枝、知，支部。二章：華、家，魚部。三章：實、室，質部。

四　匪風

匪❶風發❷兮，　　那風刮得啪啪的響啊，
匪車偈❸兮。　　那車跑得呼呼的快啊。
顧瞻周道❹，　　回頭瞻望通周的大道，
中心怛❺兮！　　心中真憂傷啊！

匪風飄❻兮，
匪車嘌❼兮。
顧瞻周道，
中心弔❽兮！
誰能亨❾魚？
溉❿之⓫釜鬵⓬。
誰將西歸⓭？
懷⓮之好音⓯。

那風打著轉啊，
那車不停地向前趕啊。
回頭瞻望通周的大道，
心中真悲傷啊！
誰能烹煮鮮魚？
我就替他刷鍋。
誰將回歸西土？
我要贈言為他祝福。

【注釋】❶匪　通「彼」。❷發　即發發，象聲詞。❸偈　即偈偈，疾驅貌。❹周道　通周之大道。❺怛　憂傷。❻飄　旋風貌。❼嘌　即嘌嘌，疾驅貌。❽弔　悲傷。❾亨　古「烹」字。❿溉　洗滌。⓫之　猶其也。⓬釜鬵　皆鍋也，鬵大而釜小。⓭西歸　回歸西方，即歸於周也。檜在周之東。⓮懷　贈也。⓯好音　好話。蓋指祝禱平安之語。

【研　析】《詩集傳》曰：「周室衰微，賢人憂嘆而作此詩。」所謂「衰微」，蓋指犬戎侵鎬，幽王被殺，周室危亂。《詩序》曰：「思周道也。國小政亂，憂及禍難，而思周道焉。」此蓋因誤解「周道」一詞，以為此詩寫檜國政亂，思得天子治理國政，然與「顧瞻周道，中心怛兮」傷周之情不洽矣。

詩共三章，前二章形式複疊，末章變調。前二章首二句皆以烈風疾車起興，起筆極陡，氣氛緊張急促，暗示周室危亂。「顧瞻周道」二句，抒寫詩人遙望周京、憂傷忐忑之心情。末章以替烹魚者溉釜，興為西歸者贈言。「誰將西歸」二句，抒寫詩人心繫故國，思歸不得之情。哀婉沉鬱，情真意切。

【韻　讀】一章：發、偈、怛，月部。二章：飄、嘌、弔，宵部。三章：鬵、音，侵部。

曹風

曹為周武王弟叔振鐸之封國，在今山東西部，建都陶丘（今山東定陶西南），春秋末年（西元前四八七年）為宋所滅。〈曹風〉四篇，即該地之詩歌。

一 蜉蝣

蜉蝣❶之羽，
衣裳楚楚❷。
心之憂矣，
於❸我歸處❹！

蜉蝣的羽翅，
像鮮明透亮的衣服。
心裏憂愁呀，
唉！我不如回家去住！

蜉蝣之翼，
采采❺衣服。
心之憂矣，
於我歸息！

蜉蝣掘閱❻，
麻衣❼如雪。
心之憂矣，
於我歸說❽！

蜉蝣的翅膀，
像美麗的衣裳。
心裏憂愁呀，
唉！我不如回家躺躺！

蜉蝣穿土而出，
像穿上雪白的麻衣。
心裏憂愁呀，
唉！我不如回家休息！

【注釋】❶蜉蝣　蟲名。又名渠略、聶蟟，有半透明羽翼，生糞土中，朝生暮死。❷楚楚　鮮明貌。❸於　通「嗚」。嘆詞。❹歸處　回家休息。下章「歸息」同義。❺采采　美盛貌。❻掘閱　謂穿穴而出也。閱，通「穴」。❼麻衣　即深衣。古代諸侯、大夫、士日常所穿之衣，上衣與下裳相連，以麻布縫製。❽歸說　猶歸處。說，車止息也，此泛指止息。

【研　析】此是刺曹國君臣奢慢、並深憂國運之詩。《詩序》曰：「〈蜉蝣〉，刺奢也。昭公國小而迫，無法以自守，好奢而任小人，將無所依焉。」近是。「昭公」云云，詩中自無明據，然觀「麻衣如雪」等語，刺其君臣當無可疑。詩中又有「於我歸處」等語，可見作者蓋亦曹國朝臣矣。

詩共三章，形式複疊。按之事理，末章寫蜉蝣出穴，應居篇首，因唯其出穴，方得見其羽翼也。所以逆序者，蓋為突出蜉蝣羽翼之美盛也。三章一意。其首二句皆觸物起興，詩人見蜉蝣羽翼美盛而朝生暮死，因思及曹之君臣貪圖服飾奢華，而國運亦危在旦夕矣。故吳闓生《詩義會通》引舊評曰：「喻意危悚。」各章後二句，皆抒寫詩人憂國之情，並表露欲歸居避禍之意。全詩三嘆「心之憂矣」，其憂之深，溢於言表；其國將傾，亦可知矣。

【韻　讀】一章：羽、楚、處，魚部。二章：翼、服、息，職部。三章：閱、雪、說，月部。

二　候人

彼候人❶兮，　　那個候人呀，
何❷戈與祋❸。　　肩扛戈和殳。
彼其之子❹，　　那一個人兒，

三百赤芾❺。

維鵜❻在梁❼，
不濡❽其翼？
彼其之子，
不稱❾其服？

維鵜在梁，
不濡其咮❿？
彼其之子，
不遂⓫其媾⓬？

薈兮蔚兮⓭，

是三百紅蔽膝中的一員。

鵜鶘停在魚梁上，
怎能不沾濕牠翅膀？
那一個人兒，
怎能不配穿他那身衣裳？

鵜鶘停在魚梁上，
怎能不沾濕牠尖嘴？
那一個人兒，
怎能不滿意他的婚姻？

雲霧呀，升騰呀，

南山⑭朝隮⑮。
婉兮孌兮⑯，
季女⑰斯⑱飢⑲。

南山早晨起彩虹。
年輕呀，漂亮呀，
少女的思念，飢渴難忍。

【注　釋】❶候人　古代掌管道路及迎送賓客之小吏。❷何　古「荷」字。肩負也。❸祋　古兵器名。即殳。參見〈衛風・伯兮〉注。❹彼其之子　那人。參見〈王風・揚之水〉注。此指候人也。❺三百赤芾　謂彼其之子乃三百佩赤芾者之一。赤芾，紅色蔽膝，卿、大夫所佩。三百，言其多，非實數也。❻鵜　水鳥名。即鵜鶘，嘴長尺餘，頷下有大喉囊，能入水食魚。❼梁　魚梁。參見〈邶風・谷風〉注。❽濡　沾濕。❾稱　適合。❿咮　鳥嘴。⓫遂　稱心。⓬媾　婚媾；婚姻。（從歐陽修《詩本義》）⓭薈兮蔚兮　薈蔚，雲興貌。⓮南山　指曹國之南山。⓯隮　彩虹。參見〈鄘風・蝃蝀〉注。一說：升浮之雲氣。⓰婉兮孌兮　婉孌，年輕漂亮。參見〈齊風・甫田〉注。⓱季女　少女。參見〈召南・采蘋〉注。⓲斯　語助詞。⓳飢　猶言渴望。

【研　析】此是少女懷人之作，所懷者是一個候人出身之大夫。末章結句「婉兮孌兮，季女斯飢」始點明題旨。《左傳・僖公二十八年》載，晉文公「入曹，數之以其不用僖負羈，而乘軒者三百人也，且曰獻狀」，因此「三百」與詩「三百赤芾」之「三百」文同，故《詩序》以為此是刺「共公遠君子而好近小人」之詩，後之說《詩》者莫不從之。《詩序》僅憑隻言片語而未嘗顧及全篇文意，如此以史證《詩》，似有斷章取義之嫌。據《國語・晉語四》所載，楚成王享晉公子已引此詩。共王與楚成王同時，此詩既已為楚成王成誦，所謂刺共王之謬殆可不攻自破矣。

詩共四章，二、三兩章形式複疊。首章前二句寫候人荷戈，蓋點出「彼其之子」出身低微。後二句寫「彼其之子」當今身份，引出下文。二章寫「彼其之子」稱其官服，三章寫「彼其之子」遂其婚姻，皆為讚美之辭。此二章詩人皆以反詰句表達正意。《毛傳》曰：「鵜在梁，可謂不濡其翼乎？」正得詩人之意。〈鄭風・揚之水〉「揚之水，不流束楚」，《毛傳》曰：「激揚之水，可謂不能流漂束楚乎？」與此同類，三百篇不乏此例。《鄭箋》不察，竟以為否定句式，謂「不稱其服」斥「德薄而服尊」，遂鑄成大錯，遺誤至今，故不可不辨。末章為全篇重心，前二句為興辭，古以隮（虹）為婚姻之象徵；後二句寫「季女」觸景生情，引出如飢情思。全篇題旨，至此方始點出。

【韻　讀】一章：祋、芾，月部。二章：翼、服，職部。三章：咮、媾，侯部。四章：隮、飢，脂部。

鳲　鳩

鳲鳩❶在桑，
其子七兮。

布穀鳥停在桑樹上，
牠的幼鳥有七隻喲。

淑人❷君子，
其儀❸一兮。
其儀一兮，
心如結❹兮。

鳲鳩在桑，
其子在梅。
淑人君子，
其帶❺伊❻絲。
其帶伊絲，
其弁❼伊騏❽。

好人君子，
他的儀態始終如一喲。
他的儀態始終如一喲，
用心專一如繩結喲。

布穀鳥停在桑樹上，
牠的幼鳥在梅樹上。
好人君子，
他的衣帶用素絲編織。
他的衣帶用素絲編織，
他的皮帽用彩玉裝飾。

鳲鳩在桑，
其子在棘。
淑人君子，
其儀不忒⑨。
其儀不忒，
正⑩是四國⑪。

鳲鳩在桑，
其子在榛。
淑人君子，
正是國人⑫。
正是國人，
胡⑬不萬年⑭！

布穀鳥停在桑樹上，
牠的幼鳥在棗樹上。
好人君子，
他的儀態沒有差錯。
他的儀態沒有差錯，
可以匡正四方之國。

布穀鳥停在桑樹上，
牠的幼鳥在榛樹上。
好人君子，
可以匡正全國百姓。
可以匡正全國百姓，
為何不能長壽萬年！

【注　釋】❶鳲鳩　鳥名。即布穀鳥，傳說其育子，朝自上喂至下，暮自下喂至上，平均如一。❷淑人　善人。❸儀　指儀容、態度。❹如結　如同纏結，言用心專固也。❺帶　大帶；腰帶也。❻伊　猶維也，語助詞，幫助判斷。❼弁　皮帽。❽騏　通「璂」。弁上之玉飾。❾忒　偏差。❿正　匡正。（從《詩集傳》）一說：為……之長。⓫四國　四方之國。⓬國人　當指曹國人民。⓭胡　何也。⓮萬年　指長壽。

【研　析】此是頌揚君子之詩。由末章結句「正是國人，胡不萬年」觀之，此「君子」疑是曹國君主。陳子展「疑為一群小人諂諛干進、歌功頌德之詩」（《詩經直解》），可備一說。《詩序》以為陳古刺今之詩，曰：「〈鳲鳩〉，刺不壹也。在位無君子，用心之不壹也。」然通觀全詩，純為美辭，絕無刺意。《序》說蓋為《詩》教之義，而非詩人作詩本旨也。

詩共四章，形式複疊。各章雖皆以鳲鳩育子平均如一起興，然於首章興義最為明顯，喻君子心如結也，其餘三章用興無非襲用首章而已，僅起定韻作用。首章讚君子用心均一。二章讚君子服有常度。三章讚君子能正四國，此顯為溢美之辭。四章讚君子能正國人。結句「胡不萬年」，以反詰句形式，祝頌君子萬壽無疆。

此詩起興微妙，結構嚴整。首章寫德行，二章寫儀容，由內及外。三章寫正四國，四章寫正國人，由外及內。內外交相頌美，突出君子完美無缺之形象。方玉潤《詩經原始》曰：「詩詞寬博純厚，有至德感人氣象。」

【韻　讀】一章：七、一、一、結，質部。二章：梅、絲、絲、騏，之部。三章：棘、忒、忒、國，職部。四章：榛、人、人、年，真部。

四　下泉

冽❶彼下泉❷，浸❸彼苞❹稂❺。
愾❻我寤歎，念彼周京❼。

冽彼下泉，浸彼苞蕭❽。
愾我寤歎，念彼京周❾。

那奔流直下的山泉多寒冷，
浸爛那叢生的童粱根。
唉！我醒來長長嘆息，
懷念那周天子的京城。

那奔流直下的山泉多寒冷，
浸爛那叢生的蕭草根。
唉！我醒來長長嘆息，
懷念那周天子的京城。

洌彼下泉，
浸彼苞蓍❿。
愾我寤歎，
念彼京師⓫。
芃芃⓬黍苗，
陰雨膏⓭之。
四國有王⓮，
郇伯⓯勞之⓰。

那奔流直下的山泉多寒冷，
浸爛那叢生的蓍草根。
唉！我醒來長長嘆息，
懷念那周天子的京城。
蓬蓬勃勃的黍苗，
陰雨綿綿把它滋潤。
四方諸侯朝見天子，
委派郇伯慰勞他們。

【注釋】❶洌　寒涼。❷下泉　自上下流之泉水。❸浸　淹也。❹苞　叢生。參見〈唐風・鴇羽〉注。❺稂　草名。又名童粱，有穗無實之禾，得水則病。❻愾　嘆息。❼周京　周天子所居之京城。此蓋指西周鎬京。❽蕭　蒿草。參見〈王風・采葛〉注。❾京周　周京之倒文。❿蓍　蒿類植物，草名。一根多莖，古人以其莖占卦。⓫京師　指周京。⓬芃芃　茂盛貌。⓭膏　潤澤。⓮有王　言朝見天子。（從《鄭箋》）⓯郇伯　文王之子，為州伯。或謂此詩之郇伯，是其後嗣。⓰勞之　言代表天子慰勞來朝諸侯。

【研析】余培林先生曰：「此蓋東遷後曹君思念西京之詩。」（《詩經正詁》）當是。《詩序》曰：「〈下泉〉，思治也。曹人疾共公侵刻下民，不得其所，憂而思明王賢伯也。」除「曹人疾共公」一語於詩無據外，其餘與詩詞大致相合。此詩關鍵在「郇伯勞之」一語，郇伯乃文王之子，此蓋追念西周盛世之辭。或謂郇伯即晉大夫荀躒，此詩讚美其納周敬王於成周，可備一說。

詩共四章。前三章形式複疊，其首二句以稂、蕭、著為下泉所浸，暗示東周衰微，曹國困病。後「愾我寤歎」二句，撫今追昔，抒發今昔盛衰之感慨。末章變調，追念西周盛世境況，為前三章「念彼周京」之注腳。「芃芃黍苗」二句，喻昔西周天子澤及下國。「四國有王」二句，念當年明王賢伯共治天下之盛況。

【韻讀】一章：泉、歎，元部。稂、京，陽部。二章：泉、歎，元部。蕭、周，幽部。三章：泉、歎，元部。蓍、師，脂部。四章：苗、膏、勞，宵部。

豳風

豳地在今陝西郇邑及豳縣一帶。周之先祖公劉曾由邰遷居於此，春秋時屬秦國。〈豳風〉七篇，當為西周豳地之詩歌。

一　七月

七月❶流火❷，
九月授衣❸。
一之日❹觱發❺，
二之日❻栗烈❼。
無衣無褐❽，

七月火星向下移，
九月安排做寒衣。
十一月寒風啪啪響，
十二月寒氣凜冽。
沒有禦寒的粗毛衣，

何以卒歲⑨？
三之日⑩于耜⑪，
四之日⑫舉趾⑬。
同⑭我婦子，
饁⑮彼南畝⑯，
田畯⑰至喜。

七月流火，
九月授衣。
春日載⑱陽⑲，
有⑳鳴倉庚㉑。
女執懿筐㉒，
遵㉓彼微行㉔，

怎麼度過這殘年？
正月修整農具，
二月抬腿下地。
和我的老婆孩子一起，
送飯到南邊地頭，
農官來了很滿意。

七月火星向下移，
九月安排做寒衣。
春天到了暖洋洋，
黃鶯又開始歌唱。
姑娘們手提深筐，
沿著那鄉間小道，

爰㉕求柔桑㉖。
春日遲遲㉗，
采蘩㉘祁祁㉙，
女心傷悲，
殆㉚及公子㉛同歸㉜。

七月流火，
八月萑葦㉝。
蠶月㉞條桑㉟，
取彼斧斨㊱，
以伐遠揚㊲，
猗㊳彼女桑㊴。
七月鳴鵙㊵，

去採摘嫩桑。
春季白天開始變長，
採摘白蒿的人熙熙攘攘。
姑娘滿心悲傷，
唯恐被公子帶回家同房。

七月火星向下移，
八月可以割蘆葦。
三月砍下枝條採桑，
手握圓孔的斧、方孔的斨，
砍伐高聳的老枝，
牽拉那嫩枝採桑。
七月伯勞歡唱，

八月載績㊶，
載玄㊷載黃，
我朱㊸孔陽㊹，
為公子裳。

四月秀葽㊺，
五月鳴蜩㊻。
八月其穫，
十月隕蘀㊼。
一之日于貉㊽，
取彼狐狸㊾，
為公子裘。
二之日其同㊿，

八月搓接麻線，
染色有黑有黃，
我染的大紅色最漂亮，
用來替公子做衣裳。

四月遠志開花，
五月蟬兒歌唱。
八月收穫，
十月草木枯落。
十一月去獵貉，
剝下那狐狸和野貓的毛皮，
替公子做裘衣。
十二月大家聚攏，

載纘[51]武功[52]。
言私[53]其豵[54]，
獻豣[55]于公[56]。

五月斯螽[57]動股[58]，
六月莎雞[59]振羽。
七月在野，
八月在宇[60]，
九月在戶，
十月蟋蟀入我牀下。
穹窒[61]熏鼠，
塞向[62]墐戶[63]。
嗟我婦子，

繼續訓練武功，
獵得小獸歸己，
大獸統統繳公。

五月蝗蟲振翅鳴叫，
六月紡織娘抖動翅膀。
七月在田野，
八月在屋簷下，
九月在門口，
十月蟋蟀鑽到我床下。
堵盡洞穴熏老鼠，
塞北窗，泥柴門，
唉！我的老婆和孩子，

曰[64]為改歲[65]，
入此室處[66]。

六月食鬱及薁[67]，
七月亨[68]葵[69]及菽[70]。
八月剝[71]棗，
十月穫稻，
為此春酒[72]，
以介[73]眉壽[74]。
七月食瓜，
八月斷壺[75]，
九月叔苴[76]，
采荼[77]薪樗[78]，

這就算是過年囉，
進入這室內居住。

六月吃鬱李和野葡萄，
七月烹煮葵菜和豆苗。
八月打棗，
十月割稻，
釀造這春酒，
用它養得長壽。
七月吃瓜果，
八月摘斷葫蘆，
九月拾麻籽，
還要採苦菜、砍臭椿當柴火，

食[79]我農夫。
九月築場圃[80]，
十月納禾稼[81]：
黍稷重穋[82]，
禾[83]麻菽麥。
嗟我農夫，
我稼既同[84]，
上[85]入執宮功[86]。
晝爾[87]于茅[88]，
宵爾索綯[89]，
亟其[90]乘屋[91]，
其始[92]播百穀。

養活我們這些農夫。
九月把菜園平為打穀場，
十月把糧食收藏入倉：
有黍稷，有早熟晚熟的米糧，
還有小米麻籽和豆麥。
唉！我們這些農夫，
我們打的糧食已經集中，
還要去做修築宮室的工。
白天去割茅草，
晚上搓絞繩索，
急急登上屋頂覆蓋，
不久就要開始播種百穀。

二之日鑿冰沖沖[93]，
三之日納于凌陰[94]。
四之日其蚤[95]，
獻羔祭韭[96]。
九月肅霜[97]，
十月滌場[98]。
朋酒[99]斯饗[100]，
曰[101]殺羔羊。
躋[102]彼公堂[103]，
稱[104]彼兕觥[105]：
「萬壽無疆！」

十二月鑿冰之聲咚咚，
正月把它藏進冰窖。
二月取冰舉行早祭，
獻上羔羊和韭菜。
九月秋高氣爽，
十月掃淨穀場。
鄉人共飲好酒兩壺，
還要宰殺羔羊。
一起登上那公堂，
舉起大酒杯，
祝頌「萬壽無疆！」

【注釋】❶七月　指夏曆七月。以下凡言月者皆為夏曆月份。❷流火　火星向下行。火，星宿名，又稱大火。❸授衣　將製冬衣之事授予婦女。❹一之日　指周曆一月，即夏曆十一月。❺觱發　寒風觸物聲。

❻二之日　指周曆二月，即夏曆十二月。❼栗烈　即凜冽，寒冷。❽褐　粗毛或粗麻布短衣，貧賤者所服。❾卒歲　猶云過冬。❿三之日　指周曆三月，即夏曆一月。⓫于耜　修整農具。于，語助詞。耜，古農具名，似今之鍬；此作動詞。⓬四之日　指周曆四月，即夏曆二月。⓭舉趾　舉足下地。趾，足也。⓮同　偕同。⓯饁　送飯。⓰南畝　南方之田畝，此泛指田畝。⓱田畯　掌農事之官。⓲載　猶則也。⓳陽　和暖。⓴有　語助詞。㉑倉庚　鳥名。即黃鶯。㉒懿筐　深筐。㉓遵　循也。㉔微行　小道。㉕爰　乃也。㉖柔桑　嫩桑葉。㉗遲遲　緩慢貌。此指白日漸長。㉘蘩　即白蒿。參見〈召南・采蘩〉注。㉙祁祁　眾多貌。㉚殆　唯恐也。副詞。㉛公子　指豳公之子。㉜同歸　言被脅迫同居也。㉝萑葦　蘆葦。此作動詞，收割蘆葦也。萑，即荻，葦之一種。㉞蠶月　養蠶之月，指夏曆三月。㉟條桑　截取枝條採摘桑葉也。㊱斨　方孔之斧。圓孔曰斧。㊲遠揚　指長而高揚之枝條。㊳猗　通「掎」。牽引也。㊴女桑　即柔桑也。女，通「柔」。㊵鵙　鳥名。即伯勞。㊶績　搓麻成線。㊷玄　黑紅色。此與下「黃」字皆作動詞。㊸朱　大紅色。㊹陽　鮮明。㊺秀葽　葽草開花。葽，植物名，又名遠志。㊻鳴蜩　蟬鳴叫。㊼隕蘀　葉落。㊽貉　獸名。即狗獾，形似狐，皮毛珍貴。此作動詞，指獵取貉。㊾狸　獸名，即野貓。㊿同　指會合眾人。(51)纘　繼續。(52)武功　指田獵之事。(53)私　指私人佔有。(54)豵　一歲豬，此泛指小獸。(55)豜　三歲豬，此泛指大獸。(56)公　指公家。(57)斯螽　蟲名，即螽斯。參見〈周南・螽斯〉注。(58)動股　磨腿出聲（其實是振翅出聲）。(59)莎雞　蟲名，俗稱紡織娘。(60)宇　簷下。(61)穹窒　堵塞所有鼠洞。穹，通「窮」。窮盡。窒，塞也。(62)向　指北窗。(63)墐戶　以泥塗抹柴門。墐，塗也。(64)曰　語助詞。(65)改歲　更改年歲，指過年。(66)處　居。(67)食鬱及薁　鬱薁，皆植物名。鬱之實如李，薁即野葡萄。(68)亨　古「烹」字。(69)葵　菜名。(70)菽　豆，此指豆葉。(71)剝　通「扑」。擊也。(72)春酒　冬釀春飲之酒。(73)介　求也。(74)眉壽　長壽。眉，通「瀰」。滿也。(75)壺　通「瓠」。葫蘆。(76)叔苴　拾取麻籽。叔，拾也。苴，麻籽，可食。(77)荼　苦菜。(78)薪樗　砍樗為柴。薪，此作動詞。樗，即臭椿。(79)食　養活。(80)築場圃　謂築場於圃。場，打穀場。圃，菜園。

古場圃同地，春夏為圃，秋冬為場。81納禾稼　謂收藏糧食。禾稼，此泛指糧食。82重穋　重，通「穜」。早種晚熟之穀。穋，晚種早熟之穀。83禾　此指小米。84同　集中。85上　通「尚」。且也。86宮功　修繕宮室之事也。87爾　通「而」。88茅　草名。此作動詞，割茅草也。89索綯　搓繩。索，繩索，此作動詞。綯，繩也。90亟其　急也。其，語助詞。91乘屋　登上屋頂，以茅覆屋。92其始　將開始。其，將也。93沖沖　鑿冰聲。94凌陰　冰窖。凌，冰也。95蚤　通「早」。早期。此指古代一種祭祀儀式。96獻羔祭韭　獻上羔羊，祭以韭菜。此祭祀司寒之神，開啟冰窖之禮也。97肅霜　天高氣爽。霜，通「爽」。（從王國維《觀堂集林．肅霜滌場說》）98滌場　清掃穀場。99朋酒　兩壺酒。100饗　鄉人相聚飲酒也。101曰　語助詞。102躋　登也。103公堂　指鄉民相聚之所。104稱　舉也。105兕觥　飲酒器。參見〈周南．卷耳〉注。

【研　析】此詩是豳地農夫四時農事與生活之真實寫照。《詩序》謂周公陳王業艱難之詩，與詩文內容相去甚遠，顯為傅會之辭，不足信也。

詩共八章，每章十一句，為〈國風〉中最長之敘事詩。首章以「七月流火」起首，概述四季氣候、農事。此為全詩之總提。二章述春日少女採桑及恐遭公子凌辱之不安。三章述農婦養蠶、績麻、染織，為公子製作衣裳。四章述秋收方畢，又須外出冬獵，為公子謀輕裘野味。五章述夏秋冬之物候，側重寫農夫匆匆收拾房舍，聊以避寒改歲。六章述四季之果蔬飲食。七章述秋收之豐及冬日修築宮室勞役之苦。八章述嚴冬為貴族鑿冰，以及歲末飲酒慶祝。全詩以頌揚「萬壽無疆」作結，為沉鬱之基調添一串歡樂的音符。

本詩通篇鋪陳，以月令為經，衣食為緯，縱橫交錯，天時、人事、百物、政令等無所不賅，展現了廣闊生動的社會生活。詩人拙中藏工，樸中見妙，雖以白描鋪敘為主，亦間感物抒情，然神行無跡，真自然天籟。孫鑛曰：「體被文質，調兼雅頌，真是無上神品。」

【韻讀】一章：火、衣，微部。發、烈、褐、歲，月部。耜、趾、子、畝、喜，之部。二章：火、衣，微部。陽、庚、筐、行、桑，陽部。遲、祁，脂部。悲、歸，微部。三章：火、葦，微部。桑、斨、揚、桑，陽部。鵙、績，錫部。黃、陽、裳，陽部。四章：葽，宵部；蜩，幽部。宵幽合韻。穫、蘀，鐸部。狸、裘，之部。同、功、豵、公，東部。五章：股、羽、野、宇、戶、下、鼠、戶、處，魚部。六章：薁、菽，覺部。棗、稻、壽，幽部。瓜、壺、苴、樗、夫，魚部。七章：圃、稼，魚部。穋，覺部；麥，職部。覺職合韻。同、功，東部。茅、綯，幽部。屋、穀，屋部。八章：沖、陰，侵部。蚤、韭，幽部。霜、場、饗、羊、堂、觥、疆，陽部。

二　鴟鴞

鴟鴞❶鴟鴞，	貓頭鷹，貓頭鷹，
既取我子❷，	你已抓走了我的娃，
無毀我室！	別再毀壞我的家！
恩斯勤斯❸，	我辛勤勞苦，

鬻子之閔斯❹！

迨❺天之未陰雨，
徹❻彼桑土❼，
綢繆❽牖❾戶。
今女下民❿，
或⓫敢侮予！

予手拮据⓬，
予所⓭捋荼⓮，
予所蓄租⓯，
予口卒瘏⓰，
曰⓱予未有室家。

為的是憐憫這幼子啊！

趁天還沒陰雨，
剝取那桑根的皮，
纏縛窗子和門戶。
現在你們這些樹下的人，
有誰敢來欺侮我！

我用雙手抓，
我摘取蘆花，
我積蓄茅草，
我的嘴已經磨破，
因為我還沒有窩。

予羽譙譙⑱，
予尾翛翛⑲，
予室翹翹⑳，
風雨所漂搖㉑。
予維㉒音嘵嘵㉓。

我的羽毛枯焦，
我的尾巴掉毛，
我的房子又險又高，
風吹雨打晃晃搖搖。
我驚恐的叫聲嘵嘵。

【注釋】❶鴟鴞　猛禽名，即貓頭鷹。說：似黃雀而小，喙如錐，又名巧婦。此喻武庚。❷子　此喻管叔、蔡叔。❸恩斯勤斯　謂辛勤勞苦也。恩，通「殷」。斯，語助詞。❹鬻子之閔斯　閔鬻子之倒文，謂憐閔稚子也。鬻子，稚子，此指成王。之，指示代詞，複指前置賓語「鬻子」。斯，語助詞。❺迨　及；趁也。❻徹　通「撤」。取也。❼桑土　桑根之皮也。土，通「杜」。樹根也。❽綢繆　纏縛。❾牖　窗。❿下民　樹下之人，指侵害者。⓫或　有誰也。⓬拮据　同「撠挶」。握持也。舊解「手病口病」、「手口共作之貌」，恐誤。⓭所　語助詞。⓮捋荼　摘取蘆花。⓯租　古「蒩」字。草墊。此指墊巢之草。⓰卒瘏　皆病也。卒，古「顇」字，病也。瘏，參見〈周南・卷耳〉注。⓱曰　語助詞。⓲譙譙　羽毛焦枯脫落貌。譙，通「顦」。⓳翛翛　羽毛凋敝貌。⓴翹翹　高危貌。㉑漂搖　同「飄搖」。動蕩不安也。㉒予維　維予之倒文。㉓嘵嘵　驚恐聲也。

【研　析】舊說此是周公假託禽言明志之詩。《詩序》曰：「〈鴟鴞〉，周公救亂也。成王未知周公之志，公乃為詩以遺王，名之曰〈鴟鴞〉焉。」《史記・魯世家》亦曰：武王崩，成王幼，周公攝政當國，管叔等流言於國曰：「周公將不利於成王。」並與蔡叔、武庚率淮夷而反。周公奉成王命興師東伐，誅管叔，殺武庚，放蔡叔，寧淮夷東土，二年而畢定，遂歸報成王，乃為詩貽王，命之曰〈鴟鴞〉。

詩共四章。首章以母鳥憂室毀而憫稚子，喻己於王室、成王赤誠殷勤之心。此是全詩綱領。二章以未雨而綢繆牖戶，喻己深謀遠慮。三、四兩章以母鳥為室家而口手並勞、羽尾凋敝，喻己為救亂而鞠躬盡瘁。

通篇採用擬人手法，生動形象，寓意深刻。全詩「詞悲而志苦，情傷而戒切」（方玉潤語），尤其三、四兩章連用九個「予」字句，抒發殷勤之情，淋漓盡致，縱石人亦下淚矣。吳闓生《詩義會通》引舊評：「通篇哀痛迫切，俱託鳥言，長沙〈服賦〉所祖。」

【韻讀】一章：勤、閔，文部。二章：雨、土、戶、予，魚部。三章：据、荼、租、瘏、家，魚部。四章：譙、翹、搖、嘵，宵部；翛，幽部。宵幽合韻。

三　東山

我徂❶東山❷，　我出征到東山，
慆慆❸不歸。　久久不得回歸。

我來自東，
零雨❹其濛❺。
我東曰歸，
我心西悲❻。
制❼彼裳衣❽，
勿士❾行枚❿。
蜎蜎⓫者蠋⓬，
烝⓭在桑野。
敦⓮彼獨宿，
亦⓯在車下。

我徂東山，
慆慆不歸。

我從東方歸來，
路上細雨濛濛。
我從東方返回西方，
心中升起無限感傷。
從此可做百姓的衣裳，
不用口銜竹棍上戰場。
那蠕動的是野蠶，
紛紛爬在原野的桑樹上。
蜷成一團獨自露宿，
在戰車的車肚底下。

我出征到東山，
久久不得回歸。

我來自東，
零雨其濛。
果贏[16]之實，
亦施[17]於宇[18]。
伊威[19]在室，
蠨蛸[20]在戶。
町畽[21]鹿場，
熠燿[22]宵行[23]。
不可畏也，
伊[24]可懷也。
我徂東山，
慆慆不歸。

我從東方歸來，
路上細雨濛濛。
瓜蔞的果實，
垂掛在屋簷下。
地鱉蟲在屋裏爬，
長腳蜘蛛在門口掛。
田地踩成了野鹿場，
螢火蟲閃閃發光。
這種景象不可懼怕，
只能使我更加懷念它。
我出征到東山，
久久不得回歸。

我來自東，
零雨其濛。
鸛鳴于垤㉕，
婦嘆于室。
洒埽穹窒㉖，
我征㉗聿㉘至。
有敦㉙瓜苦㉚，
烝在栗薪㉛。
自我不見，
于今三年。

我徂東山，
慆慆不歸。

我從東方歸來，
路上細雨濛濛。
鸛雀在蟻冢鳴叫，
老婆在屋裏嘆息。
打掃屋子塞鼠洞，
我遠征的丈夫快到家重逢。
圓圓的葫蘆，
很多結在柴堆上。
自從我不見他，
至今已有三年時光。
我出征到東山，
久久不得回歸。

我來自東，
零雨其濛。
倉庚㉜于飛，
熠燿其羽。
之子㉝于歸，
皇駁其馬㉞。
親㉟結其縭㊱，
九十其儀㊲。
其新㊳孔嘉，
其舊㊴如之何？

我從東方歸來，
路上細雨濛濛。
黃鶯在飛翔，
搧動翅膀閃銀光。
這個姑娘出嫁，
駕著黃馬棗紅馬。
母親替她結佩巾，
婚禮儀式真繁多。
她剛做新娘很漂亮，
久別以後不知怎麼樣？

【注釋】❶徂　往也。❷東山　即魯國東蒙山，在今山東省費縣，詩人東征之地也。❸慆慆　久貌。❹零雨　下雨。零，落也。❺其濛　猶濛濛，細雨貌。其，語助詞。❻我東曰歸二句　言我由東西歸之時，悲自心生。上下二句互文。❼制　古「製」字。❽裳衣　指平時所穿之衣。❾士　通「事」。從事也。❿行

枚　口中所銜之細棍，橫於口中，可防止行軍喧嘩出聲。行，通「銜」。⓫蜎蜎　蠕動貌。⓬蠋　野蠶。⓭烝　眾也。下文「烝在栗薪」之「烝」同。⓮敦　猶敦敦，蜷曲貌。⓯亦　語助詞。⓰果臝　又名瓜蔞、栝樓，一種蔓生植物。⓱施　蔓延。⓲宇　屋簷。⓳伊威　蟲名。即地鱉蟲，生於陰濕之處。⓴蠨蛸　蟲名。又名喜蛛，長足小蜘蛛也。㉑町畽　指田地。町，平地。畽，禽獸所踐之處。㉒熠燿　閃爍發光。㉓宵行　蟲名，即螢火蟲。一說：如蠶，夜行而喉有光如螢。㉔伊　猶維也。語助詞。㉕鸛鳴于垤　鸛，水鳥名。即鸛雀，似鶴，長足而尖喙。垤，即蟻冢，即螞蟻掘土為巢所隆起之小土堆。鸛食蟻，見垤喜鳴。㉖穹窒　遍堵鼠洞也。參見〈七月〉注。㉗我征　我之征人也。我，征人之妻自稱也，下「自我不見」之「我」同。㉘聿　語助詞。㉙有敦　猶敦敦，圓貌。㉚瓜苦　即瓠瓜。苦，通「瓠」。一說：苦瓜也。㉛栗薪　堆積之薪。㉜倉庚　黃鶯。㉝之子　此子，指征人之妻。㉞皇駁其馬　言其馬或皇或駁也。皇，黃馬而發白色。駁，赤馬而發白色。㉟親　此指妻之母。㊱縭　佩巾。女子初生時所設，及嫁，由母結之，以為至夫家拭物之需。㊲九十其儀　言婚禮儀式之多也。九十，或九或十也。㊳新　此指新婚之時。㊴舊　此指久別後。

【研　析】此是從周公東征之士卒歸途所作之詩。《詩序》以為周公「勞歸士」之作，今觀詩中了無周公蹤影，亦無慰勞之跡，知其說為無據也。

詩共四章。首章抒寫東征三年、一朝得歸，悲喜交集之心情。二章想像家園破敗荒索之狀，益增懷念之情。三章想像妻子在家翹首以盼、思念自己。末章回憶當年新婚情景。

此詩四章皆以歸途為背景，各章章首疊詠「我徂東山，慆慆不歸。我來自東，零雨其濛」，渲染淒苦、悲涼氣氛。二章「果臝之實」六句，寫家園衰敗，曲盡荒蕪之態，乃鮑照〈蕪城賦〉之祖也。末章異峰突起，出人意表，「凱旋詩乃作此香艷幽情之語，妙絕」（姚際恆），別有一番情趣。此詩乃三百篇中不可多得之抒情傑作。

【韻讀】一章：山，元部。與二、三、四章遙韻。歸，微部。與二、三、四章遙韻。東、濛，東部。歸、悲、衣、枚，微部。蠋，屋部；宿，覺部。屋覺合韻。野、下，魚部。二章：東、濛，東部。實、室，質部。宇、戶，魚部。場、行，陽部。畏、懷，微部。三章：東、濛，東部。垤、室、窒、至，質部。薪、年，真部。四章：東、濛，東部。飛、歸，微部。羽、馬，魚部。縭、儀、嘉、何，歌部。

四　破斧

既破我斧，
又缺❶我斨❷。
周公❸東征，
四國❹是皇❺。
哀我人斯❻，

砍壞了我的斧頭，
又使我的斨缺了口。
周公東征，
匡正了天下。
可憐我們這些人喲，

亦孔之將[7]！
既破我斧，
又缺我錡[8]。
周公東征，
四國是吪[9]。
哀我人斯，
亦孔之嘉[10]！
既破我斧，
又缺我銶[11]。
周公東征，
四國是遒[12]。

命也算很大啦！
砍壞了我的斧頭，
又使我的錡缺了口。
周公東征，
感化了天下。
可憐我們這些人喲，
命也算不壞啦！
砍壞了我的斧頭，
又使我的銶缺了口。
周公東征，
安定了天下。

哀我人斯，可憐我們這些人喲，
亦孔之休⓭！命也算很好啦！

【注釋】❶缺　缺口。此作動詞。❷斨　方孔之斧，既可作工具，又可為兵器。❸周公　周武王之弟，名旦。❹四國　四方之國，此泛指天下。❺皇　通「匡」。匡正。❻斯　語助詞。❼亦孔之將　謂命運甚好。孔，甚也。將，大也，好也。❽錡　其形制未詳，一說：如臿而有三齒。❾吪　感化。❿嘉　善也。⓫銶　其形制未詳，一說：如斧鑿也。⓬遒　安定也。⓭休　美也。

【研析】此是從征士卒美周公東征之功又自傷之詩。《詩序》曰「美周公也」則是，又曰「周大夫以惡四國焉」則非。

詩共三章，形式複疊，章旨則一。各章起首「既破我斧」二句，寫戰役之嚴酷久長。中間「周公東征」二句，美周公東征之功業。結尾「哀我人斯」二句，慶幸生還，亦自哀自嘆之辭。

此詩敘事與抒情交融，語言質樸蘊藉，一唱三嘆，往復委婉，令人低徊不盡。

【韻讀】一章：斨、皇、將，陽部。二章：錡、吪、嘉，歌部。三章：銶、遒、休，幽部。

五 伐柯

伐柯❶如何？
匪斧不克❷。
取妻如何？
匪媒不得。

伐柯伐柯，
其則❸不遠。
我覯❹之子，
籩豆❺有踐❻。

砍削斧柄該怎麼做？
沒有斧頭就不能。
娶個老婆該怎麼做？
沒有媒婆就不成。

削斧柄，削斧柄，
它的法則並不遠。
我要會見這個人，
只要籩豆擺整齊。

【注釋】❶柯　斧柄。❷克　能也。❸則　法則；楷模也。執斧而伐斧柄，則可取樣於手中之斧柄，故曰其則不遠。❹覯　遇見。❺籩豆　皆古代宴會或祭祀所用之食具，狀若高足碗。籩用竹編，豆用木製。❻有踐　猶踐然，陳列整齊貌。

【研　析】《詩序》曰：「〈伐柯〉，美周公也。周大夫刺朝廷之不知也。」此《序》與下篇〈九罭〉之《序》一字不差，蓋因兩詩皆有「我覯之子」一語之故也。然本篇與〈九罭〉不同，詩中無明證可證成「之人」確指周公，故其說難以遵從。本詩詩意隱晦，方玉潤《詩經原始》曰：「此詩未詳，不敢詳解」，「諸儒之說此詩者，悉牽強支離，無一確切通暢之語，故寧闕之以俟識者」。其說甚是。今不得已，姑作明交友之道之詩解之。

詩共二章。首章以伐柯以斧、娶妻以媒，喻凡事各有其道。二章以伐柯取法於己為興，喻交友之道取於禮。章末「我覯之子，籩豆有踐」二句，為全詩重心。

【韻　讀】一章：克、得，職部。二章：遠、踐，元部。

六　九　罭

九罭❶之魚，　細細密密小魚網，
鱒魴❷。　網到了大魚鱒和魴。
我覯❸之子，　我所遇見的這個人，

袞衣繡裳❹。

鴻❺飛遵渚❻，
公歸無所❼，
於❽女❾信處❿。

鴻飛遵陸⓫，
公歸不復，
於女信宿。

是以有袞衣兮⓬，
無以⓭我公歸兮，
無使我心悲兮！

穿著龍衣和繡裙。

大雁沿著小洲飛翔，
公爺一去不知到啥地方，
啊！願您多住兩個晚上。

大雁沿著陸地飛翔，
公爺一去就不再回來，
啊！願您多住兩個晚上。

留住穿龍衣的人喲，
別讓我們公爺回去喲，
不要使我心裏悲傷喲！

【注釋】❶九罭　捕小魚蝦之密網也。❷鱒魴　皆大魚也。鱒，即赤眼鱒，體長，前圓後扁。魴，即鯿魚。❸覯　遇見。❹袞衣繡裳　古代王和公侯之禮服。袞衣，畫有卷龍之上衣。繡裳，繡繪五彩之裙也。❺鴻　大雁。❻渚　水中小洲。❼無所　謂不知處所也。❽於　通「嗚」。嘆詞。❾女　古「汝」字。❿信處　住兩宿。下章「信宿」同。⓫陸　高平之地。⓬是以有袞衣兮　此句字義難明，蓋謂挽留袞衣繡裳者也。「袞衣」下省「繡裳」二字。⓭無以　猶無使也。

【研析】此是惜別留客之詩。《詩序》以為詩中之「公」指周公，今觀詩有「袞衣繡裳」一語，《序》說或有所據，姑從之。此詩蓋作於周公東征將歸之時。

詩共四章，首章四句，其餘三章皆三句。句字亦頗參差，前三章每句四字，末章每句六字。首章以「九罭」小網而得大魚「鱒魴」，喻於東土僻壤而幸遇周公，驚喜崇敬之情溢於言表。「袞衣繡裳」示客之身份顯貴也。二、三兩章形式複疊，章旨相同，皆挽留之辭。兩章以鴻遵渚陸而飛起興，喻客將遠行也。末章直抒惜別之情，姚際恆云：「忽入急調，攀留情狀始見。」（《詩經通論》）

【韻讀】一章：魴、裳，陽部。二章：渚、所、處，魚部。三章：陸、復、宿，覺部。四章：衣、歸、悲，微部。

七　狼跋

狼跋❶其胡❷，
載疐❸其尾。
公孫❹碩膚❺，
赤舄❻几几❼。

狼疐其尾，
載跋其胡。
公孫碩膚，
德音不瑕❽？

老狼前進踩頸肉，
後退又被尾巴絆。
公孫身體多肥胖，
紅鞋鞋頭向上彎。

老狼後退被尾巴絆，
前進又踩著頸下肉。
公孫身體多肥胖，
他的美名不遠播？

【注釋】❶跋　踐踩。❷胡　老狼頷下所垂之肉。❸疐　絆腳。❹公孫　諸侯之孫，亦泛指貴族。❺碩

膚　謂肥胖也。碩、膚，皆大也。❻赤舄　紅色複底鞋，古代諸侯所穿。❼几几　上翹貌。赤舄端有金飾，狀如彎刀，故云。❽瑕　通「遐」。遠也。

【研　析】此是美公孫之詩。「公孫」何許人？未可知也。《詩序》以為即周公，曰：「〈狼跋〉，美周公也。周公攝政，遠則四國流言，近則王不知。周大夫美其不失其聖也。」然畢竟無確證，聊備一說耳。

詩共二章，形式複疊。首章美公孫之儀態。二章美公孫之聲名。兩章起首二句皆以狼踩胡絆尾起興，蓋象徵公孫體態肥碩。舊說以為喻周公進退兩難。詩以體態服飾表明人物氣度、地位，此亦三百篇常見手法。

【韻　讀】一章：胡、膚，魚部。尾，微部；几，脂部。脂微合韻。二章：胡、膚、瑕，魚部。

◎新譯昭明文選　崔富章、張金泉等／注譯　劉正浩、黃志民等／校閱

《昭明文選》選錄先秦至南朝梁的各體文學作品七百多篇，是現存最早的詩文總集，它長期被視為學習文學的教科書，而有「文選爛，秀才半」之諺。本書力邀兩岸十數位學者，全面將《文選》加以校訂、解題、注解、翻譯，以深入淺出的闡釋、簡明清晰的面貌呈現給讀者，是有心一窺古典文學風範的最佳讀本。

◎新譯千家詩　邱燮友、劉正浩／注譯

《千家詩》匯集唐宋兩代淺顯易懂的詩歌於一冊，是舊時民間教導兒童讀詩的課本，也是詩學入門的第一本書。自南宋成書以來，便廣受人們喜愛，可說是一本家弦戶誦的詩歌讀本。本書每首詩都標有注音，字旁再加平仄符號，以利讀者誦讀。並在每首詩後分「作者」、「韻律」、「注釋」、「語譯」、「賞析」等五項，幫助讀者瞭解，可說是現代人最佳的精神食糧。

◎新譯樂府詩選　溫洪隆、溫強／注譯

「樂府詩」最初指的是由樂府採集、可以配樂演唱的詩歌，主政者可以藉此觀風俗，知民情。由於它來自民間，語言大都生動形象，樸素自然，為古典詩歌注入一股清涼活水，啟發、滋養無數詩人效法創作。宋朝郭茂倩所編的《樂府詩集》，收錄上起陶唐，下至五代的樂府歌辭，內容徵引浩博，被譽為「樂府中第一善本」。本書依其分類，選錄二一二首樂府詩精華加以注譯研析，引領讀者進入樂府詩歌的無邪世界中遨遊。

國家圖書館出版品預行編目資料

新譯詩經讀本／滕志賢注譯;葉國良校閱.－－三版一刷.－－臺北市：三民，2024
冊；　公分.－－(古籍今注新譯叢書)

ISBN 978-957-14-7768-8（平裝）
1.詩經 2.注釋

831.12　　113002109

古籍今注新譯叢書

新譯詩經讀本(上)

注譯者　滕志賢
校閱者　葉國良

創辦人　劉振強
發行人　劉仲傑
出版者　三民書局股份有限公司(成立於 1953 年)

三民網路書店
https://www.sanmin.com.tw

地　址　臺北市復興北路 386 號　(復北門市)　(02)2500-6600
臺北市重慶南路一段 61 號(重南門市)　(02)2361-7511

出版日期　初版一刷 2000 年 1 月
二版九刷 2020 年 10 月
三版一刷 2024 年 3 月
書籍編號　S031820
ISBN　978-957-14-7768-8

三民書局